I0632942

DREAMSPINNER PRESS

Veröffentlicht von
DREAMSPINNER PRESS

5032 Capital Circle SW, Suite 2, PMB# 279, Tallahassee, FL 32305-7886 USA
www.dreamspinnerpress.com

Sieben Tage
Urheberrecht der deutschen Ausgabe © 2020 Dreamspinner Press.
Originaltitel: Seven Days
Urheberrecht © 2011 Andrew Grey
Original Erstausgabe. April 2018
Übersetzt von Heike Reifgens.

Umschlagillustration
© 2011 Justin James dare.empire@gmail.com.
Umschlaggestaltung
© 2011 Mara McKennen.

Deutsche ISBN. 978-1-64405-544-1
Deutsche eBook Ausgabe. 978-1-62380-393-3
Deutsche Erstausgabe. Juni 2020
v 1.0

Gedruckt in den Vereinigten Staaten von Amerika.

ANDREW GREY

SIEBEN 7 TAGE

Diese Erzählung ist Dominic gewidmet. Seine Bereitschaft und sein Mut, Details seiner Highschool-Jahre mit mir zu teilen, haben diese Geschichte erst möglich gemacht.

Kapitel 1

Evan stieg aus dem warmen Auto mit seinen Ledersitzen, dem sauberen Duft und der auf Hochtouren laufenden Heizung aus, ohne sich noch einmal nach dem Mann am Steuer umzusehen. Er war nicht wichtig – inzwischen wusste Evan das auch. Er trat auf den Bürgersteig und rutschte beinahe auf dem halb geschmolzenen Schneematsch aus, als er die Autotür hinter sich zuwarf. Dann sprang er mit einem Satz zurück, als der dunkelblaue Mercedes mit einer Fontäne aus Wasser, Schmutz und Schneematsch davonraste.

Evan sah sich um, orientierte sich in der frühen Morgendämmerung und wich weiter von der Straße zurück, wobei er mit jemandem zusammenstieß, der ihn einfach mit einem Grunzen beiseite schubste. Er stolperte wieder und erreichte dann das Backsteingebäude am Straßenrand. Er lehnte sich gegen die Mauer und zog Bilanz darüber, wo er war und was er besaß. Auf der Suche nach ein wenig Wärme glitten seine Hände wie von allein in seine Taschen; am schwierigsten war es, sich an die fast ständige Kälte zu gewöhnen.

Seine Finger strichen über die zusammengefalteten Geldscheine, und Evan stieß einen Seufzer der Erleichterung aus. Diese kleinen Papierstückchen waren unentbehrlich für das Leben auf der Straße und der Garant für eine warme Nacht mit einer Dusche oder vielleicht sogar einem Bad, so dass er den Geruch der anderen von seinem Körper abwaschen konnte. Er zog die Scheine aus der Tasche und schlüpfte aus seinem zerfransten Schuh, rollte die Socke runter, schob die Scheine unter die Fußsohle zu den anderen und zog die Socke wieder hoch. Das Geräusch von zerreißendem Stoff ließ ihn aufstöhnen, und er sah nach unten, auf den oberen Teil der Socke, der kurz über seinem Knöchel unter seinen Fingern nachgegeben hatte. Er ließ das abgerissene Stück Stoff um seinen Knöchel hängen, um ihn etwas zu wärmen, zog den Schuh wieder an und schob sein Hosenbein runter.

Sein Geld so versteckt, entspannte Evan sich ein wenig und hielt erneut Ausschau nach dem Signal, nach jenem gewissen Anzeichen dafür, dass ein weiterer Mann gewillt war, für seine Dienste zu bezahlen. Er zog seine dünne Jacke enger um sich und kauerte sich zusammen. Seine Haut kribbelte und stach, seine Beine zitterten und seine Arme begannen zu schmerzen, als die Kälte durch seine Jacke und sein dünnes Hemd drang.

Evan beobachtete die Passanten und ihm fiel ein Mann in Anzug und langem Wollmantel auf, der die Straße hinunter schlenderte, als gehöre ihm die Welt. Für Evan sah er auch ganz genau so aus. Der Mann, der vielleicht auf dem Weg zur Arbeit war, ging an ihm vorüber und blieb dann vor einem Schaufenster stehen. Evan wusste, dass er nicht wirklich ins Schaufenster guckte. Diese Masche kannte er schon. Keiner kam je direkt auf ihn zu; die Männer waren in der Regel befangen oder vorsichtig oder beides. Evan beobachtete, wie der Mann sich umdrehte und zurückkam und ein paar Schritte entfernt stehenblieb, ohne Evan auch nur einmal anzusehen.

„Ziemlich kalt heute", sagte der Mann, während er sich auf der Straße umsah.

„Jepp", erwiderte Evan und drängte sich näher an die Hauswand, aus dem eisigen Wind.

„Ich wette, zwischen den Gebäuden ist es wärmer", bemerkte der Mann, ein kaum versteckter Hinweis auf das, was er wollte.

Wachsam drückte Evan sich von der Wand hinter ihm ab, sah sich um und ging dann ohne ein weiteres Wort in die Richtung, in die der Mann blickte. Hinter sich hörte er dessen Schritte und wappnete sich. Er hasste das, was jetzt kam, er hasste es wirklich. Vor ein paar Monaten war er ein ganz normaler Junge gewesen, mit ganz normalen Eltern und einem ganz normalen Leben. Der Gedanke an das, was er im Begriff stand zu tun, war ihm damals nie auch nur in den Sinn gekommen. Jetzt war es ein fast alltägliches Ereignis, wenn er etwas zu essen und vielleicht einen warmen Platz zum Schlafen haben wollte.

„Fünfzig", sagte Evan und wartete ab, wie der Typ reagierte.

„Du machst wohl Witze", sagte der Mann, und Evan drehte sich um und ging zurück in Richtung Straße. Er hatte schon etwas Geld und wusste, dass er damit zumindest etwas zu essen kaufen konnte.

Der Mann griff in seine Tasche und zog ein paar zerknüllte Scheine heraus. Evan nahm sie und stopfte sie tief in seine eigene Tasche. Der Mann packte seine Schultern und drückte ihn nach unten, und Evans Knie gaben nach. Schmerzhaft schlug er auf dem matschigen Straßenpflaster auf, und die Kälte drang eisig durch seine Haut. Er hörte das Geräusch eines Reißverschlusses und begann, sich innerlich zurückzuziehen, sein Bewusstsein hinter einem Schutzwall zu verstecken, um sich vor dem zu schützen, was nun kam. Nur so war er in der Lage, auszuhalten und nicht zu würgen; nur so konnte er den Reflex unterdrücken, zuzubeißen oder wegzulaufen oder sogar auf den Mann einzuschlagen. Und nur so konnte er dessen Stimme ertragen, als der Mann begann, Evan mit jedem nur erdenklichen obszönen Schimpfwort zu belegen.

Evan hörte die Worte dennoch. Sie drangen durch seinen Schutzwall zu ihm durch, weil er sich selbst genauso beschimpfte. Er wusste, dass sie alle wahr waren, denn schließlich war er genau das: Eine „verfickte dreckige kleine Hure."

Wie immer traten ihm die Tränen in die Augen, und er blinzelte sie weg. Die Stimme des Mannes wurde drängender. Unfähig das noch länger auszuhalten, riss Evan sich los und sprang auf. Seine Beine waren nass und kribbelten vor Kälte. Als der Mann frustriert aufheulte, zwang Evan seinen Körper dazu, sich in Bewegung zu setzen, und flüchtete. Er warf einen Blick zurück und sah, wie der Mann selbst Hand anlegte, dann bog er um die Hausecke. Sein Herz pochte wild.

Als er merkte, dass er nicht verfolgt wurde, verlangsamte Evan seine Schritte und hielt vor einem hell erleuchteten Kaufhausfenster an, dessen glitzernden Lichter sich in den Pfützen auf dem Gehweg spiegelten. Evan sah hinunter, und als er einen flüchtigen Blick auf ein Spiegelbild erhaschte, blickte er über seine Schulter, um zu sehen, ob jemand hinter ihm stand. Erst als er ein zweites Mal hinsah, dämmerte es ihm: Das dünne, ausgemergelte, alt aussehende Gesicht, das ihn anstarrte, war er selbst.

Evan ging weiter, weg von den Lichtern, und kauerte sich unter der Markise eines dunklen Schaufensters zusammen. Seine Knie taten weh. Langsam glitt er an der Wand mit ihren Marmorkacheln hinunter, schlang die Arme um seine Knie, beugte sich vor und legte die Stirn auf seine Arme. Evan fühlte, wie ihm die Tränen, die so oft schon gedroht hatten, in die Augen traten.

„Mom ... Dad ... warum habt ihr mich allein gelassen?", fragte er zum gefühlt millionsten Mal, und es schnürte ihm die Kehle zu. Seine Schultern bebten. Evan konnte die Gefühle, die er monatelang in Schach gehalten hatte, nicht mehr länger unterdrücken. Als sie ihn übermannten, flüsterte er: „Ich vermisse euch so", und sein Gesicht verzog sich im universellen Ausdruck von Trauer.

Er konnte sie vor sich sehen, wie sie sich an jenem letzten Samstagmorgen von ihm verabschiedet hatten, als sie das Haus verließen, um einkaufen zu fahren. Er hatte zu Hause bleiben wollen, und als ihm nun die Tränen über die Wangen rannen, wünschte Evan sich mit aller Kraft, dass er doch mit ihnen gefahren wäre. Dann hätte der Sattelschlepper, der auf der vereisten Fahrbahn ins Rutschen gekommen war und das Leben seiner Eltern und seine gesamte Welt zerstört hatte, auch ihn erwischt.

„Mein Sohn." Eine Hand berührte seine Schulter, und Evan sprang auf. Er wippte auf den Fußballen, Arme angewinkelt und die Hände zu Fäusten geballt. Der Mann vor ihm sah ihn lediglich an. Sein Gesicht war gelassen, beinahe heiter, und seine Hände hingen regungslos herunter. „Ich werde dir nicht wehtun", sagte er ruhig.

Evans Arme wurden schwer, und er ließ sie sinken. Sein Körper war nach wie vor bereit, beim kleinsten Anzeichen von Gefahr zu flüchten. „Was wollen Sie?", fragte Evan, trat einen Schritt zurück und stieß gegen die Wand hinter ihm. „Ich will keine Kunden, Sie können also einfach weitergehen." Er musterte den Mann, angefangen bei den sauberen, schlichten Schuhen über die schwarze Hose bis zu dem ebenfalls schlichten Mantel, der am Hals gerade so weit offen stand, dass er das schwarze Hemd mit dem weißen Kragen darunter sehen konnte. „Oh", sagte er leise, „einer von denen."

Er hatte schon vorher Pfarrer und Priester und so dabei gehabt. Sie waren wenigstens sanfter als die meisten anderen, auch wenn sie ihn genauso benutzten wie alle anderen auch. „Fünfzig", sagte er leise und hielt auf die Dunkelheit zwischen den Geschäften zu, während sich hinter ihm die Straße langsam belebte.

„Nein, mein Sohn", erwiderte der Mann sanft, „das ist es nicht, was ich will."

Evans Kampfgeist verließ ihn, und er wandte sich ab, um zu gehen. Wenn der Mann kein Kunde war, Evan hatte genug Geld und er konnte sich für den Tag einen warmen Platz leisten und vielleicht ein bisschen schlafen und seinen leeren, laut knurrenden Magen füllen.

„Ich kann dir helfen", rief der Mann Evan leise nach, mit einer Sanftheit in seiner Stimme, die Evan nicht mehr gehört hatte seit ... Evan blinzelte und zwang all seinen Kummer und seinen Schmerz hinter den Schutzwall, der sich nach dem Durchbruch von vorhin bereits wieder aufgebaut hatte.

„Ich will nichts von dir", fügte der Priester hinzu. „Versprochen. Komm, ich lade dich zum Frühstück ein." Er deutete auf ein kleines Café auf der anderen Straßenseite. „Ich verspreche, dass ich dir nicht wehtun werde."

Evan sah zu wie der Priester – er nahm zumindest an, dass er ein Priester war, er hätte auch genauso gut sonst irgendein Kirchenmann sein können, soweit Evan das wusste – über die Straße ging und sich nach ihm umsah, dann die Tür des Cafés öffnete und darin verschwand. Evan rang mit sich und versuchte, zu entscheiden, was er tun sollte. Letztendlich war es sein laut knurrender Magen, der die Entscheidung für ihn traf. Evan trat auf die Straße.

Ein Taxi hupte ihn an. Evan wartete, bis es vorbeigefahren war, und zeigte dann dem Taxifahrer den Mittelfinger. Das machte man schließlich bei Taxifahrern so. Damit verließ ihn endgültig aller Kampfgeist zusammen mit dem letzten bisschen Energie. Langsam überquerte er die Straße. Vor der Tür des Cafés zögerte er, dann öffnete er sie und trat ein.

Evan sah den verächtlichen Blick der Frau hinter dem Tresen. Er hatte keine Ahnung, was er ihr getan hatte, dass sie ihn so ansah, aber ihretwegen hatte er dieses Café immer gemieden. Jedes Mal, wenn sie ihn sah, warf sie ihm einen Blick zu, als sei er etwas, das sie von ihren Schuhen abgekratzt hatte. Und vielleicht war er ja auch genau das. Vielleicht war er nicht besser als der Dreck unter ihren Schuhen.

Er sah sich um und entdeckte den Priester, der an einem Tisch in einer Nische saß und ihn beobachtete. Als er ihm zunickte, ging Evan langsam zu ihm hinüber, wobei er die Reaktion des Mannes genau beobachtete.

„Sehr gut. Setze dich“, sagte der Priester. Evan setzte sich ihm gegenüber und hielt weiter Ausschau nach irgendeinem Anzeichen von Täuschung oder Betrug, aber der Gesichtsausdruck des Mannes schien so offen und ehrlich, wie Evan es nicht mehr gesehen hatte, seit er auf der Straße gelandet war. Es musste etwas geben, das der Mann von ihm wollte. Niemand tat irgendetwas für umsonst. Das hatte er rasch herausgefunden, als der Mann, der ihm in der ersten Nacht geholfen hatte, als er sich allein wiedergefunden hatte, versucht hatte, sich zu nehmen, was er wollte. Evan hatte schnell gelernt und war rasch misstrauisch geworden gegenüber allem und jedem.

Eine uralte Kellnerin näherte sich ihrem Tisch und lächelte den Priester an, aber bei Evans Anblick verzog sie finster das Gesicht. Sie reichte dem Priester die Karte, dann legte sie widerwillig eine weitere vor Evan auf den Tisch und verschwand.

„Was wollen Sie?“, fragte Evan und durchbohrte den Mann mit seinem Blick, forderte ihn dazu heraus, zu versuchen, Evan anzulügen.

Die Kellnerin kam zurück und der Priester bestellte ein riesiges Frühstück. Evan sagte, dass er dasselbe nehmen würde. Wenn schon sonst nichts, würde er zumindest etwas zu essen bekommen.

„Wie heißt du, mein Sohn?“, fragte der Priester und wartete stumm, als die Kellnerin ihnen Kaffee brachte. Evan legte die Hände um seinen Becher und ließ die Wärme seine fast tauben Finger auftauen.

„Wie willst du mich nennen?“, fragte Evan. Auch das war nur eine Masche, aber er sagte nie jemandem seinen wirklichen Namen. Er hatte das Gefühl, dass er sonst das letzte bisschen seines wahren Selbst aufgeben würde, den letzten Rest der Person, die er gewesen war, bevor sich alles verändert hatte.

„Lass die Spielchen, ich dulde so etwas nicht“, rügte der Mann streng, aber ohne auch nur den Hauch einer Drohung in seinem Tonfall.

Evan schluckte schwer, nippte an seinem Kaffee und spürte, wie er heiß seine Speiseröhre hinunterrann und seinen Magen mit Wärme füllte. Er stellte den Becher ab und griff nach den Zuckerpäckchen, riss vier davon auf und kippte den Inhalt in seinen Kaffee, bevor er einen weiteren Schluck trank. Der Priester sagte nichts weiter, aber seine ernsten braunen Augen sahen ihn fest, aber gütig an.

„Evan“, sagte er schließlich, fast flüsternd.

„Gut. Ich bin Vater Valentin und wie ich bereits sagte, werde ich dir in keinster Weise wehtun“, sagte der Priester. Er nippte an seinem Kaffee, verzog das Gesicht und stellte den Becher zurück auf den Tisch. „Kannst du mir sagen, wie alt du bist?“

„Natürlich, meinen Sie ich bin doof, oder was?“, erwiderte Evan scharf. „Ich bin sechzehn und ich kann ganz gut auf mich selbst aufpassen.“ Wieder forderte Evan den Priester stumm dazu heraus, ihm zu widersprechen.

„Da bin ich mir sicher“, antwortete der mit einem Lächeln.

Die Kellnerin kam zurück und stellte ihre Teller vor sie auf den Tisch. Evan schnappte sich eine Scheibe Toast und schob sie sich komplett in den Mund, kaute und schluckte schnell, bevor er gierig die andere Scheibe verschlang. Er nahm seine Gabel und machte sich über die Eier her, dann verputzte er die Butterkartoffeln mit nur drei Bissen.

„Ich verspreche dir, dass niemand versuchen wird, dir deinen Teller wegzunehmen“, neckte ihn der Priester.

Evan ignorierte ihn und schaufelte das Essen so schnell in seinen Mund, wie er schlucken konnte, ein Arm auf dem Tisch, um seine Beute zu beschützen, während er wachsam die nähere Umgebung im Auge behielt. Erst als der Teller leer war, blickte er wieder zu dem Priester auf und sah, wie dieser ihn mit einem halben Lächeln betrachtete. „Danke“, sagte Evan leise, als eine halb vergessene Stimme ihm innerlich zuflüsterte, was er zu tun hatte. Die Stimme klang sehr wie die seiner Mutter.

„Hast du noch Hunger?“ Der Priester wartete nicht auf eine Antwort, sondern tauschte einfach Evans Teller gegen seinen eigenen aus. Evans Augen wurden groß, und er aß weiter, bis sein Bauch sich wirklich, richtig voll anfühlte – ein Gefühl, das er seit dem Sommer nicht mehr gehabt hatte. Damals hatte er die Obstbäume im Park entdeckt und sich direkt vom Baum sattessen können, zumindest solange bis man ihn vertrieben hatte.

„Evan, weißt du, wo deine Eltern sind?“

Er nickte, konnte sich aber nicht dazu bringen, die Worte laut auszusprechen. Der bloße Gedanke daran fühlte sich an, als würde er sich noch einmal von ihnen verabschieden. Monatelang hatte er gehofft, dass alles nur ein Versehen gewesen war. Aber es war keines. Er wusste das jetzt, aber er konnte es immer noch nicht aussprechen, konnte die Worte nicht sagen, zumindest nicht zu einem Fremden. Aber Evans Gesichtsausdruck schien dem Priester genug zu verraten, denn der Mann nickte lediglich.

„Evan, ich kann dir helfen, wenn du es zulässt. Ich leite eine Schule für Jungen und ich würde dich gerne dorthin mitnehmen.“

Evan begriff jetzt. Der Priester würde ihn zu dieser „Schule“ mitnehmen und im Gegenzug zu einem Platz zum Schlafen würde Evan sich um die Bedürfnisse des Priesters kümmern. Er hatte schon von einem der Jungen, die er im Sommer getroffen hatte, von solchen Orten gehört. Tom war so etwas von einem alten Knacker, der immer im Park herumlungert hatte, angeboten worden. Das letzte Mal, als Evan ihn gesehen hatte, hatte Tom in Saus und Braus gelebt, und alles was er dafür tun musste, war, sich ab und zu von dem alten Sack ficken zu lassen.

„Was muss ich dafür tun?“ Evan lehnte sich über den Tisch und sah den Priester fest an. „Du willst, dass ich dir den Schwanz lutsche, oder?“

„Nein, Evan, das will ich ganz bestimmt nicht. Ich will nichts weiter von dir als die Wahrheit, wenn ich dir eine Frage stelle. Die Priester und Brüder meines Ordens sind Erzieher“, fuhr er fort, „und wir glauben daran, dass jeder Junge eine Ausbildung und eine Chance auf ein besseres Leben verdient. In der Schule wirst du Pflichten haben, die du erfüllen musst, und es wird Dinge geben, die wir alle von dir erwarten werden, so wie gutes Betragen, dass du deine Hausaufgaben machst und respektvoll mit deinen Lehrern und Mitschülern umgehst.“

„Tolle Rede, Vater, aber was wollen Sie in echt?“

„Ich möchte dir eine Chance geben, von der Straße wegzukommen. Ich möchte dir einen Ort geben, an dem du sicher und warm bist, wo es genug zu essen gibt und wo du dich nicht für Geld verkaufen musst."

Evan sah sich um, sah die anderen Gäste im Café an und versuchte herauszubekommen, ob der Typ das echt ernst meinte. Er wollte jemanden fragen, aber niemand sah auch nur in ihre Richtung. „Wer sind Sie, der Weihnachtsmann? Weil ich glaub schon lang nicht mehr an den Scheiß."

„Nein, und ich versichere dir, dass mein Angebot aufrichtig ist. Ich glaube daran, dass wir unseren Mitmenschen helfen sollen, und ich möchte dir helfen. Wirst du das zulassen?", fragte der Priester, dann fügte er hinzu: „Und bitte keine Kraftausdrücke mehr. Das ist noch eine von unseren Regeln und ein Aspekt des respektvollen Umgangs mit anderen."

Meinte der Typ das wirklich ernst? Evan starrte ihn an und versuchte immer noch dahinterzukommen, als die Kellnerin die Rechnung brachte. Vater Valentin bezahlte bar und stand auf. Es schien viel zu gut, um wahr zu sein, aber etwas sagte Evan, dass es dumm wäre, das Angebot nicht anzunehmen. Und wenn Vater Valentin doch nur so viel Scheiße laberte, wie Evan vermutete, dann konnte er immer noch weglaufen.

„Kommst du mit oder bleibst du hier?", fragte der Priester, und Evan rutschte von seinem Stuhl und folgte ihm. Er schob die Hände wieder in seine Taschen und umklammerte die schmutzigen Geldscheine wie eine Rettungsleine.

Draußen ging Vater Valentin zu einem alten, klapprigen Kombi mit Zierleisten aus Holzimitat, schloss auf, hielt ihm die Tür auf und wartete. Evan stieg ein und fragte sich, wovor er soviel Angst hatte. Er war schon oft in fremde Autos gestiegen und das nicht mit Männern, die sagten, dass sie ihm helfen wollten. Vielleicht war es die Unsicherheit? Die anderen Male, wenn er in ein Auto gestiegen war, hatte er gewusst, warum er das tat und was von ihm erwartet wurde. Aber diesmal hatte er nicht die geringste Ahnung. Evan beobachtete, wie Vater Valentin die Fahrertür öffnete, ins Auto stieg und den alten Motor mit einem Gebet und ein paar schmeichelnden Worten startete.

„Schnalle dich bitte an. Meine Bernadette hier läuft zwar noch ganz gut, aber manchmal ist sie ein bisschen unberechenbar." Vater Valentin legte den ersten Gang ein und Evan spürte einen Ruck, als das Auto förmlich in den Verkehr sprang.

Sie fuhren eine Weile durch die Innenstadt und dann weiter durch Straßen, die zu einem sehr alten Teil von Milwaukee zu gehören schienen.

Wunderschöne alte Häuser standen neben baufälligen, von denen die meisten allerdings von Gerüsten umhüllt waren. Ohne bewusst darüber nachzudenken, achtete Evan auf den Weg und prägte sich Orientierungspunkte ein für den Fall, dass er weglaufen und den Weg allein zurückfinden musste. Er traute sich nicht, zu glauben, dass tatsächlich jemand willens war, ihm zu helfen. Aber tief in seinem Innern hoffte ein kleiner Teil von ihm, dass vielleicht, nur vielleicht, Vater Valentin die Wahrheit sagte.

Dutzende Orientierungspunkte flogen an ihm vorbei und Evan versuchte, sich alle zu merken, aber dann gab er auf. Er wusste, dass er überleben konnte. Er hatte es viele Monate lang getan und er konnte und würde es wieder tun, sobald er herausgefunden hatte, was genau Vater Valentin von ihm wollte. Das alte Auto hüpfte über die ausgebesserten Straßen und rüttelte sie ordentlich durch. Die Gebäude am Straßenrand wurden niedriger, Wohnblocks wurden von Einfamilienhäusern abgelöst und die Fahrt wurde ruhiger, während die Häuser größer wurden. Sie fuhren immer weiter. Die Häuser wichen Feldern und Scheunen und grasenden Tieren, die Evan noch nie zuvor gesehen hatte.

Am Horizont tauchte ein Hügel auf, auf dessen Kuppe ein großes Gebäude stand, und je näher sie kamen, desto größer wurde es. „Das ist die Schule", sagte Vater Valentin und deutete mit der Hand über das Lenkrad hinweg.

Als das Gebäude sich hoch über ihnen auftürmte, streckte Evan den Kopf aus dem Fenster. Er fand, dass es wie ein Spukhaus aussah mit seinen großen Fenstern und den hohen Türmen, die über der Landschaft aufragten. Er schauderte leicht und sah sich schnell zu dem Mann am Steuer um. Evan rechnete fast damit, dass er sich in irgendeine bösartige Kreatur verwandelt hatte, aber Vater Valentin lächelte ihn sanft an.

„Ich hoffe, dass es dir hier gefallen wird. Es ist ein guter Ort und ich verspreche dir, dass wir uns gut um dich kümmern werden. Ein Teil der Arbeit meines Ordens ist es, jenen zu helfen, die unsere Hilfe benötigen, und als ich dich aus der Gasse kommen sah, da wusste ich, dass ich versuchen musste, dir zu helfen."

Evan schaute zu Boden und rutschte mit den Füßen in seinen ausgelatschten Schuhen hin und her. Er wusste nicht, warum es ihn störte, dass Vater Valentin ihn in der Gasse gesehen hatte, aber das tat es. Der Mann war echt nett zu ihm gewesen, bisher jedenfalls. Evan weigerte sich zwar, in seiner Wachsamkeit nachzulassen, aber etwas in ihm fühlte sich anders an, leichter. War das Hoffnung? Evan wusste es nicht und er unterdrückte das

Gefühl schnell wieder. In den letzten Monaten war er doch immer nur wieder enttäuscht worden, wenn er sich so gefühlt hatte.

Das Auto bog in eine lange Auffahrt ein, die mit Bäumen gesäumt war, und fuhr die sich in Serpentinen windenden Straße den Hügel hinauf bis auf einen Parkplatz. Evan versuchte, das Gebäude ganz zu sehen, aber es ragte zu hoch über ihm auf. Alles was er sehen konnte waren senfgelbe Mauern und braune Fensterrahmen.

„Wo sind wir hier?“, fragte Evan leise und linste durch das Fenster nach draußen. Zwischen den auf dem Gipfel des Hügels thronenden Gebäuden sah er etwas, das wie eine Kirche aussah.

„Das ist die St. Bartholomäus Akademie für Jungen“, sagte Vater Valentin stolz, als er seine Tür öffnete und aus dem Wagen stieg. Evan stieg ebenfalls aus und nach der langen Fahrt im warmen Auto wurde ihm in der klaren, sauberen Luft sofort wieder kalt.

„Vater, Sie sind zurück.“ Evan sah einen Mann näherkommen, der gegen die Kälte dick eingehüllt war. „Wie war die Konferenz mit dem Bischof?“

„Ergiebig, Bruder William“, sagte er und fügte hinzu: „Das Auto müsste entladen werden. Würdest du dich darum kümmern, während ich Evan hier nach drinnen ins Warme bringe?“

„Ich ... ich ... k-kann helfen“, bot Evan mit klappernden Zähnen an.

„Sei nicht albern, du frierst dich zu Tode.“ Vater Valentin ging auf eine Doppeltür zu und weil er keine Ahnung hatte, was er sonst tun sollte, folgte Evan ihm. Beim Eintreten fühlte er sich in eine andere Welt versetzt, eine Welt, in der er sofort von Wärme eingehüllt wurde. „Mein Büro ist hier entlang“, sagte Vater Valentin mit einer Geste. Evan nickte langsam und folgte ihm den stillen Flur hinunter. „Die anderen Jungen sind gerade im Unterricht, aber es wird hier bald recht laut werden“, erklärte Vater Valentin, als sie auf eine große Tür zugingen. Er öffnete sie und bedeutete Evan einzutreten. Evan kam langsam näher und spähte durch die Tür, dann schaute er zurück den Flur hinunter.

Ein Teil von ihm wollte weglaufen. Er hatte auf dem Weg durch das Gebäude eine Statue von einem Mann gesehen, der seinen abgetrennten Kopf in den Händen hielt, und eine andere von einem Mann, der von lauter Pfeilen durchbohrt war. Er fragte sich, was das wohl für Menschen waren, die in einer solchen Umgebung lebten. Als er nun in den Raum spähte, fiel sein Blick sofort auf eine weitere Statue, diesmal aber von einer hübschen Frau mit einem blauen Mantel. Sie sah nett aus, heiter und gelassen. Evan sah zu

Vater Valentin auf, der ihn anlächelte und nickte. Er trat ein und schaute sich um. Vater Valentin folgte ihm und schloss die Tür hinter sich. Jetzt würde er also die Quittung präsentiert bekommen, dachte Evan und beobachtete den Priester, der um ihn herum zu seinem Schreibtisch ging.

„Setze dich, Evan", sagte Vater Valentin sanft und deutete auf einen der Stühle. „Ich habe ein paar Fragen an dich und ich möchte, dass du sie ehrlich beantwortest. Das ist alles, das wir je von anderen verlangen können: dass sie ehrlich sind. Ich verspreche dir, dich für deine Antworten weder zu beurteilen noch zu verurteilen. Verstehst du das?"

Evan verstand nicht, aber er nickte trotzdem in der Hoffnung, dass Vater Valentin endlich ausspucken würde, was er von ihm wollte.

Vater Valentin stand wieder auf, kam um den Schreibtisch herum und setzte sich auf den Stuhl neben Evan. „Ich weiß, dass dies alles für dich schwer zu glauben ist, und so will ich mir einen Moment Zeit nehmen, dir alles zu erklären, damit du verstehst, was ich dir anbiete und was von dir erwartet wird." Vater Valentins Stimme klang so warm und fürsorglich, dass Evan sich ganz vorsichtig traute zu glauben, dass die Sache wirklich echt war. „Diese Schule ist eine konfessionelle Schule", fuhr er erklärend fort. „Du wirst jeden Tag am Gottesdienst teilnehmen, gemeinsam mit den anderen Jungen. Wir werden dich testen, um zu sehen, wie weit du schulisch bist, und um einen entsprechenden Stundenplan für dich zu erstellen. Kurzgefasst, die Schule wird dein Zuhause sein und ich, gemeinsam mit den Brüdern, werde deine Familie sein."

Evan hob seinen Blick von dem kleinen Fleck auf dem Teppich, den er angestarrt hatte. „Und was ist der Preis dafür? Niemand tut irgendwas für umsonst, soviel weiß ich auch. Was wollen Sie von mir?"

Vater Valentin nickte langsam, seine Augen blieben sanft und gütig. „Der Preis dafür ist deine Bildung. Alles was ich von dir verlange, ist, dass du dein Bestes in der Schule gibst, um zu lernen und ein guter, mitfühlender Mensch zu sein. Weiter erwarte und verlange ich nichts von dir. Es gibt ein paar Regeln, an die wir uns hier alle halten. Eine ist Respekt im Umgang mit deinen Lehrern und Mitschülern. Eine zweite ist, dass die Art Handlungen, an denen du teilhattest, ehe du hierherkamst, nicht toleriert wird." Vater Valentins Stimme wurde fest und bestimmt. „Ich verstehe, dass du versucht hast zu überleben, und ich kann das respektieren. Aber hier streben wir danach, gottgefällig zu leben, und diese Art von Handlung ist nicht akzeptabel." Evan konnte spüren, wie Vater Valentins Augen ihn durchbohrend ansahen. „Was wir dir im Gegenzug anbieten werden, ist ein sicherer Ort, an dem du lernen kannst, ein aufrechter junger Mann zu sein. Ein Ort, an dem du beginnen kannst, dir eine Zukunft fern der Straße aufzubauen."

Evan schluckte. War das wirklich echt? Es schien einfach zu gut, um wahr zu sein. „Sie wollen echt nichts anderes von mir?"

Vater Valentin schüttelte langsam den Kopf. „Nein. Nun, nicht in der Art, wie du denkst. Ich will in der Tat etwas von dir. Ich will, dass du ein guter Schüler wirst und zu einem anständigen Mann mit einer vielversprechenden Zukunft heranwächst. Nichts weiter." Er hob einen Finger und Evan machte sich darauf gefasst, dass ihm nun der Boden unter den Füßen weggezogen werden würde. „Aber ich hätte gerne ein paar Antworten."

„Was für Antworten?", fragte Evan zögernd.

„Lass uns mit deinem vollen Namen beginnen." Vater Valentin griff nach einem Notizblock.

„Evan Donaldson", antwortete er und sprach damit zum ersten Mal seit dem Tod seiner Eltern seinen vollen Namen laut aus.

Vater Valentin notierte den Namen und lehnte sich dann in seinem Stuhl vor, ein sanfter, gütiger Ausdruck auf seinem Gesicht. „Was ist mit deiner Familie passiert?" Evan wusste, dass er irgendwann darüber würde reden müssen, aber er wollte nicht, schüttelte nur den Kopf und sah weg. „Ich bitte dich, mir zu vertrauen, Evan. Ich werde nichts tun, um dich zu verletzen, aber ich muss wissen, was dir widerfahren ist, damit ich versuchen kann, dir zu helfen."

„Sie sind im Frühling bei einem Autounfall gestorben", antwortete er dem Fußboden. „Ich wünschte, ich wäre dabei gewesen", fügte Evan hinzu. Er schluckte schwer und versuchte verzweifelt, seine Emotionen unter Kontrolle zu behalten.

„Hast du sonst keine Familie?", hörte er Vater Valentin fragen. Evan schüttelte den Kopf, sicher, dass er kein weiteres Wort würde herausbringen können. „Bist du zu einer Pflegefamilie geschickt worden?", fragte er gütig, und Evan nickte. „Haben sie dir wehgetan?"

Evan schüttelte den Kopf, unfähig zu erklären, dass die Pflegeeltern bestimmt liebe, freundliche Menschen waren, aber da sie nicht seine Eltern waren, waren sie in seinen Augen die schrecklichsten Menschen der Welt.

„Ich bin da weg. Die wollten mich eh nicht." Das war die einfachste Erklärung und sie kam Evans Gefühlen am nächsten. Er war nicht ihr Kind und sie waren nicht seine Eltern, also konnten sie ihn nicht wollen und er wollte sie definitiv nicht. Evan sah vom Teppich auf und stellte fest, dass Vater Valentin ihn ein wenig nervös beobachtete. „Ich geh da nicht hin zurück", fügte er hinzu, dann starrte er wieder zu Boden.

„Ich werde dich nicht zurückschicken. Aber erinnerst du dich, was ich über das Ehrlich sein gesagt habe? Das gilt für beide Seiten." Evan hörte zu und fragte sich, worauf er hinauswollte. „Ich muss die Behörden anrufen und ihnen sagen, wo du bist. Ich kann dafür sorgen, dass die rechtliche Vormundschaft auf mich übertragen wird, aber ich werde das nur tun, wenn du damit einverstanden bist."

Evans Augen flogen zu Vater Valentin hoch. „Sie lassen mich entschieden? Die Scheißtussi von Sozialarbeiterin hat das nie gemacht. Die hat mich einfach bei fremden Leuten abgeladen!" Überrascht stellte Evan fest, dass er Vater Valentin offenbar nicht als einen Fremden ansah. Er wusste noch nicht so genau, als was er ihn ansah, nicht wirklich jedenfalls, aber er dachte, dass er ihm vertrauen konnte. Vielleicht. So ein bisschen.

„Ja, du hast die Wahl", sagte Vater Valentin, streckte die Hand aus und berührte Evans Schulter. „Eine unserer Regeln besagt, dass jede Form des Fluchens eine Beleidigung an Gott darstellt," sagte Vater Valentin klar. „Die Sozialarbeiterin mag eine 'Scheißtussi' gewesen sein, aber wir sagen das so nicht." Evan linste hoch und sah, dass Vater Valentin ihm zuzwinkerte und sich seine Mundwinkel zu der Andeutung eines Lächelns verzogen.

„Okay." Er dachte eine Sekunde lang nach. „Wie wär's mit Tussnelda?" Das hatte seine Mutter immer gesagt. Evan schluckte schwer an dem Kloß in seinem Hals.

Vater Valentin lächelte. „Wenn es sein muss." Das Lächeln verblasste. „Wie lange ist es her, dass du deine Pflegeeltern verlassen hast?"

Evan zuckte mit den Schultern. Es war warm gewesen, als er weggelaufen war, und die ersten paar Monate waren einfacher gewesen. Zumindest hatte er immer einen Schlafplatz gefunden. „Frühling, nehm ich an", antwortete er und versuchte, sich zu erinnern. Es schien so lange her zu sein. Wenn jeder Tag ein Überlebenskampf war, dann hatte Zeit keine Bedeutung mehr außer dem Wechsel in Temperatur und Wetter.

Ein sachtes Klopfen an der Tür unterbrach sie und Evan sank auf seinem Stuhl zusammen, als Vater Valentin der Person vor der Tür zurief, sie möge hereinkommen.

„Es tut mir leid, Sie zu stören, Vater, aber es ist gleich Zeit für den Gottesdienst und ..."

Vater Valentin stand von seinem Stuhl auf, und Evan hörte, wie seine Knie dabei knackten. „Danke, Bruder, du hattest ganz recht, mich daran zu erinnern." Die Tür schloss sich wieder. „Wir sollten uns fertig machen. Komm, ich zeige dir den Weg." Vater Valentin ging zur Bürotür und öffnete sie, dann führte er Evan den Flur hinunter, der inzwischen voller Jungen aller Altersgruppen war, von einige Jahre jünger als Evan bis einige Jahre älter, und sie machten in der Tat einen beträchtlichen Lärm. Evan hielt den Blick gesenkt, sorgsam darauf bedacht, mit niemandem Blickkontakt herzustellen, und gleichzeitig Vater Valentin im Auge zu behalten. „Die Kapelle ist gleich dort drüben. Ich muss mich umziehen. Gehe einfach schon hinein und setze dich."

Vater Valentin eilte davon, und Evan ging zu dem Gebäude, auf das er gezeigt hatte. Er trat ein und dann durch eine weitere Tür in einen großen Raum mit einer hoch aufragenden Decke. Er und seine Eltern waren nie viel in die Kirche gegangen, aber etwas an diesem Raum berührte in tief in seinem Innern. Evan wandte sich nach links und suchte sich einen Platz in der hintersten Ecke, nahe einer der Säulen, und setzte sich. Seine Augen huschten einmal durch den leeren Raum, dann legte er den Kopf in den Nacken und sah zur bemalten Decke auf. Er hatte noch nie etwas so Schönes gesehen, und er starrte sie mit offenem Mund an.

Die Türen öffneten sich und das Geräusch vieler Stimmen brachte ihn in die Gegenwart zurück. Schnell blickte er wieder zu Boden. Die hereinströmenden Jungen suchten sich ihre Plätze und ihre Stimmen verstummten. Langsam hob Evan den Blick. Er sah Vater Valentin aus einer Tür treten und die Hände heben. Alle standen auf. Vater Valentin begann, etwas zu singen, und dann stimmten alle ein. Evan konnte nicht wirklich verstehen, was sie sangen, aber er gab sich Mühe zumindest zuzuhören.

Die Hintertür der Kirche öffnete sich, und ein einzelner Junge schlüpfte herein. Er blickte sich um, dann schloss er leise die Tür und glitt auf den Platz neben Evan. Wie alle Jungen hier trug er eine graue Hose, ein weißes Hemd und eine blaue Jacke. Der Junge berührte Evans Arm und drückte ihm eine der blauen Jacken in die Hand, dann machte er eine Geste, die anzudeuten schien, dass Evan die Jacke anziehen solle. Evan tat das und schaute den anderen Jungen an. Er fragte sich, was wohl vor sich ging und versuchte seine Frage mit den Lippen zu formen, aber der dunkelhaarige Junge lächelte ihn lediglich an und wandte seine Aufmerksamkeit dem Gottesdienst zu.

Evan lauschte dem Gottesdienst und versuchte, sich darauf zu konzentrieren, aber seine Augen wanderten immer wieder zu dem Jungen, der neben ihm auf der harten Holzbank saß, zurück. Evan wusste nicht, wie er hieß, aber er wusste, dass der Junge funkelnde braune Augen hatte, ein offenes Gesicht und dass sein Lächeln in Evan eine seltsame Empfindung auslöste.

Er schob sich in seiner Hose zurecht und zog dann die Jacke zu. Damit war ihm nicht nur wärmer, die Jacke verbarg auch andere Dinge, von denen er nicht wollte, dass sein Banknachbar sie sah. Während des gesamten Gottesdienstes behielt er den Jungen mit dem rabenschwarzen Haar im Auge. „Amen!", hallte es durch den weiten Raum, als alle gleichzeitig sangen. Einen Augenblick lang herrschte Stille, dann begannen die Jungen, wieder alle gleichzeitig zu reden und sich zum Ausgang zu drängeln.

Evan versuchte, dem schwarzhaarigen Jungen durch die hölzernen Bankreihen zu folgen, aber er ging im Strom der anderen unter und wurde davongetragen. Da er nicht wusste, wohin er gehen sollte, bleib Evan stehen, wo er war, bis er Vater Valentin auf sich zukommen sah.

„Gut, ich sehe, du hast eine Jacke bekommen. Ausgezeichnet", sagte er und blieb stehen. „Ich denke, wir sollten dir etwas zum Mittagessen besorgen, dann kannst du dich waschen und wir werden ein Zimmer für dich finden."

Evan nickte und folgte ihm, wobei er sich zum millionsten Mal fragte, was er hier eigentlich tat und warum gerade dieser Mann so nett zu ihm war. Vater Valentin führte ihn zurück zu seinem Büro und bat einen der Brüder, für sie beide Mittagessen zu bringen. Anschließend führte er Evan zu einem kleinen privaten Badezimmer.

„Ich werde einen der Brüder bitten, dir ein paar Schuluniformen zu bringen, und dann werde ich zusehen, was ich tun kann, um dir etwas zum Anziehen für die Wochenenden zu besorgen."

Evan drehte sich um. „Ich kann nicht für alles bezahlen", sagte er leise und griff in seine Tasche. Einen Moment lang berührte er die Scheine, dann zog er sie heraus und gab sie wortlos Vater Valentin. Ehe er die Badezimmertür schloss, sah er gerade noch, wie Vater Valentins Augen groß wurden und sein Mund sich zu einem Lächeln verzog.

Schnell zog Evan sich seine schmutzigen Klamotten aus und zerrte die Socken von seinen Füßen. Mehr Geldscheine flatterten zu Boden. Evan stopfte die Scheine zurück in die kaputte Socke und stapelte seine Sachen auf einen Haufen. Nackt betrat er die Dusche und stellte das Wasser an. Er sah zu, wie Schmutz und Dreck von ihm abflossen und im Abfluss verschwanden. In einer

Ecke fand er eine Flasche Shampoo und wusch sich gründlich seine langen, blonden Haare. Er konnte sich nicht erinnern, wann er das letzte Mal beim Friseur gewesen war.

Als die Tür aufging, zuckte Evan zusammen. Seine Hände gegen die Fliesen gedrückt, stützte er sich an der Wand ab und wappnete sich. So lief das also? Er hatte dieses Spiel schon mehrmals gespielt. Viele von den Typen, die ihn mit zu sich nach Hause genommen hatten, ließen ihn sich erst mal waschen, bevor sie zu ihm unter die Dusche stiegen.

„Vater Valentin hat mich gebeten, dir neue Kleidung zu bringen", sagte eine unsichtbare Stimme ruhig, und Evan hörte, wie jemand auf der anderen Seite des Duschvorhangs umherging. Er spähte um den Vorhang herum und sah einen Mann, der ein Bündel auf die Waschkommode legte, ehe er das Badezimmer wieder verließ. Evan schüttelte den Kopf dass seine nassen Haare gegen seine Schultern klatschten und kam aus der Dusche. Neben dem Bündel Kleidung lagen Handtücher und ein kleiner Plastikbeutel mit Toilettenartikeln. Seine spärlichen Besitztümer waren noch genau da, wo er sie hingelegt hatte. Er trocknete sich ab, zog die neuen Kleider an und versuchte, sich nicht im Spiegel anzusehen, während er sich die Haare kämmte. Evan zog seine kaputten Schuhe an, hob seine alten Kleider auf und verließ das Bad, unsicher, wo er jetzt hingehen sollte.

„Bist du fertig?"

Evan zuckte erneut zusammen; es war die gleiche Stimme, die er im Badezimmer gehört hatte.

„Entschuldige", sagte der junge Mann, „Vater Val ist etwas dazwischen gekommen, also hat er mich gebeten, dich zu unserem Schulgutachter zu bringen."

„Was macht der?", fragte Evan leise nach.

„Bruder Benedikt wird dich prüfen, um zu sehen, wie weit du in der Schule bist, damit wir dich in die richtige Klasse schicken können." Der junge Mann ging zur Tür.

„Wer sind Sie?"

„Oh." Der junge Mann kicherte doch tatsächlich. „Ich bin Bruder Timothy. Ich bin das neuste Mitglied des Ordens." Er schien nicht viel älter zu sein als Evan. „Wir sollten Bruder Ben nicht warten lassen."

Evan folgte Timothy durch die Flure und zwei Treppen hoch zu einem winzigen Raum, in dem er die nächsten Stunden damit zubrachte,

Rechenaufgaben zu lösen und laut vorzulesen und alle möglichen anderen Arten von Tests auszufüllen und zu bearbeiten, ehe Timothy wiederkam.

„Dann werde ich dir mal deine Unterkunft zeigen."

Evan folgte Timothy aus dem Gebäude und durch einen überdachten Gang zu einem anderen Gebäude. Drinnen wurde Evan erneut Treppen hochgeführt und dann einen langen geraden Flur hinunter. In den Zimmern mit offenen Türen drehten sich Köpfe nach ihnen um, und einige der Jungen flüsterten miteinander, während er vorbeiging. Evan wusste, dass sie über ihn sprachen. Er hielt seine Augen weiterhin fest zu Boden gerichtet und stieß so fast mit Bruder Timothy zusammen, als der junge Mann an einer der Türen anhielt.

„Was ist hier?"

„Das", sagte Timothy, als er die Tür öffnete, „ist dein Zimmer. Du wirst es dir mit einem deiner Mitschüler teilen."

Evan ging an ihm vorbei und in das Zimmer hinein. Der schwarzhaarige Junge aus der Kapelle sah von seinem Buch auf und lächelte ihn an.

Evan blieb wie angewurzelt stehen und blinzelte. Sein Magen verkrampfte sich und eine Sekunde lang dachte er, ihm würde übel, aber es blieb bei einem dumpfen Schmerz. Evan wusste nicht, was das zu bedeuten hatte, aber er war sich ziemlich sicher, dass es etwas mit diesen riesigen Augen zu tun hatte, die ihn geradeheraus ansahen. Evan drehte sich zu Bruder Timothy um, um zu sehen, ob er es auch gefühlt hatte, aber sein Gesichtsausdruck hatte sich nicht verändert.

„Hallo", sagte der Junge, stand auf und hielt ihm seine Hand hin. „Ich bin Clay Mueller und du musst Evan sein."

Da er nicht wusste, was er sonst tun sollte, ergriff Evan die ausgestreckte Hand. Dabei rutschte ihm das Bündel seiner alten Klamotten aus der Hand und fiel zu Boden.

„Ich bringe die zur Wäscherei", sagte Bruder Tim und hob das Kleiderbündel auf. Evan geriet in Panik, als er seine Socken mit all seinem Geld darin verschwinden sah. Dieses kleine Bündel Scheine war alles, was er auf dieser Welt besaß, und falls die Dinge hier nicht so gut laufen sollten ... Evan hastete hinter dem jungen Bruder her und griff nach seinen zerschlissenen Socken, als Timothy gerade die Tür erreicht hatte. Er zog die Socken aus dem Bündel und umklammerte sie fest; unter seinen Fingern fühlte er das Bündel Scheine. Aus den Augenwinkeln nahm er wahr, dass Clay ihn neugierig anstarrte, und er versuchte, sein wild schlagendes Herz zu beruhigen. Seine

Finger um die zerfetzten Socken wie um eine Rettungsleine geklammert, starrte Evan Bruder Timothy hinterher, bis der außer Sichtweite verschwand.

„Ich nehm an, diese Socken sind was besonderes“, sagte Clay. Evan sah ihn kurz an, dann senkte er den Blick wieder zu Boden. Die Stofffetzen mit allem, was er besaß, hielt er weiterhin fest.

„Tschuldigung“, sagte Clay.

Evan setzte sich auf die Kante des Bettes, von dem er annahm, dass es seins war, da es ordentlich gemacht war und diese Seite des Raums leer erschien. Er sank etwas in die Matratze ein und blickte sich im Zimmer um. Es beinhaltete zwei Betten, zwei Kommoden und zwei Schreibtische, sowie einen Schrank und ein Fenster.

„Vater Val sagte, du hättest eine schwere Zeit hinter dir“, bemerkte Clay, und Evan hob den Blick und sah Clay an. Seiner Ansicht nach war das die Untertreibung des Jahrhunderts, aber Evan war nicht in der Stimmung, das weiter zu kommentieren. Er versuchte immer noch, zu verstehen, wer – oder was – ihn hierhergeführt hatte.

„Du redest nicht gerade viel, oder? Das ist schon in Ordnung“, fuhr Clay fort. „Meine Mutter sagt, ich rede genug für acht Leute, also sollten wir prima miteinander klarkommen.“ Evan spürte, wie die Matratze tiefer einsank, als Clay sich neben ihn setzte. „Das hier ist dein Bett,“ sprach Clay weiter, „was du dir wahrscheinlich schon gedacht hast. Und das da ist deine Kommode. Ich hab die Uniformen und die Klamotten, die Bruder Tim gebracht hat, in die Schubladen getan. Und das ist dein Schreibtisch und dir steht die Hälfte vom Kleiderschrank zu, aber ich muss dich warnen, es ist eher ein Viertel, oder so, weil meine Mutter mir andauernd noch mehr Zeug schickt, und ich keinen Platz mehr hab.“

Evan hatte von seinen Schuhen aufgesehen und betrachtete Clay, während er sprach. Er war sich nicht sicher, ob Clay wirklich mit ihm sprach oder einfach nur vor sich hin plapperte. „Okay“, sagte Evan. Ihm war das eh egal, da seine spärlichen Besitztümer vermutlich in eine Schublade der weiß gestrichenen Kommode passen würden.

„Hi, Clay.“ Ein neuer Junge stürzte ins Zimmer und starrte sie beide neugierig an. „Was meinst du, wie lange, bis du den hier auch weggeekelt hast? Clay hasst es, einen Zimmergenossen zu haben, und er findet immer einen Weg, ihn wieder loszuwerden“, erklärte der Junge, der gewellte braune Haare und eine große Nase hatte.

„Ach hör auf, Bryson“, sagte Clay, sprang vom Bett auf, packte den Jungen und verpasste ihm eine Kopfnuss. Sie lachten.

Evan stand auf. „Ich geh lieber“, sagte er leise. Er hätte wissen müssen, dass die Sache zu gut war, um wahr zu sein. Er würde nicht hierher passen, er gehörte hier nicht hin. Der einzige Ort, für den er gut genug war, war die Straße. Wenigstens wusste er da, womit er rechnen musste und konnte sich darauf einstellen. Hier wusste er nie, was er zu erwarten hatte. Die Socken noch in der Hand, verließ Evan das Zimmer und ging den Flur hinunter in Richtung Ausgang. Er hoffte, dass er Bruder Timothy finden konnte, um von ihm seine Klamotten zurückzubekommen. Er hatte etwas Geld, das konnte er verwenden, um wieder dorthin zu kommen, wo er hingehörte – auf die Straße, zurück zu den anderen Strichern.

„He!“ Er hörte schnelle Schritte hinter sich. „Evan, warte!“ Er ging weiter und blieb erst stehen, als ihn jemand am Arm packte. „Wo willst du hin?“

Gute Frage. Er hätte nach Hause sagen sollen, aber er hatte keins. Monatelang war er umhergewandert und hatte geschlafen, wo immer er ein Plätzchen hatte finden können.

„Komm mit.“ Er ließ sich von Clay zu ihrem Zimmer zurückziehen. „Hör nicht auf Bryson, er ist ein Vollidiot.“ In ihrem Zimmer angekommen schloss Clay die Tür, wohl um einen erneuten Fluchtversuch seines neuen Zimmergenossen zu verhindern. „Willst du drüber reden, was passiert ist?“

Evan schüttelte den Kopf. „Nicht wirklich.“

„Völlig in Ordnung. Du musst mir nichts erzählen, wenn du nicht willst.“ Clay flitzte durch das Zimmer, sammelte ein paar der herumliegenden Kleidungsstücke auf und zog seine Bettdecke glatt. „Weißt du, was ich denke?“, fragte Clay, während er herumwuselte. „Ich denke, wir werden gute Freunde.“

Ein Glockenschlag erklang draußen und Clay zog seine Kleidung zurecht. „In fünf Minuten gibt’s Abendessen“, verkündete er. „Du solltest deinen Kram wegräumen, dann können wir gehen.“

Evan sah sich um, aber das Einzige, was er wegzuräumen hatte, waren seine Socken. Er öffnete die oberste Schublade der Kommode, steckte die Socken unter die anderen Kleidungsstücke und schloss die Schublade wieder. Draußen auf dem Gang hörte er Schritte. Clay öffnete die Tür und wartete auf ihn.

„Mach dir keine Sorgen, alles wird gut werden.“ Clay trat auf den Flur hinaus und Evan folgte ihm. Gemeinsam reihten sie sich in den Pulk der Jungen ein, die auf dem Weg zur Treppe waren. Er verlor Clay aus den Augen und da alle die gleiche Kleidung trugen, konnte er ihn nicht wiederfinden. Evan folgte der Menge und landete schließlich in einem großen Speisesaal. Alle Jungen stellten sich in einer Reihe auf und schienen auf etwas zu warten, also stellte er sich dazu und wartete mit. Er spürte, wie ihn jemand am Arm stupste; es war Clay, der neben ihm stand und ihn anlächelte. Evan sah sich um, sah sich die anderen Jungen an, die alle dieselbe Kleidung trugen. Dann sah er an sich hinab und stellte fest, dass er nun genauso aussah wie alle anderen – na ja, fast.

Die Jungen beugten die Köpfe und wurden still. Evan sah Vater Valentin auf einer Seite des Raumes stehen. Evan ahmte die anderen nach und hörte etwas, das wie ein Gebet klang. Sobald das Gebet beendet war, öffneten sich Türen und alle redeten wieder gleichzeitig. Nun ja, alle außer Evan. Er ging hinter Clay her, nahm sich ein Tablett und folgte in allem Clays Beispiel.

Er trug sein volles Tablett zurück in den Saal und setzte sich neben Clay an einen Tisch, und bald gesellten sich noch andere Jungen zu ihnen. „Jungs, das hier ist mein neuer Zimmergenossen, Evan. Das ist Pete", sagte Clay und deutete auf einen nach dem anderen, „Patrick, Wilbur, Dex, und der da hinten ist Frankie."

Evan fühlte sich ein bisschen überwältigt. *Würden diese Jungs ihn mögen oder gleich von Anfang an nicht ausstehen können?* Manchmal rechnete er fast damit, dass ihm das Wort „Stricher" auf der Stirn eingraviert war und dass alle wussten, was er getan hatte, um zu überleben. „Hallo", sagte er zaghaft.

„Vater Val hat Frankie auch geholfen", sagte Clay, und Evan sah zu dem Jungen am anderen Ende des Tisches hinüber.

„Meine Eltern konnten sich die Schulgebühren nicht leisten, da hat Vater Val ein Stipendium für mich eingerichtet", erklärte Frankie mit einem glücklichen Lächeln. „Vater Val hilft jedem, dem er helfen kann. Es gibt noch ein paar andere Jungs hier, denen er auch geholfen hat", sagte Frankie und zeigte quer durch den Saal, dann wandte er sich Evan zu. „Man muss sich erst ein bisschen eingewöhnen, aber das hier ist eine gute Schule, und die meisten von uns können anschließend auf richtig gute Universitäten gehen", sagte Frankie mit einem Lächeln.

Für Evan stand zur Universität zu gehen außer Frage. Er hatte genug damit zu tun, jeden einzelnen Tag durchzustehen. Die Straße hatte ihn gelehrt, nicht auf das Morgen zu schauen, sondern nur zu versuchen, jeden Tag mit allem, was kam, zu überstehen.

„Ist das wirklich echt?“, fragte Evan Frankie. „Ist er wirklich so nett und will nix dafür?“

Die Jungen am Tisch drehten sich zu Vater Valentin um, der zwischen den Tischen umherging. Evan bemerkte, dass er an fast jedem Tisch stehenblieb und mit den Jungen redete, manchmal lachte, und einige umarmte, besonders die jüngeren. Dann kam er an ihren Tisch. „N‘Abend, Jungs“, sagte er fröhlich.

„Hallo, Vater Val“, schallte es im Chor zurück. Evan fiel auf, dass die anderen Jungs den Priester anstrahlten, offenbar aufrichtig erfreut darüber, ihn zu sehen.

„Ihr habt Evan kennengelernt?“ Alle nickten. „Ausgezeichnet. Ich würde es begrüßen, wenn ihr ihn herumführen würdet, ihm alles zeigt. Clay, er ist in vielen von deinen Kursen.“ Er zog einen Ausdruck aus der Tasche und reichte ihn Evan. „Clay wird dir morgen helfen, deine Klasse zu finden“, sagte Vater Val zu ihm. „Also, Jungs, ich weiß, dass ich eine Menge von euch verlange, aber könntet ihr die üblichen Einweihungsrituale unterlassen? Evan muss sich erst einmal eingewöhnen und mir wäre es sehr lieb, wenn wir auf Streiche verzichten könnten, zumindest bis er die Chance gehabt hat, sich als einer der unseren zu fühlen.“ Alle Jungen nickten und ein paar unterdrückten ein Grinsen. „Danke, Jungs. Ich sehe den ein oder anderen dann zur Kontrolle der Nachtruhe.“

Vater Val lächelte sie strahlend an. Evan fühlte, wie er eine Hand auf seine Schulter legte und sie leicht drückte. Er sah zu dem Priester auf, der ihn mit einem warmen Lächeln ansah, und bei dem Ausdruck auf dem Gesicht des Mannes stockte ihm der Atem. Den hatte er nicht mehr gesehen, seit sein Vater ihm Gute Nacht gesagt hatte am Abend vor ... Evan wandte sich ab und starrte auf sein Tablett, nicht bereit, die anderen sehen zu lassen, was er fühlte.

Gelächter am Tisch holte seine Aufmerksamkeit zurück zu den Jungen und er blickte auf. Milch lief Frankies Gesicht hinunter, während einer der anderen Jungs ihm auf den Rücken klopfte. Evan spürte, wie sich seine Lippen zu einem Lächeln verzogen. Er erinnerte sich kaum noch daran, wie sich das anfühlte.

Evan nahm einen Bissen von seinem Teller und schob entschlossen seine Gefühle beiseite, hörte den anderen Jungs zu und beobachtete sie dabei, wie sie ihre Späßchen machten. Nach einer Weile stellte er fest, dass sie ihn dabei mit einbezogen. Als sie anfingen, Witze zu erzählen, warteten sie darauf, dass er auch lachte – und Evan ertappte sich dabei, dass er lachte, laut und lang. Er fühlte, wie ein kleiner Teil seiner Sorgen von ihm abfiel und sich auflöste. Als er an der Reihe war, erzählte er einen Witz über einen Zahnbürstenverkäufer, den sein Vater oft erzählt hatte. Die Jungen hörten ihm zu und bei der Pointe brachen sie alle in lautes Gelächter aus.

Evan sah, wie einer der Brüder auf ihren Tisch zuhielt, einen strengen Ausdruck auf dem Gesicht. Schnell wandte Evan sich wieder seinem Teller zu. Als der Bruder näherkam, wurde er von Vater Valentin abgefangen und beiseitegenommen. Evan war sich nicht sicher, ob die anderen es gesehen hatten, aber er hätte schwören können, dass Vater Valentin ihm zuzwinkerte, als er den Bruder zu einem anderen Tisch steuerte.

Die Jungen beendeten ihr Abendessen und alle räumten ihre Tabletts weg, bevor sie den Saal verließen. Evan folgte wieder Clays Beispiel und ging dann mit ihm zurück zu ihrem Zimmer. Clay machte das Licht an und tauschte seine Schuluniform gegen Jogginghose und T-Shirt. Dann ließ er sich mit einem seiner Schulbücher aufs Bett fallen.

„Willst du auch eins haben?“, fragte Clay und warf ihm im hohen Bogen ein Buch zu. „Das haben wir morgen in der ersten Stunde“, informierte Clay ihn und zeigte ihm dann, welche Hausaufgaben sie aufhatten.

Evan setzte sich an seinen leeren Schreibtisch und öffnete das Buch. Clay gab ihm noch ein Blatt Papier und einen Stift und Evan fing an, sich durch die Rechenaufgaben durchzuarbeiten. Mathe war ihm immer leichtgefallen und das hier kam ihm bekannt vor. Trotzdem ertappte er sich alle paar Minuten dabei, wie er zu Clay hinüberspähte. Nachdem er alle Aufgaben gelöst hatte, drehte er sich zu Clay um, um ihn etwas zu fragen. Clay gähnte gerade, beide Arme über den Kopf gestreckt, und sein T-Shirt rutschte hoch und ließ einen Streifen leicht gebräunter Haut über dem Hosenbund sehen.

Evan fühlte, wie er auf den Anblick reagierte, und drehte sich schnell wieder weg. Er wusste, was das bedeutete. Er hatte sich schon um viele Männer mit genau dieser Reaktion gekümmert, aber keiner von denen hatte je so eine Wirkung auf ihn gehabt.

Clay gab ihm das nächste Buch und erklärte die Leseaufgabe. Evan las und beantwortete Fragen, bis er anfing zu gähnen. „Es ist fast Zeit für die Kontrolle der Nachtruhe“, verkündete Clay und verließ das Zimmer. Ein paar Minuten später kam er wieder. „Der Waschraum ist zwei Türen weiter nach links. Du beeilst dich besser, sonst musst du ewig warten.“

Evan schnappte sich den kleinen Kulturbeutel, den man ihm gegeben hatte, und ging über den Flur zum Waschraum. Aus den anderen Zimmern drang Gelächter bis auf den Flur. Im Waschraum eilten ein paar andere Jungs umher, wuschen sich und machten sich fertig fürs Bett, die meisten von ihnen bereits im Schlafanzug. Evan tat sein Bestes, sie zu ignorieren, putzte sich rasch die Zähne und eilte dann zurück zu seinem Zimmer. Clay lag schon im Bett, und Evan zog sich schnell aus und faltete seine neuen Kleider ordentlich zusammen.

Er schlüpfte unter die Decke und machte das Licht aus. Ein leises Klopfen erklang und die Tür öffnete sich. Vater Val kam herein und sagte Clay Gute Nacht, bevor er an Evans Bett trat. Evan sah hinauf in das freundliche Gesicht des Priesters und traute sich schließlich, es zu glauben, ihm zu glauben. Er lächelte, und Vater Val lächelte zurück, klopfte ihm leicht auf die Schulter und verließ dann das Zimmer.

„Gute Nacht, Evan“, sagte Clay, als er sich umdrehte.

„Nacht“, antwortete Evan leise und mit einem Lächeln.

Kapitel 2

“Evan.” Er drehte sich um und sah Frankie über den Gang auf ihn zulaufen. „Dex‘ Vater hat ihm zum Geburtstag einen von diesen ferngesteuerten Hubschraubern geschickt, und wir wollen ihn nach der letzten Stunde draußen auf der Wiese fliegen lassen. Magst du auch kommen?“, fragte Frankie mit freudig aufgeregter Stimme. Wie Evan besaß auch Frankie nicht viel, aber er freute sich immer sehr für andere. „Wir haben bestimmt nur noch ein paar Wochen, bis es anfängt zu schneien.“

Evan verlagerte die Bücher in seinen Armen. „Klar, klingt gut“, antwortete er mit einem Lächeln, das seine Magenschmerzen verbarg. Aber seit Beginn des Winterhalbjahrs hatte er sich fast schon an sie gewöhnt; das war jetzt einfach ein Teil seines Lebens. Wenigstens würde es in ein paar Stunden vorbei sein, und dann hatte er wieder für ein paar Tage Ruhe.

„Dann treffen wir uns nachher draußen, auf der Lichtung beim alten Obstgarten“, rief Frankie und rannte winkend davon, um zur ersten Stunde pünktlich zu sein. Evan ging weiter zu dem Klassenzimmer, wo er in der ersten Stunde Unterricht hatte. Er blieb draußen vor der Türe stehen, um auf Clay zu warten, und weil er nicht eine Sekunde eher als absolut nötig in das Klassenzimmer hineingehen wollte.

Sein erstes Halbjahr an der St. Bartholomäus war besser gewesen, als er es zu hoffen gewagt hatte. Er hatte Freunde gefunden, und gute Freunde – etwas wovon er noch nicht mal zu träumen gewagt hatte, als er noch auf der Straße gelebt hatte. In den Osterferien fuhren immer alle Jungen nach Hause und Clay hatte ihn eingeladen, für die Woche mit zu seiner Familie zu kommen. Selbst der Sommer war schön gewesen, wenn auch ziemlich ruhig. Evan hatte viel Zeit mit Vater Valentin verbringen können und vertraute ihm inzwischen fast wie seinem richtigen Vater. Himmel noch mal, soweit es Evan betraf, *war* Vater Valentin ein Vater für ihn. Alles war großartig und so viel besser gewesen, als er es sich seiner Meinung nach hätte erhoffen dürfen. Deshalb war er, als das Winterhalbjahr begonnen hatte, einfach nicht vorbereitet gewesen.

Evan wusste, dass er nicht hierher passte, nicht wirklich, jedenfalls. Zum einen fühlte er sich stark zu seinem Zimmergenossen hingezogen, was er trotz all seiner Bemühungen nicht ändern zu können schien. Dass er schwul war, das hatte ihn nicht im mindesten überrascht. Das hatte er gewusst, bevor er hierhergekommen war. Er hatte sogar mit Vater Valentin darüber gesprochen und Vater Valentin hatte sich verständnisvoll und hilfsbereit gezeigt, hatte ihn aber gleichzeitig mahnend daran erinnert, dass jegliches Ausleben seiner Neigung nicht toleriert werden würde.

Nein, das Problem war, dass er ständig an Clay denken musste, und er wusste, dass er Gefühle für seinen Zimmergenossen entwickelte, die nie erwidert werden würden. Außerdem war Clay sein Freund und so etwas wie ein Rettungsanker für ihn. Evan hatte Freunde – mehr Freunde, als er jemals zuvor gehabt hatte – aber es war Clay, der immer für ihn da war, der ihm den Rücken freihielt und darauf achtete, dass keiner ihm gemeine Streiche spielte, so wie er das auch für Clay tat. Sie waren wie Brüder und diese Beziehung war Evan weitaus mehr wert als alles andere auf der Welt. Daher dachte Evan nachts oft, wenn alles still war, an Clay. Wie Vater Valentin es einmal ausgedrückt hatte: Er hatte unreine Gedanken und davon hatte er jede Menge.

„Gehst du rein oder hast du vor, den ganzen Tag auf dem Gang stehenzubleiben?“, fragte Clay an seinem Ohr und stieß die Tür auf. Evan holte tief Luft, bevor er ihm hinein folgte. Als er über die Schwelle trat, konnte er förmlich spüren, wie sich in seinem Innern der dicke Schutzwall aufbaute, der ihn beschützte und von dem er gehofft hatte, dass er ihn nie wieder brauchen würde. Evan setzte sich an das Pult neben Clay und wartete auf den Unterrichtsbeginn.

„Guten Morgen“, sagte Bruder Renier, als er ins Klassenzimmer kam. Obwohl er genauso schlicht gekleidet war wie die anderen Brüder, schienen Bruder Reniers Kleider irgendwie immer ein klein wenig besser geschnitten zu sein als die der anderen. „Ich habe Ihre Aufsätze dabei, also setzen Sie sich bitte, und wenn alle ruhig sind, werde ich sie austeilen.“ Er sah die Klasse streng an und alle wurden still.

„Er kann dich diesmal nicht durchfallen lassen“, sagte Clay leise, was ihm eine Ermahnung von Bruder Renier einbrachte, der durch den Raum ging und die Aufsätze verteilte. Sie hatten ihre Hausaufgaben zusammen gemacht. Als Bruder Renier näherkam, begann Evans Magen sich schmerzhaft zusammenzukrampfen. Er wusste, was passieren würde. Bruder Renier nahm einen Aufsatz vom unteren Ende des Stapels und reichte ihn Evan.

„Kommen Sie nach dem Unterricht zu mir“, sagte er leise, bevor er weiterging. Evan sah nach unten auf seinen Aufsatz; in der oberen Ecke prangte eine rote 5-. Er spähte zu Clay hinüber und sah auf dessen Aufsatz eine 1-. Evan faltete die Blätter in seinen Händen, um seine Note vor Clay zu verstecken.

„Nie im Leben, Alter“, flüsterte Clay und wurde wieder von Bruder Renier ermahnt.

„Wir werden heute die Höhepunkte von *Romeo und Julia* wiederholen“, setzte Bruder Renier an, und Evan tat sein Bestes, sich zu konzentrieren. Er freute sich kein bisschen auf das Ende der Stunde. „Mr Herbst, würden Sie bitte auf Seite 34 beginnen? Sie lesen Romeo, und da Mr Mueller heute so redselig ist, kann er die Julia lesen.“

Clay stand auf und Evan hörte ihm eine Zeit lang zu, wie er die weibliche Rolle las. Die Worte berührten sein Herz und er wünschte sich, dass jemand so etwas zu ihm sagen würde. Aber das würde nie geschehen, jetzt nicht mehr.

Als die Glocke zum Ende der ersten Stunde schlug, blieb Evan sitzen, während um ihn herum die anderen Jungen aufsprangen und den Raum verließen. Clay klappte sein Buch zu und folgte ihnen, aber an der Tür blieb er stehen und sah zu Evan zurück. Evan wollte aufstehen und mit ihm gehen, aber er konnte nicht.

„Mr Mueller“, warnte Bruder Renier mit einem leise drohenden Unterton in der Stimme. „Sie sollten nicht zu spät zum Unterricht kommen.“ Evan sah den Blick, den er Clay zuwarf, ehe er zu Evan zurückblickte, und ihm lief ein Schauer über den Rücken. Clay warf ihm noch einen letzten Blick zu, dann ging auch er. Bruder Renier ging zur Tür und schloss sie nachdrücklich.

„Ihre Arbeit entspricht nicht dem Standard dieser Schule oder dem der anderen Schüler in dieser Klasse“, begann Bruder Renier, als er zu Evan zurückkam, die Augen fest auf Evan gerichtet. „Wir haben seit Beginn des Schuljahres schon mehrfach darüber gesprochen und ich befürchte, du brauchst eine weitere Lektion darüber, was von dir erwartet wird.“ Evan schluckte und sagte nichts. Er wusste, was jetzt kam. „Ich habe keine Ahnung, warum Vater Valentin so etwas wie dich an dieser Schule erlaubt, aber du hast gewisslich deinen Nutzen, nicht wahr, Evan?“, fragte Bruder Renier, während er näherkam, und beugte sich über Evans Tisch. Sein Gesicht kam so nah, dass Evan die Zimtzahnpasta riechen konnte, mit der er sich am Morgen die Zähne geputzt hatte.

„Ich will's nicht machen“, sagte Evan leise. Er versuchte, von seinem Pult aufzustehen, aber Bruder Renier legte eine Hand auf seine Schulter und hielt ihn so auf seinem Stuhl fest. „Ich wollte es nie“, fügte er flüsternd hinzu.

„Natürlich wolltest du", entgegnete Bruder Renier. „Bevor du hergekommen bist, warst du nichts als eine kleine Straßenhure, und jetzt tust du so unbescholten und anständig." Bruder Renier schüttelte den Kopf. „Aber das bist du nicht. Nicht nach all dem, was du seit Beginn des Schuljahres getan hast." Evan wurde hoch auf die Füße gezerrt und durch den Klassenraum zur Abstellkammer auf der anderen Seite. „Mit deiner Vergangenheit wird es dir niemand glauben, dass du nicht von dir aus auf mich zugekommen bist und dich mir angeboten hast." Evan wurde in die Kammer gestoßen und Bruder Renier schloss die Tür, stellte sich mit gespreizten Beinen davor und stieß Evan grob auf die Knie.

Evans Bewusstsein zog sich zurück hinter seinen inneren Schutzwall, der ihn vor dem beschützte, was jetzt geschah. Nur so hatte er es damals auf der Straße tun können, und nur so konnte er es jetzt hier tun. Nur war es jetzt so ganz anders. Evan wusste, sollte Clay jemals davon erfahren, er würde nie wieder etwas mit Evan zu tun haben wollen. Jedes Mal, wenn er von Bruder Renier gezwungen wurde, es zu tun, schien es Evan, als entglitte ihm ein bisschen mehr der Freude und des Glücks vom Frühling und Sommer, und das Echo von Bruder Reniers Stimme in seinen Ohren, die ihm sagte, dass er nichts war als eine kleine Straßenhure, wurde lauter. *Und wie könnte Clay jemals eine Hure lieben?* Dennoch hatte Evan jedes Mal das Gefühl, dass er Clay irgendwie untreu war, dass er seine Gefühle für Clay, seine Liebe zu ihm, verriet.

Er hörte das Geräusch eines Reißverschlusses, der geöffnet wurde, das Klimpern eines Gürtels. Plötzlich fühlte er sich in eine Gasse in der Stadt zurückversetzt, zu dem letzten Mal, als er es dort gemacht hatte, zu dem Mal, als er entkommen war. Er konnte wieder die Kälte spüren, die seine Beine hochkroch; die Nässe, die sich von seinen Knien her ausbreitete. Er roch wieder die Mülltonnen in der Nähe und fühlte den Asphalt, der ihm die Knie zerkratzte.

Evan tat, was er konnte, um sich von dem abzuschotten, was gerade mit ihm geschah. Er versuchte verzweifelt, nur an jenen Tag im Frühling zu denken, als er und Clay die Erlaubnis erhalten hatten, mit Bruder Timothy in die Stadt zu fahren. Für Evan war es erstmal nur eine Chance gewesen, einmal von der Schule wegzukommen. Aber dann waren sie Eisessen gegangen und hatten im Park so lange Football gespielt, bis ihnen vom Werfen die Hände brannten. Evan hielt sich diese und andere glückliche Erinnerungen vor Augen als Schutz gegen das, was geschah, und um die Stimme zu übertönen, die ihn wüst beschimpfte. Die Beschimpfungen, die obszönen Worte, sie waren immer das Schlimmste. Jedes Mal, wenn Bruder Renier ihn wieder zwang, es zu tun, waren es die Worte, die er am schwersten vergessen konnte.

Seine Kehle schmerzte und seine Augen fingen an zu tränen. Evan konzentrierte sich ganz darauf, sich jeden glücklichen Augenblick ins Gedächtnis zu rufen, an den er sich erinnern konnte. Das hieß, fast jeden. Er gestattete es sich nie, sich an Momente mit Clay zu erinnern. Die wollte er nicht mit dem beschmutzen, was er war und was er tat.

Evan würgte und begann zu husten, und die Bilder verblassten, als er ins Hier und Jetzt zurückgeholt wurde. Automatisch spukte er aus und als er die Augen öffnete, sah er Spuren weißen Schleims auf Bruder Reniers Hose.

„Du verfluchtes kleines Miststück", knurrte Bruder Renier und holte aus. Evan hoffte fast, dass er ihn schlagen würde, aber er tat es nicht. Stattdessen griff er nach einer Rolle Küchenpapier und tupfte sich sorgsam die Körperflüssigkeit von seiner geliebten Hose. Evan sah stumm zu wie sein Lehrer, der eine Vertrauensperson hätte sein sollen, seinen Reißverschluss hochzog, den Gürtel schloss und sich die Hose glattstrich, die Tür öffnete und aus der winzigen Kammer trat, ohne ihn auch nur einmal anzusehen.

Evan vergrub sein Gesicht in den Händen, als ihm die Tränen in die Augen traten. Er zwang sich, vollkommen still zu bleiben und zu warten, bis die Tür des Klassenzimmers zufiel. Erst dann erlaubte er es sich, den Tränen freien Lauf zu lassen. Er suchte nach der Küchenrolle und trocknete sich die Augen, dann kam er langsam auf die Füße. Er ging aus der Kammer und zu seinem Pult. Die Note auf seinem Aufsatz war in eine 1- geändert worden, daneben lag eine Entschuldigung für die Verspätung zur nächsten Stunde. Evan nahm beides, schnappte sich seine Tasche, wischte sich noch einmal über die Augen und warf das Küchenpapier in den Mülleimer. Dann öffnete er die Tür und trat auf den zum Glück komplett leeren Gang.

Auf dem Weg zur nächsten Stunde huschte Evan kurz in eine Toilette, spritzte sich Wasser ins Gesicht und trocknete es ab. Dann eilte er weiter den Gang hinunter und öffnete die Tür zum Mathekurs, wo er dem Lehrer die Entschuldigung gab, bevor er sich auf seinen Platz neben Clay setzte.

„Mr Donaldson, haben Sie Ihre Hausaufgaben parat?", fragte Mr Gerhardt. Evan wühlte in seiner Tasche und reichte ihm das Blatt, dann holte er leise die Unterlagen für den Unterricht heraus, und der Lehrer fuhr fort, an der Tafel eine Aufgabe zu erklären.

Evan versuchte, sich auf das zu konzentrieren, was Mr Gerhardt sagte. Er konnte Clays Augen auf sich ruhen fühlen und zwang sich dazu, ihn nicht anzusehen. Evan war sich sicher, dass Clay ihm alles, was geschehen war, vom Gesicht würde ablesen können, und er konnte den Gedanken nicht ertragen, von seinem Freund zurückgewiesen zu werden. Evan sagte sich wieder und wieder, dass das alles nicht seine Schuld war, aber tief im Inneren wusste er, dass es doch so war. Bruder Renier hatte nichts gesagt, was nicht der Wahrheit entsprach, und egal, was Evan dachte oder wie viele Freunde er hatte oder wie sehr er versuchte, sich anzupassen und glücklich zu erscheinen, er war doch immer noch nur ein kleiner Stricher, der sich auf der Straße für etwas zu essen verkauft hatte.

„Was ist passiert?", fragte Clay und lehnte sich über den Gang, als Mr Gerhardt ihnen den Rücken zukehrte.

„Er hat gesagt, er hätte einen Fehler gemacht", antwortete Evan und zeigte Clay die geänderte Note, dann bemühte er sich erneut, dem Unterricht zu folgen. Aber Evan konnte sich kaum auf sein Lieblingsfach konzentrieren. Unentwegt drohten die Tränen, wenn er an die letzten paar Monate dachte. Er wusste, was er zu tun hatte. Er musste die Schule verlassen. Bei dem Gedanken schnürte es ihm die Kehle so fest zu, dass er kaum noch atmen konnte, aber er sah keine andere Möglichkeit. Auf der Straße war er wenigstens ein bisschen Herr der Lage: Er konnte entscheiden, mit wem er mitging. Hier war er vollkommen machtlos und Bruder Renier hilflos ausgeliefert. Er hasste jede Minute.

Er linste nach rechts und erhaschte einen Blick auf Clay, der ihn beobachtete – sein Freund, der beste Freund, den er je gehabt hatte. Der Gedanke daran, Clay zu verlassen und ihn nie wiederzusehen, zerriss ihm fast das Herz. Clays Zimmergenosse zu sein und ihn jeden Tag zu sehen, ihn und all seine anderen Freunde, das war es beinahe wert zu bleiben.

„Mr Donaldson." Evan hörte seinen Namen und hob den Kopf und stellte fest, dass alle in der Klasse ihn ansahen. „Können Sie die Aufgabe an der Tafel lösen?"

Irgendwie schaffte Evan es, aufzustehen. Seine Knie zitterten, als er vorsichtig nach vorn zur Tafel ging. Dort angekommen und mit dem Rücken zur Klasse, nahm Evan ein Stück Kreide aus der Schale und holte tief Luft. Er konnte spüren, wie die gesamte Klasse hinter ihm darauf wartete, dass er anfing, und gab sich Mühe, nicht darüber nachzudenken.

„Evan", hörte er den Lehrer leise sagen, „stimmt etwas nicht?"

Evan schüttelte den Kopf und starrte auf etwas, das wie weiße Hieroglyphen auf der Tafel aussah. Er trat einen Schritt zurück, wischte sich über die Augen und zwang sich mit purer Willenskraft zur Konzentration. Er hob die Kreide und begann, die Aufgabe zu lösen. Seine Hand zitterte, als er die ersten Zeilen auf die Tafel schrieb, aber während sich die Zahlen unter seinen Händen umgruppierten und neu anordneten, fühlte er, wie seine Gedanken klarer wurden, wie sich die Weichen in seinem Kopf umstellten und ein anderer Teil seines Hirns aktiviert wurde. Der Kloß in seiner Kehle löste sich auf, während er sich durch die komplizierte Aufgabe arbeitete. Schritt für Schritt ordnete sich das Chaos seiner Gedanken, das Chaos auf der Tafel, und mit einem Schwung löste er die letzte Gleichung.

Evan schaute zu seinem Lehrer und sah ihn lächeln und kehrte zu seinem Platz zurück, während Mr Gerhardt zur nächsten Aufgabe überging.

Als Mathe vorbei war, hatte Evan sich wieder unter Kontrolle, und die Auswirkungen von Bruder Reniers Tat waren sicher hinter dem Schutzwall in seinem Geist verstaut. Für Evan war das der einzige Weg damit klarzukommen: zu verdrängen, was geschehen war, und bewusst an etwas anderes zu denken. Das hatte er die ganzen letzten Wochen über gemacht und er wusste, dass er das auch weiterhin tun musste, aber es wurde mit jedem Mal schwerer und schwerer.

„Ev“, hörte er Clay flüstern, nachdem Mr Gerhardt ihnen gesagt hatte, was Hausaufgabe war. Da es noch etwas Zeit bis zum Ende der Stunde war, sollten sie schon einmal still mit den Hausaufgaben beginnen. „Alles okay bei dir?“

Evan nickte, zog sein Matheheft heran und begann, die erste Aufgabe abzuschreiben. Zahlen waren immer seins gewesen und glücklicherweise ließen sie ihn auch heute nicht im Stich. Mit Leichtigkeit löste er die erste Aufgabe und machte sich an die nächste. Jede Aufgabe war schwerer und komplexer als die vorige. Während er herumknobelte und Gleichungen löste, wurden seine Gedanken immer klarer, und es fiel ihm zunehmend leichter, sich auf die Aufgabe vor ihm zu konzentrieren, statt gedanklich darum zu kreisen, was ihm widerfahren war. Evan erlaubte es sich nicht, über das Geschehene nachzugrübeln. Alles, was zählte, war das Jetzt, und er machte seine Hausaufgaben mit so grimmiger Konzentration, dass er beinahe die Glocke zum Ende der Stunde überhört hätte. Er hob den Kopf, sammelte seine Sachen zusammen und eilte aus dem Klassenzimmer.

„He, Ev, warte“, rief Clay hinter ihm her, und er verlangsamte seine Schritte. „Bist du sauer auf mich oder so?“

Evan entspannte bewusst seine Gesichtszüge und verbarg den Sturm, der noch immer in ihm tobte. Das Allerletzte, was er wollte, war, dass Clay dachte, er habe etwas falsch gemacht. „Nein, ich bin nicht sauer." Evan lächelte seinen Freund an. „Ich hab nur nachgedacht, das ist alles." Die Glocke schlug zur nächsten Stunde. „Wir sollten besser nicht zu spät zu Reli kommen", sagte Evan, und gemeinsam eilten sie zur nächsten Stunde.

Im Klassenzimmer angekommen, setzte Evan sich auf seinen üblichen Platz und atmete bewusst ruhig und gleichmäßig. Zu seiner Überraschung betrat kurz darauf nicht Bruder Jesua, der sie normalerweise unterrichtete, den Raum, sondern Vater Val.

„Bruder Jesua ist krank und kann daher heute nicht unterrichten, also vertrete ich ihn", erklärte Vater Val mit einem Lächeln, als er die Tür hinter sich schloss, und ging zum Pult. „Ich darf nicht mehr oft unterrichten", fügte er mit einem Zwinkern hinzu. „Wie ich gehört habe, nehmen Sie gerade die Sakramente durch, und als nächstes ist das Sakrament der Buße und Versöhnung an der Reihe. Ich weiß, dass beinahe alle von Ihnen in der Lage sind wiederzugeben, was der Katechismus darüber zu sagen hat, aber ich würde gerne von Ihnen in Ihren eigenen Worten hören, was das für Sie bedeutet." Vater Val blickte durch die Reihen, aber Evan schien es, als ob seine Augen nur auf ihn gerichtet seien.

Ein Junge in der ersten Reihe hob die Hand und Vater Val nickte ihm zu. „Es bedeutet, dass man es beichtet, wenn man etwas Falsches getan hat."

Vater Val nickte. „Ja, das stimmt, aber es ist mehr als das. Die Kirche hat über Jahrhunderte hinweg den Prozess formalisiert und dadurch haben wir einen Teil der wahren Bedeutung verloren." Vater Val trat hinter das kleine Rednerpult. „Wenn Sie etwas Falsches getan haben, dann wissen Sie das, nicht wahr?" Evan nickte zustimmend, wie es auch die meisten seiner Mitschüler taten. „Und wie fühlen Sie sich, wenn Sie wissen, dass Sie etwas Falsches getan haben?", fragte Vater Val und beantwortete dann seine eigene Frage. „Sie fühlen sich schlecht damit." Wieder nickten sie. „Aber wie bringen Sie das wieder in Ordnung?"

„Man geht zur Beichte", schlug Frankie vor, der ein paar Reihen weiter vorne saß.

„Genau", stimmte Vater Val zu. „Aber das ist erst der Anfang. Wenn Sie sündigen, trennen Sie Ihre Verbindung zu Gott, und wir glauben daran, dass diese Verbindung dann geheilt und wiederhergestellt werden muss. Die Beichte ist der erste Schritt in diesem Heilungsprozess", fuhr Vater Val fort.

Evan spürte ein ungewöhnliches Interesse an diesem speziellen Thema. „Die Beichte erfolgt zwischen Ihnen, Ihrem Beichtvater und Gott. Wenn Sie Ihre Sünde gebeichtet haben, müssen Sie Buße tun, und dieser Teil des Sakraments ist die Versöhnung, die Wiederherstellung Ihrer Verbindung zu Gott. Die Beichte ist einfach. Die Versöhnung erfordert, dass Sie über Ihr Tun reflektieren und entsprechend Änderungen in Ihrem Leben vornehmen. Das ist oft schwer, aber sinnhafter Wandel ist niemals einfach."

„Was ist, wenn man Sünden bei anderen sieht?", fragte Frankie leise.

„Einem Mitmenschen zu ermöglichen, eine Sünde zu begehen, ist ebenso verwerflich, wie diese Sünde selbst zu begehen." Vater Val schien mit der Antwort etwas Probleme zu haben. „Sie sollten den anderen darauf ansprechen, um ihm dabei zu helfen, seine Sünde zu beichten, damit ihm vergeben werden kann. Das ist ein Teil dessen, warum wir alle hier sind: um einander zu helfen. Denn im Glauben sind wir alle Brüder." Vater Val hob eine Hand, um die Klasse zu beruhigen, die in unterschwelliges Murmeln ausgebrochen war. „Es gibt allerdings Situationen, die Sie nicht selbst handhaben sollten. Wenn eine andere Person verletzt ist oder verletzt wird, können Sie am Besten dadurch helfen, dass Sie jemanden um Rat bitten, der mehr Erfahrung hat. Das kann ich sein oder einer der Brüder, Ihre Eltern und manchmal die Behörden."

„Was ist mit den Priestern in den Nachrichten? Wie passt das ins Sakrament? Gibt es Umstände, wo es nicht zutrifft?", fragte einer der Jungen in der letzten Reihe. Evan konnte nicht sehen, wer es war, aber er fühlte ein intensives Interesse an genau dieser Frage.

Vater Val kam um das Pult herum und lehnte sich dagegen. „Sie alle sind intelligente junge Männer, die eine fantastische Zukunft vor sich haben, und Sie sehen die Nachrichten. Wir verheimlichen Ihnen diese Dinge nicht. Die Kirche ist in letzter Zeit oft in den Nachrichten gewesen und es waren keine guten Nachrichten. Das Sakrament von Buße und Versöhnung ist in Fällen angewendet worden, in denen es nicht hätte angewendet werden dürfen. Nicht, weil das Sakrament falsch ist, sondern weil der Sünder, der seine Sünden gebeichtet hat, nicht bereut hat und sein Verhalten nicht änderte. Die Unantastbarkeit der Beichte ist heilig, aber es gibt Fälle, in denen das nicht genug ist. Buße und Versöhnung bedeuten letztendlich, die Verantwortung für die eigenen Sünden zu übernehmen, Gott um Vergebung zu bitten und dann Buße zu tun, so dass die Verbindung zu Gott wiederhergestellt werden kann."

Die Glocke läutete zum Ende der Stunde. Vater Val sah beinahe erleichtert aus, aber Evan hatte noch so viele Fragen, dass er nicht wusste, wohin damit. Er blieb sitzen und sah zu, wie die anderen Jungen das Klassenzimmer verließen. Clay war ebenfalls aufgestanden, aber Evan sah, dass sein Freund mit ihm wartete.

„Kann ich Ihnen beiden helfen?", fragte Vater Val sanft.

Evan sah zu Clay und dann zurück zu Vater Val. Er hatte eine Menge Fragen, aber er wollte sie nicht jetzt stellen und schon gar nicht in Clays Gegenwart. Letztendlich zuckte Evan die Schultern, stand schweigend auf und ging zur Tür. Aber statt nach rechts zu gehen, was der kürzeste Weg zur Kapelle gewesen wäre, wandte Evan sich nach links, eilte den Gang hinunter und nach draußen.

„Wo gehst du hin?", fragte Clay besorgt. „Wir müssen zum Gottesdienst."

Evan fuhr herum. „Geh du zum Gottesdienst. Ich hab da gerade keinen Nerv zu. Ich werd's später beichten", sagte er schnippisch und schlug den Weg zum Schlafsaal ein. Er fragte sich, ob Bruder Renier in seiner Beichte jemals erwähnte, wozu er Evan in dieser beschissenen kleinen Abstellkammer zwang. „Wie läuft das dann?", murmelte er in sich hinein. „Ich bringe die kleine Hure Evan Donaldson dazu, meinen Schwanz zu lutschen, damit er die Noten bekommt, die er für seine Aufsätze verdient hat. Das macht dann drei Ave Marias, zwei Rosenkränze und erzähl mir, wie's war." Evan machte eine wütende Geste und traf Clay an der Schulter. Er hatte ganz vergessen, dass Clay auch noch da war.

Evan rannte ins Gebäude und die Treppen hoch zu seinem Zimmer, schloss leise die Tür hinter sich, warf seine Bücher aufs Bett und ließ sich dann neben sie auf die Matratze fallen. Er hörte, wie Clay hereinkam und durch den Raum ging, um seine Bücher auf seinen Schreibtisch zu legen.

„Du schwänzt nie den Unterricht oder die Messe", sagte er leise. „Bist du krank?"

Evan drehte sich auf die Seite, Gesicht zur Wand. Er konnte Clay nicht ansehen. Seine Wut verschwand und ließ Traurigkeit zurück, gemischt mit Selbstmitleid und einer gehörigen Portion Selbstverachtung.

„Ja, ich bin krank. Wenn du Bruder Renier glaubst, bin ich total krank", antwortete Evan, die Worte kaum mehr als ein Flüstern. Tränen traten ihm in die Augen, liefen über seine Wangen und tropften nass auf sein Kissen.

„Soll ich die Krankenschwester holen?", fragte Clay leise. Evan fühlte, wie er sich neben ihn auf die Bettkante setzte.

„Nein“, antwortete Evan mit bebender Stimme. „Die kann mir auch nicht helfen.“

„Hat es was mit Bruder Renier zu tun?“, fragte Clay sacht. Evan wurde stocksteif und gab keinen Ton von sich. „Irgendwas ist los, das weiß ich. Jedes Mal, wenn er dich nach der Stunde da behält, bist du für den Rest des Tages mies drauf.“

Clay berührte seine Schulter und Evan wollte sich wegdrehen, aber er konnte es nicht. Clays Berührung tat so gut. Evan schniefte und drehte sich langsam zu ihm um. Clay sah ihn forschend an. Der Impuls, die Hand nach ihm auszustrecken und ihn an sich zu ziehen, war so stark, dass es Evans gesamte Willenskraft kostete, ihm nicht nachzugeben. Er wollte leidenschaftlich gerne wissen, wie Clays Lippen schmeckten und wie es sich anfühlte, ihn im Arm zu halten, in seinen Armen zu liegen, ihm mit den Fingern durchs Haar zu fahren und den Körper zu erkunden, den Evan normalerweise nur im Dunkel der Nacht sah. Nur ein Mal. Ein Mal würde ihm schon genügen, davon würde er den Rest seines Lebens zehren können.

Evan schloss die Augen und träumte für einen kurzen Moment, dann öffnete er die Augen wieder und sah der Realität ins Gesicht. Clay hatte ihm nie auch nur den kleinsten Hinweis darauf gegeben, dass er an mehr interessiert war als an Freundschaft. Außerdem verdiente Clay mehr als eine kleine schwanzlutschende Hure.

„Was hat er mit dir gemacht?“ Clays Frage wischte abrupt den letzten Rest seines kleinen Tagtraums weg. „Ich weiß, dass er irgendwas gemacht hat. Hat er dir wehgetan? Weil wenn ja dann tret ich dem kranken Wichser sonst wohin.“

„Clay ...“, begann Evan leise, dann versagte seine Stimme.

„Hat er dich mit dem Stock geschlagen, den er in der Abstellkammer deponiert hat?“

Evan schüttelte den Kopf; er brachte kein Wort raus.

„Was hat er gemacht? Ich weiß, dass er was mit dir gemacht hat, und heute war nicht das erste Mal.“ Clay streichelte sanft seinen Arm. „Es gibt Gerüchte über ihn“, sagte er, und Evan blinzelte. Er glaubte, seinen Ohren nicht zu trauen.

„Was für Gerüchte?“

„Ich hab’s letzte Woche von Gooding gehört. Er ist in der Zwölften und er hat gesagt, dass er gehört hat, dass du nicht mit Bruder Renier allein sein willst. Er hat nur deshalb was gesagt, weil er gehört hat, dass ich ihn dieses Jahr hab. Ich hab Gooding gefragt, ob er wüsste, warum, aber er hat nur den Kopf geschüttelt.“ Clay verstummte und blickte Evan forschend an. „Ich dachte, das wär nur eine von diesen Geschichten. Aber das ist es nicht, oder?“

Evan sah zu Clay hoch, sah ihn fest an und überlegte, was er tun sollte. Sein erster Impuls war, sich abzuwenden und nichts zu sagen. Er würde erklären müssen, was geschehen war, und beim bloßen Gedanken daran, es Clay zu sagen, wurde ihm schlecht. Aber er konnte die Vielzahl der in ihm tobenden Gefühle kaum noch kontrollieren, und dann ertappte er sich dabei, dass er ganz leicht nickte. „Ja“, quiekte er, dann vergrub er sein Gesicht im Kissen in dem Versuch, all die obszönen Schimpfwörter, mit denen Bruder Renier ihn belegt hatte, und den Gedanken an das, was er getan hatte, zu verdrängen. Aber die Katze war jetzt aus dem Sack, und alles, was Evan seit Wochen mit sich herumgeschleppt hatte, brach aus ihm heraus. Sein Kissen absorbierte seinen Tränenstrom und dämpfte die herzzerreißenden Schluchzer, die ihn schüttelten.

Hände strichen ihm sanft über den Rücken. Im ersten Moment nahm Evan sie kaum wahr. Die Berührung wurde fester, gleichmäßiger, und Evan ging auf, dass Clay versuchte, ihn zu trösten. Er hatte eher erwartet, dass sein Freund sich von ihm abwenden würde.

„Was hat er gemacht?“, fragte Clay leise.

Evan drehte sich um und öffnete den Mund, sprang vom Bett und rannte aus dem Zimmer und über den Flur zum Waschraum. Er schaffte es gerade noch zur Toilette, bevor er sein Frühstück wieder von sich gab. Er hörte, wie sich hinter ihm die Tür öffnete und schloss, dann legte sich Clays Hand auf seine Schulter und ein Papierhandtuch tauchte vor seinen Augen auf. Evan nahm das Papiertuch und wischte sich den Mund ab, stand mit wackeligen Beinen auf und trat ans Waschbecken, um den sauren Geschmack aus seinem Mund auszuspülen. Dann drehte er sich zu Clay um. Ihm stockte der Atem, als er im Gesicht seines Freunde etwas sah, das wie Tränenspuren aussah.

„Er hat mir immer wieder schlechte Noten gegeben, und als ich ihn das erste Mal deswegen gefragt hab, da hat er mir gezeigt, was ich tun kann, um sie zu verbessern.“ Evan schluckte; er wollte wirklich nicht weitersprechen. Er war sich nicht mal sicher, ob er das tun konnte, ohne sich wieder übergeben zu müssen, und so schwieg er einfach.

„So wie heute?“

Evan schnappte nach Luft und nickte. „Wir haben zusammen die Hausaufgaben gemacht, wir hätten dieselbe Note bekommen sollen, aber mir hat er sie erst gegeben, nachdem ich ...“ Evan vergrub das Gesicht in seinen Händen und wünschte sich, er könne im Boden versinken.

„Das ist nicht deine Schuld“, sagte Clay leise und umarmte ihn.

Während des gesamten letzten Jahres hätte Evan jederzeit alles dafür gegeben, dass Clay ihn in die Arme nahm. Aber nicht so, nicht als Freund und zum Trost. Er legte den Kopf auf Clays Schulter, schloss fest die Augen und dachte nicht darüber nach, wie sehr er es sich gewünscht hatte, dass Clay ihn in die Arme nahm, und ließ sich von seinem Freund trösten.

„Ich mein das ernst, Evan. Das ist nicht deine Schuld. Das ist Bruder Reniers Schuld, und er muss dafür geradestehen.“

„Was soll ich denn machen?“, fragte Evan leise. Er richtete sich auf, und Clays Arme fielen von ihm ab.

„Keine Ahnung, aber wir werden schon eine Lösung finden. Aber lass uns ins Zimmer zurückgehen.“ Clay ging zur Tür, und Evan folgte ihm aus dem Waschraum.

„Warum seid ihr Jungs nicht beim Gottesdienst?“

Evan wischte sich schnell über die Augen, dreht sich um und sah Bruder Timothy auf sie zukommen.

„Evan ist nicht gut. Er hat sich gerade übergeben müssen. Er meinte, dass er wohl was Schlechtes gegessen hat“, antwortete Clay. Das Schulessen ließ einiges zu wünschen übrig, und jeder wusste das. Die Nonnen, die für sie kochten, waren ganz nett, aber das Kochen mussten sie noch ein bisschen üben.

„Ich fühl mich schon etwas besser“, sagte Evan schwach und ging weiter in Richtung seines Zimmers. Er hörte nicht, was Bruder Timothy weiter sagte, aber Clay kam nur wenig später hinter ihm her und schloss die Tür hinter sich.

„Ich weiß, dass du das nicht hören willst, aber ich denke, du solltest Vater Val sagen, was passiert ist“, sagte Clay, und Evan schüttelte vehement den Kopf. Er würde es jedem anderen lieber erzählen als Vater Val. „Das ist eine ernste Sache und er ist derjenige, der da was gegen tun kann. Wenn wir’s dem Pfarrer sagen, geht der einfach nur zu Vater Val. Außerdem arbeitet Bruder Renier für ihn, er ist ja der Schulleiter. Ich geh auch mit dir, wenn du willst“, bot Clay an. Evan sah seinen Freund an und wusste in dem Moment, dass er Clay liebte und ihn immer lieben würde.

Er wusste aber auch, dass dies etwas war, dass er allein tun musste. „Ich werd’s ihm sagen“, sagte er leise und trocknete sich ein letztes Mal die Augen.

„Aber ich glaube, wir sollten erst zum Mittagessen gehen. Na ja, du kannst was essen, ich geh mir nur was zu trinken holen."

„Sicher?", fragte Clay, als er zur Tür ging.

„Ja-ah, ich kann mich ja nicht ewig hier verstecken." Evan folgte ihm zur Tür, und sie machten sich auf den Weg zum Speisesaal.

Bei ihrem Eintritt wandten sich fast aller Augen ihnen zu, nicht zuletzt die von Vater Val, der sofort zu ihnen herüberkam. Evan sah zu Clay, der ihm zunickte, und sie warteten, dass Vater Val an ihren Tisch trat.

„Ihr zwei wart nicht im Gottesdienst."

Es war keine Frage, aber Evan antwortete dennoch. „Mir war nicht so gut", sagte er leise und hielt sein Glas Apfelsaft hoch, um es Vater Val zu zeigen. Clay stupste ihn leicht mit dem Ellbogen an. „Ich muss mit Ihnen reden."

„Sie wissen, dass Sie jederzeit zu mir kommen können. Aber kommen Sie in Ihrer Freistunde in mein Büro, dann können wir uns unterhalten." Vater Val sah sie auf die Priestern eigene, vielsagende Weise an – ein Blick, der sowohl kommunizierte, dass er nicht wirklich begeistert war, sie aber fürs Erste noch mal davonkommen lassen würde als auch, dass er sie genau im Auge behalten würde.

Evan nickte und trank langsam seinen Saft aus. Sein Magen beruhigte sich etwas, aber Evan war immer noch angespannt und so überdreht, dass er immer wieder ein Zittern unterdrücken musste. Gleichzeitig spürte er einen Anflug von Hoffnung. Wenn Vater Val ihm glaubte und etwas unternahm, dann würde es vielleicht aufhören, und vielleicht konnte er dann wieder glücklich sein. Den Kopf gesenkt und die Augen fest auf die Tischplatte gerichtet, grübelte Evan vor sich hin. Clay, der neben ihm saß, aß den letzten Bissen seines Mittagessens und legte das Besteck ab. Eine Hand auf seiner Schulter ließ Evan zusammenzucken.

„Tschuldigung." Es war Frankie, der direkt hinter ihm stand und ihn wie üblich anstrahlte. „Kommt ihr dann später zum Hubschrauber fliegen lassen?"

Für einen Augenblick übertrug sich Frankies Begeisterung auf Evan, und er lächelte den hochintelligenten Jungen an. Er mochte Frankie – es war beinahe unmöglich, ihn nicht zu mögen. Er war zwar ein Jahr unter ihnen, aber weil er so aufgeweckt und intelligent war, nahm er oft an ihrem Unterricht teil, und er begegnete allem und jedem mit fröhlicher Offenheit.

„Ja, wir kommen." Evan nahm sich zusammen und spürte ein wenig Vorfreude, aber sobald Frankie sich umdrehte und ging, verblasste sie wieder.

„Komm schon, Kopf hoch, nur noch eine Stunde und dann ist es vielleicht schon vorbei“, sagte Clay und nahm sein Tablett. Evan wusste, dass sein Gespräch mit Vater Val nicht das Ende sein würde, sondern nur der Anfang. Von was, das wusste er nicht. Er nahm sein Glas und folgte Clay, stellte es zu den anderen schmutzigen Gläsern in die Plastikwanne und ging mit ihm aus dem Speisesaal zurück zu ihrem Zimmer, wo sie ihre Bücher holten.

Die nächste Stunde verging wie im Nu, und dank Clays gutem Zureden fand Evan sich bald darauf vor Vater Vals Bürotür wieder. Nervös sah er sich um und klopfte an. Von drinnen hörte er Vater Val ihm zurufen, hereinzukommen, und er öffnete die Tür.

„Evan, wie kann ich dir helfen?“, fragte Vater Val und erhob sich von seinem Schreibtisch. Evan trat ein und schloss die Tür. Er holte tief Luft. Er wusste nicht, wo er anfangen sollte oder wie er das sagen sollte, was er zu sagen hatte. „Etwas macht dir offensichtlich Sorgen. Es war heute das erste Mal, dass du nicht im Gottesdienst warst, und ich habe es auch noch nie erlebt, dass du keinen Hunger hattest.“ Vater Val zwinkerte ihm zu. „Also setze dich und sage mir, was dich bedrückt.“

Evan sank langsam auf einen der Stühle vor Vater Vals Schreibtisch. „Ich weiß nicht, wie ich es Ihnen sagen soll“, begann Evan, „aber es geht um Bruder Renier.“

„Ich weiß, dass du dieses Jahr in seinem Fach Schwierigkeiten hast. Aber wenn du dir Mühe gibst, kannst du dich verbessern.“

Evan schüttelte den Kopf. „Darum geht es nicht. Oder, doch, ja, es geht schon darum, gewissermaßen“, plapperte er nervös.

Vater Val hielt eine Hand hoch. „Beruhige dich, atme einmal tief durch und fange noch mal von vorne an“, sagte er geduldig.

Evan holte tief Luft und atmete langsam wieder aus. „Ich bin kurz nach Anfang des Schuljahrs, nach den ersten Wochen oder so, nach der Stunde zu ihm hin, weil meine Noten nicht so gut waren, wie ich es wollte.“ Er hatte sich immer sehr bemüht und viel gelernt, so als ob er sich selbst beweisen wollte, dass Vater Val ihm nicht umsonst geholfen hatte. „Und er hat mir angeboten, mir zu helfen. Aber ich hab schnell rausgefunden, dass diese Hilfe ihren Preis hat.“ Evans Worte sprudelten schneller. „Bruder Renier hat irgendwie rausgefunden, was ich damals gemacht hab in der Stadt, und er hat beschlossen, dass das der Preis für seine Hilfe ist.“

Evan hielt inne und linste hoch zu Vater Val, dessen Augen groß geworden waren. „Jedes Mal, wenn er mir eine schlechte Note gegeben hat und ich nach der Stunde dageblieben bin, hat er mich in die Abstellkammer mitgenommen und ...“ Evans Mund wurde trocken, und er konnte nicht weitersprechen. Er konnte nicht beschreiben, wozu Bruder Renier ihn zwang, nicht Vater Val. Nicht dem Mann, der für ihn wie ein Vater war. Plötzlich fühlte er sich zurückversetzt in die winzige Kammer, wo er auf die Knie gezwungen wurde und ... Evan begann zu zittern. „Anschließend hat er mir dann eine andere Note für meine Hausaufgaben gegeben.“ Das Entsetzen auf Vater Vals Gesicht ließ Evan kurz zögern, ehe er fortfuhr: „Die Note, die ich von Anfang an hätte haben sollen. Er hat mir absichtlich schlechte Noten gegeben, damit er mich zwingen konnte, ihm zu“ - Evan schluckte - „ihm zu Diensten zu sein.“

Vater Val sagte nichts und Evan sah in seinem Gesichtsausdruck nichts als Überraschung und Entsetzen.

„Ich wollte es nicht machen, Vater Val, ich wollte es wirklich nicht. Sie waren immer so gut zu mir und haben mir die Regeln erklärt, und ich habe sie immer befolgt und genau das getan, worum Sie mich gebeten haben.“ Evan starrte auf seine Schuhe. Er konnte Vater Val nicht länger ansehen und wartete darauf, dass er etwas sagte.

„Du hast ... mit sexuellen Gefälligkeiten für gute Noten bezahlt?“, fragte Vater Valentin leise.

„Nein, das war’s nicht, so war das nicht. Er hat mich gezwungen. Ich wollte es nicht, ehrlich“, rief Evan. Er schoss von seinem Stuhl hoch und sprang förmlich auf Vater Val zu, der vor ihm zurückwich. „Ich wollte es nicht. Er hat mir absichtlich schlechte Noten gegeben, damit ...“ Evans Worte erstarben, als er zu dem Priester aufsah und die Erschütterung und das Mitleid in seinem Gesicht sah. „Sie glauben mir nicht?“, fragte Evan kaum hörbar. „Er hat mich benutzt und Sie glauben mir nicht.“

Vater Val war vollkommen regungslos, wie eine Statue, sein Körper so starr wie der Blick, mit dem er Evan ansah. „Ich ...“, setzte Vater Valentin an, dann schloss er den Mund und presste die Lippen zusammen. Seine Augen waren immer noch geweitet, als ob er nicht ganz glauben konnte, was er gerade gehört hatte – oder es einfach nicht glauben wollte.

Evan sah sich im Büro um und suchte nach einem Weg, Vater Valentin davon zu überzeugen, dass er die Wahrheit sagte. Er hastete zum Schreibtisch und schnappte sich die Bibel, die dort lag. „Ich sage Ihnen die Wahrheit“, bat er flehentlich. Seine Hände, die das heilige Buch fest umklammerten, zitterten. „Ich habe Sie nie angelogen,“ fügte er hinzu, beschwor Vater Val, ihm zu glauben.

Evan wartete, aber Vater Valentin schien wie betäubt, und Evan wusste, was das bedeutete. Er sah den ausdruckslosen Blick und wich zurück, unfähig zu glauben, dass der Priester, der Mann, der für ihn wie ein Vater war, ihm nicht glaubte. Jetzt war er wirklich gefangen und es gab keinen Ausweg.

Wut stieg in ihm auf, die tiefsitzende Wut über den Missbrauch und Schock über Vater Valentins Verrat. Evan hob das Buch über den Kopf und schmiss es mit voller Wucht auf den Boden; der Aufprall auf den hölzernen Dielen klang wie ein Pistolenschuss.

„Gott ist tot!“, schrie Evan. „Das ist alles nur ein Riesenhaufen Scheiße. Er starb am selben Tag wie meine Eltern und Sie haben ihn gerade begraben!“, schrie er und schnappte sich seine Bücher vom Beistelltisch neben den Stühlen. „Ich werd nie wieder auch nur einen Schritt in Ihre verdammte Kirche setzen!“ Er stürzte aus dem Büro, bevor Vater Valentin reagieren konnte, und warf die Tür hinter sich zu. Als er sich umdrehte, stieß er fast mit Bruder Timothy zusammen. Dann rannte er davon, so schnell er konnte.

„Evan!“ Als er Clays Stimme hinter sich hörte, wurde er langsamer und blieb dann stehen. „Was ist passiert?“, fragte Clay, als er näherkam. Evan drehte sich um, und Clay schnappte nach Luft. „Er hat dir nicht geglaubt?“

Evan schüttelte den Kopf. Er sehnte sich nach Clays tröstender Umarmung, aber er wusste nicht, wie er darum bitten sollte.

„Was hast du jetzt vor?“

Evan zuckte die Schultern. „Weglaufen, denke ich.“ Er fühlte sich leer und leblos, wie ein Luftballon, aus dem alle Luft entwichen war. Er hatte schon so oft darüber nachgedacht wegzulaufen, aber er hatte nie gewusst, wohin er gehen sollte. Er wollte nicht wieder zurück auf die Straße. Er hatte einen Blick erhascht auf das, was im Leben möglich war. „Ich weiß einfach nicht“, fügte er hinzu. Automatisch ging er weiter, den Gang entlang und zur nächsten Stunde.

„Wir treffen uns nach der Letzten in unserm Zimmer“, ordnete Clay an. Evan nickte lediglich und betrat den Klassenraum.

Die nächsten Stunden gingen irgendwie vorbei. Evan konnte sich auf nichts konzentrieren. Er war einmal aufgerufen worden, aber er hatte den Lehrer nur leer angestarrt und den Kopf geschüttelt. Der Lehrer hatte wohl Mitleid mit ihm gehabt, denn dankenswerterweise hatte er nicht auf einer Antwort beharrt, sondern war zur nächsten Frage übergegangen. Nach der letzten Stunde konnte Evan dann endlich zurück zum Schlafsaal und auf sein Zimmer gehen. Er war überrascht, dort nicht nur Clay, sondern auch Frankie vorzufinden.

„Tut mir leid, Frankie“, sagte Evan leise. „Mir ist nicht sonderlich nach Hubschrauber fliegen lassen. Geht ihr zwei ohne mich. Viel Spaß.“

„Er ist nicht deswegen hier“, berichtigte Clay mit fester Stimme. „Ich hab eben mit den anderen Jungs gesprochen und sie gefragt, ob sie wüssten, ob noch jemand Probleme mit Bruder Renier hat oder hatte. Die meisten wussten von niemandem, bis auf Frankie.“

Evan wurde schlecht, und er sank auf seine Bettkante. Frankie, der liebe, freundliche und immer fröhliche Frankie? Evan wurde heiß vor Wut bei dem bloßen Gedanken.

„Was ist passiert?“, fragte Evan. Er hatte sich nach dem Gespräch mit Vater Val gerade erst wieder beruhigt und fühlte nun, wie er innerlich erneut zu kochen begann.

Frankie sagte kein Wort und Clay nickte ihm aufmunternd zu. „Schon okay, Frankie. Keiner von uns wird irgendwem davon erzählen, wenn du nicht willst.“

„Vor ein paar Wochen bin ich nach dem Unterricht dageblieben, um ihn was zu fragen. Er ist so nah gekommen, das tut er ja immer, und ich glaub er hat – mich angefasst. Ich weiß nicht. Dann hat er gesagt, dass wir uns außerhalb der Unterrichtszeit treffen könnten, wenn ich noch zusätzlich Hilfe bräuchte.“ Frankie verschränkte seine zitternden Hände. „Es war so eklig und ich bin direkt gegangen und hab ihn nie wieder was gefragt.“ Frankie sah aus, als würde er gleich anfangen zu weinen. Evan wusste genau wie er sich fühlte. „Ich hab nichts falsch gemacht, oder? Ich meine, ich hab ihn nicht ... angemacht oder so.“

Evan stand auf. „Nein. Du hast überhaupt nichts gemacht. Bruder Renier ist derjenige, der ein Problem hat.“ Evan verstand es jetzt. Seine Vergangenheit spielte hier keine Rolle. Bruder Renier hatte seine Position missbraucht und dass er es auch bei Frankie versucht hatte, bewies, dass er wirklich ein kranker Wichser war. „Wie Clay gesagt hat, wir werden's niemandem verraten. Versprochen“, sagte Evan und versuchte zu lächeln. „Viel Spaß mit Dex und dem Hubschrauber.“

Kaum hatte Frankie die Tür hinter sich geschlossen, da fing Clay an, ihn mit Fragen zu bombardieren. „Was machen wir jetzt? Willst du wirklich weglaufen? Du kannst nicht weggehen. Wir müssen was unternehmen!“

„Ich weiß noch nicht, was ich tun werde, aber Clay, ich muss es Vater Valentin sagen, dass er es auch bei anderen Jungs versucht hat. Ich werd keine Namen nennen, aber er muss es wissen. Vielleicht glaubt er mir ja jetzt.“ Clay schien nicht überzeugt und Evan war es auch nicht, aber er wusste, dass er es zumindest versuchen musste. Er konnte nicht umhin sich zu fragen, wie viele andere Jungen das bereits hatten durchstehen müssen.

Evan hievte sich vom Bett hoch und ging zur Tür. „Wir sehen uns beim Abendessen." Er öffnete die Tür und verließ ihr Zimmer. Auf dem Flur konnte er die Stimmen der anderen Jungen hören, die in ihren Zimmern spielten, lachten und lernten. Es klang so normal, und für sie war es das. Und so musste es auch bleiben, aber das war unmöglich, solange Bruder Renier sein Unwesen trieb. Schnellen Schrittes ging Evan die Treppen hinunter und durch das abendliche Zwielicht hinüber zum Schulgebäude, wo Vater Vals Büro war.

Die Flure waren zum größten Teil dunkel, aber durch die Fenster drang noch genug Licht, dass er sehen konnte, wo er hinging. Je weiter er durch das Gebäude ging, desto nervöser wurde er. Um seine flatternden Nerven zu beruhigen, huschte Evan in eine der Toiletten, machte das Licht an, ging zum Waschbecken und spritzte sich Wasser ins Gesicht.

Das Geräusch der Tür, die hinter ihm zufiel, ließ ihn herumfahren.

Bruder Renier stand im Türrahmen.

„Ich habe dir doch gesagt, dass dir niemand glauben wird", sagte er mit honigsüßer Stimme. „Letztendlich spielt es ja nun auch keine Rolle, schließlich gebe ich dir nur das, was du willst und was du brauchst." Er kam näher, und im ersten Moment reagierte Evan genauso, wie er es all die Male vorher getan hatte, und sein Bewusstsein zog sich hinter seinen inneren Schutzwall zurück. „Es gefällt dir doch. Himmel, du *willst* es doch und ich will es auch." Bruder Renier stand direkt vor ihm, so nahe, dass Evan seinen Atem riechen konnte. Er sagte nichts, fühlte sich wie am Boden festgenagelt.

„Außerdem, wenn ich dich habe, dann brauche ich deine kleinen Freunde nicht. Vater Valentin hat dir nicht geglaubt und sie werden dir auch nicht glauben, das weißt du genau."

Evans Schutzwall wurde größer, höher und dicker. Wie immer fühlte er sich zurückversetzt auf die Straße, und sein Körper und Geist schalteten um auf Autopilot. Frankies zitternde Hände und seine roten Augen blitzten in Evans Erinnerung auf und das war genug, um seinen Schutzwall zu durchbrechen und ihn zurückzuholen in die Gegenwart, wo seine aufgestaute Wut heiß aufloderte. Dieser Mann, der da vor ihm stand, dieses absolute Arschloch, hatte ihm alles weggenommen, hatte selbst seine Beziehung zu Vater Valentin zerstört.

„Keine Sorge, ich werde mich gut um dich kümmern", fuhrt Bruder Renier fort, und der nahezu animalische Ausdruck in seinen Augen strafte die Süße seiner Stimme Lügen. „Du willst es wirklich, nicht wahr?"

Evan fühlte, wie Hände sich auf seine Schultern legten, wie sie ihn zu Boden drückten, und er gab nach und kniete sich auf die Fliesen. Aber dieses Mal sah er sich nicht wieder in der Gasse; diesmal war da keine Kälte, keine nassen Knie, keine stinkenden Mülleimer. Dieses Mal war er genau hier und Evan biss die Zähne zusammen, um nicht wütend zu knurren. Bruder Renier war größer und stärker als er. Er würde nicht direkt mit ihm kämpfen können. Aber, verdammt noch mal, er würde es auch nicht wieder einfach so über sich ergehen lassen. Es war kein Geheimnis mehr – Clay wusste es, und Vater Valentin wusste es auch, ob er es nun glauben wollte oder nicht. Er wusste es, denn Evan hatte es ihm gesagt. Evan hatte es ihm gesagt und jetzt konnte er es auch anderen sagen, wenn er das tun musste. Clay hatte ihn nicht zurückgewiesen und allein das hatte gereicht, um ihn stark zu machen.

Evan sah zu, wie Bruder Renier seine Hose öffnete, und hörte seine säuselnde Stimme. Er hatte das schon so oft durchgestanden, er konnte das auch wieder tun. Dann dachte er an Clay und seine Gefühle für ihn, und ein Schauer rann ihm über den Rücken. Bisher hatte er diese Gedanken immer verdrängen können, sie hinter seinem Schutzwall versteckt, aber diesmal konnte er das nicht. Er hatte immer das Gefühl gehabt, Clay untreu zu sein, und ohne den Schutz seiner Mauer war es die reine Qual.

Er hob seine Hände von den Fliesen und ließ eine über den Schaft vor sich gleiten. Er sah auf in das Gesicht des älteren Mannes, streichelte ihn leicht und beobachtete, wie dessen Augen glasig wurden und sein Kopf zurückfiel.

„Du weißt, was du zu tun hast", säuselte er, und Evan nickte kurz. Ja, das tat er. Er hob die andere Hand und packte fest zu, drehte das Handgelenk und zog hart und ruckartig an dem sensiblen Fleisch. Er kniff die Augen zusammen und packte noch fester zu, als der andere Mann zu Boden ging und nach ihm schlug. Schließlich ließ Evan los, rappelte sich auf und sah hinunter auf Bruder Renier, der sich vor Schmerzen auf den Fliesen wand. Er kam vorsichtig näher und trat dem Mistkerl aus purer Gehässigkeit ein paarmal in den Rücken.

„Das wirst du mir büßen, du dreckige kleine Hure!", spuckte Bruder Renier.

„Ach ja? Wie willst du denn erklären, dass ich deine Eier in der Hand hatte?", fauchte Evan und trat zur Sicherheit noch einmal fest zu. „Vater Valentin glaubt mir vielleicht nicht, aber die anderen Jungs werden mir glauben. Vielleicht erfinden wir auch einen netten Spitznamen für dich, Bruder Freier oder vielleicht Bruder Blowjob."

Evan marschierte zur Tür. Er war überrascht, dass niemand sie gehört hatte. An der Tür angekommen konnte er nicht widerstehen, ging noch mal zurück und trat ein weiteres Mal zu. Diesmal erwischte er die Hände, die schützend die verletzten Körperteile bedeckten. Die Schmerzensschreie des Mannes waren wie ein Echo der stummen Schreie, die Evan jedes Mal innerlich ausgestoßen hatte. Er wusste, dass es nicht richtig war, aber zu sehen, wie der andere Mann sich vor Schmerzen wand, ließ ihn sich besser fühlen. Irgendwie half es ihm, einen Teil seiner Schuldgefühle loszulassen. Er war endlich für sich selbst eingetreten.

Evan warf die Tür auf und Bruder Reniers Stöhnen folgte ihm auf den Flur. Es verstummte abrupt, als die Tür wieder zufiel.

„Alles okay?", fragte Clay, der auf ihn zugelaufen kam. „Du bist nicht zurückgekommen, da hab ich nach dir gesucht."

Evan sah sich zur Toilettentür um. „Lass uns hier verschwinden." Er eilte durch das Gebäude zu dem Ausgang, der dem Schlafsaal am nächsten war. Zum ersten Mal seit zwei Monaten, seit das Schuljahr begonnen hatte, fühlte er sich frei. Er trat nach draußen und die Tür schlug hinter ihnen zu. Evan sah auf zu den Sternen, atmete tief ein und dann in einem Seufzer wieder aus.

„Was ist passiert?", fragte Clay, während sie zum Schlafsaal gingen.

„Ich war so nervös und wollte mich etwas abregen, bevor ich mit Vater Valentin spreche, also bin ich in die Toiletten. Bruder Renier kam und hat mich bedrängt." Evan hielt inne und sah sich schnell um, um sicher zu sein, dass niemand in der Nähe war. „Er hat wohl gedacht, dass ich einfach so nachgebe, so wie vorher immer. Aber diesmal bin ich wütend geworden. Der Gedanke, dass Frankie oder sonst einer von meinen Freunden auch nur in die Nähe dieses Monsters ..." Evan schluckte und verstummte, als er Schritte hörte, die durch das Laub raschelten. Sie warteten, bis wieder alles still war.

„Was hast du gemacht?", fragte Clay, und im reflektierten Licht konnte Evan seine weit aufgerissenen Augen sehen.

„Sagen wir's mal so, er wird wohl eine ganze Weile lang sehr seltsam gehen." Evan kicherte, dann lachte er laut, als die Anspannung von ihm abfiel. „Ich glaub nicht, dass Bruder Blowjob so bald wieder jemanden belästigen wird", fügte Evan hinzu und beeilte sich, aus der kalten Nacht nach drinnen zu kommen, um seinen Mantel zu holen. „Wir sollten zum Abendessen gehen, bevor es nichts mehr gibt.“

„Bruder Blowjob“, wiederholte Clay glucksend und stupste ihn spielerisch mit dem Ellbogen, bevor er die Tür zu ihrem Zimmer öffnete.

Nachdem sie zu Abend gegessen und ihre Hausaufgaben gemacht hatten, war es bereits Zeit, das Licht auszumachen und ins Bett zu gehen. Nachdem er sich gewaschen und seine Zimmerhälfte aufgeräumt hatte, schlüpfte Evan unter seine Bettdecke. Aus irgendeinem Grund fühlte er sich innerlich ebenfalls sauber und aufgeräumt.

„Wirst du Vater Val sagen, was passiert ist?“, fragte Clay nach der Kontrolle der Nachtruhe.

„Vielleicht eines Tages, aber nicht jetzt“, antwortete Evan dem dunklen Raum. „Danke“, fügte er hinzu, nachdem er sich in sein Kissen gekuschelt hatte.

„Wofür?“

„Dass du mir geglaubt hast.“ Und für noch so vieles mehr, aber das konnte Evan nicht einmal ansatzweise in Worte fassen.

„Evan, bist du schwul?“ Clay klang vorsichtig, so als ob er sich nicht sicher war, ob er die Frage stellen sollte.

„Ja“, antwortete Evan sachlich und wartete auf Clays Reaktion. In seinen Tagträumen sagte Clay in diesem Augenblick immer, dass er auch schwul war, und dann stieg er zu Evan ins Bett und sie liebten sich leidenschaftlich. Oh wow, Evan war echt ein Idiot, selbst in seinen Tagträumen. „Ist das okay für dich?“

„Natürlich“, hörte Evan aus dem anderen Bett. „Du bist mein bester Freund und du wirst es immer bleiben.“

Unendlich erleichtert stieß Evan den Atem aus, den er angehalten hatte. Er wartete, ob Clay vielleicht noch etwas sagen würde. Fast stellte Evan ihm dieselbe Frage, aber dann traute er sich doch nicht. Außerdem, selbst wenn Clay schwul war, er verdiente jemanden, der nicht so eine Vergangenheit hatte wie Evan.

„Gute Nacht, Evan. Du warst echt klasse heute.“

„Danke, Clay. Gute Nacht“, antwortete Evan, dann wurde still es im Raum.

KAPITEL 3

DAS BRUMMEN des winzigen Hubschraubermotors irgendwo über ihm ließ ihn aufschauen und den Himmel nach dem lästigen Teil absuchen. „He, pass auf, wo du hinsteuerst. Du hättest mir mit dem Ding beinahe einen neuen Haarschnitt verpasst", rief Evan lächelnd, und seine Freunde lachten über ihn. Evan saß im Schatten eines Baumes und beobachtete, wie sie hin und her rannten und das grässlich surrende Teil jagten. Er hatte einmal versucht, den Hubschrauber zu fliegen, und sie hatten ihn beinahe im Obstgarten verloren.

Frankie kam zu ihm rüber gelaufen und wie immer lächelte er. „Hast du gehört? Dex hat gesagt, dass ich den Hubschrauber behalten kann!" Frankie war jünger und hatte noch ein Jahr an der Schule vor sich. Evan wusste, dass es hart für Frankie war, dass seine Freunde die Schule verließen. Sie alle waren in den letzten drei Jahren unzertrennlich gewesen. „Ich werde euch alle echt vermissen nächstes Jahr", gestand er und bohrte mit der Ferse ein Loch in den kurzgemähten Rasen.

„Wir sehen uns wieder, das weißt du doch", entgegnete Evan mit einem Lächeln. Er wusste genau, wie Frankie sich fühlte. Abrupt sprang er auf, schnappte sich seinen Freund und warf ihn zu Boden. Lachend und sich gegenseitig aufziehend rangen sie im Gras miteinander.

Nach dem Missbrauch durch Bruder Renier war es Evan sehr lange Zeit schwer gefallen, einfach er selbst zu sein. Monatelang hatte er jeden Blick, jede Berührung eines Lehrers oder eines Bruders analysiert. Es hatte lange gedauert und er hatte viel Unterstützung von seinen Freunden gebraucht, die ihm schließlich die gesamte Geschichte aus der Nase gezogen hatten, aber er hatte zu einer Art Normalität zurückgefunden und festgestellt, dass er tatsächlich Spaß haben konnte, ohne sich um jede Kleinigkeit Sorgen zu machen.

Bruder Renier war wochenlang merkwürdig gelaufen und hatte am Ende des Halbjahres verkündet, dass er die Schule verlassen würde. Niemand hatte ihm auch nur eine Träne nachgeweint, ganz besonders nicht Evan. In einer so engen und abgeschiedenen Gemeinschaft blieb kein Geheimnis lange geheim, und schon bald kursierten Gerüchte darüber, warum Bruder Renier gegangen war. Es wurden keine Details weitergegeben, aber das war auch nicht nötig. Es war genug, dass Bruder Blowjob, wie Evan und Clay ihn nannten, für immer fort war. Das einzige Resultat der ganzen Angelegenheit war, dass sie Evan äußerst selbstsicher und stark gemacht hatte. Er wusste jetzt, dass er mit fast allem fertig werden konnte.

Frankie gab den Kampf auf und Evan ließ sich neben ihn ins Gras fallen. Sie schnauften und grinsten beide dümmlich übers ganze Gesicht. „Du bist stark geworden“, sagte Evan zu Frankie. „Nächstes Jahr wirst du der King sein.“

„Ich würde lieber mit euch zur Uni gehen, als alleine hierzubleiben“, entgegnete Frankie leise und zupfte einen Grashalm aus. Dex ließ den Hubschrauber nur knapp über sie hinwegfliegen. Evan ging in Deckung, während die anderen in lautes Gelächter ausbrachen. „Weißt du schon, was du nach der Schule machen wirst?“, fragte Frankie, sobald der Hubschrauber weitergeflogen war. „Ich hab gehört, dass du von einer Menge Unis Zusagen bekommen hast.“

„Unwichtig, ich kann es mir eh nicht leisten, zur Uni zu gehen. Also werde ich mir wohl einen Job suchen müssen. Vater Val hat gesagt, dass ich den Sommer über hierbleiben und bei den Sommeraktionen für die neuen Schüler helfen könnte, aber ich denke, es ist Zeit, weiterzuziehen. Ich bin seit fast drei Jahren hier und ich glaube nicht, dass sich bis zum Ende des Sommers groß etwas ändern wird. Einer der Brüder hat mich gefragt, ob ich Interesse hätte, dem Orden beizutreten, aber ehrlich gesagt, nein. Ich bin schwul und das Letzte, was sie brauchen, ist noch jemand, der den Orden benutzt, um sich zu verstecken.“

„Du bist schwul?“, rief Frankie in gespielter Empörung und einer obszönen Geste, was sie beide wieder in Gelächter ausbrechen ließ.

Kurz nach dem Vorfall mit Bruder Renier hatte Evan allen seinen Freunden gesagt, dass er schwul war. Aber er hatte es nicht allgemein kundgetan, und seine Freunde hatten seine Privatsphäre respektiert. Er hatte es auch Vater Valentin gesagt, denn obwohl der es bereits gewusst hatte, schien es richtig zu sein, es offiziell zu machen. Er hatte im Lauf der Zeit immer weniger Kontakt mit Vater Val gehabt und Evan wusste, dass das an ihm lag. Er hatte dem Priester nicht vergeben können, ihm nicht geglaubt zu haben. Er wusste, dass er es tun sollte, und er hatte oft darüber nachgedacht. Vor ein paar Monaten hatte er festgestellt, dass die Wut, die Enttäuschung und die Schuldgefühle, die er gegenüber seinem Vormund empfunden hatte, beinahe vollständig verschwunden waren. Vielleicht war die Zeit ja jetzt reif.

Natürlich hatte auch Clay bereits gewusst, dass er schwul war, aber das hatte ihre Beziehung in keinster Weise verändert. Sehr zu seiner Erleichterung waren sie immer noch genauso eng befreundet wie vorher. Evan wusste, dass er noch immer in seinen Freund verliebt war, aber das hatte er für sich behalten, hatte seine Gefühle tief im Innern verborgen und sich nur dann erlaubt, ihnen nachzuhängen, wenn er allein war oder schlief. In seinen Träumen spielte sein gutaussehender Zimmergenosse oftmals die Hauptrolle, aber das war alles, was sie waren: Träume.

„Du bist die erste schwule Person, die ich kenne", sagte Frankie und riss Evan damit aus seinen Gedanken.

„Nein, bin ich nicht. Ich bin der Erste, mit dem du darüber reden kannst", korrigierte Evan ihn milde. „Du kennst wahrscheinlich eine Menge schwuler Leute, aber du hast nicht gewusst, dass sie schwul sind, und das ist gut so. Du weißt, dass du alle Menschen gleich behandeln sollst."

„Ich weiß", sagte Frankie und fragte dann: „Aber woher weißt du, dass du schwul bist?"

„Keine Ahnung. Woher weißt du, dass du hetero bist?" Evan stupste seinen Freund spielerisch an. Er fragte sich, wo das plötzliche Interesse herkam. „Ich denke, es kommt darauf an, wen du magst. Ich mag Jungs anstatt Mädchen. Es ist einfach ein Teil von mir." Evan blickte auf und sah Clay die Fernsteuerung des Hubschraubers übernehmen. „Wieso?"

„Ich bin einfach nur neugierig."

Evan lehnte sich vor und zwinkerte ihm zu. „Gibt es da etwas, das du mir vielleicht sagen möchtest?"

Im ersten Moment sah Frankie erschrocken aus, aber dann erholte er sich und schlug Evan auf die Schulter. Lachend sagte er: „Nee, ich mag Mädchen", und stand auf.

„Okay, ich wollt's nur wissen", rief Evan, als Frankie über den Rasen zum Hubschrauberpiloten rannte. Es war gut, gewisse Dinge zu wissen. Dass er gute Freunde wie Frankie hatte, war definitiv eines davon.

Der Hubschrauber surrte um ihn herum. Evan schlug halbherzig danach und sah zu Clay hinüber, der ihn spielerisch-boshaft angrinste. Clay – ungeachtet seiner Gefühle für ihn war er derjenige, den Evan am meisten vermissen würde. Sie hatten drei Jahre lang ein Zimmer und ihren Lebensraum miteinander geteilt. Getrennter Wege zu gehen, wie sie das ab morgen tun würden, fühlte sich an, als würde er einen Teil seiner selbst verlieren. Er hatte sich den Kopf zerbrochen, um einen Weg zu finden, mit Clay mitgehen zu können. Clay würde zur Uni gehen und Evan hatte sich sogar an derselben Hochschule beworben. Er war angenommen worden, aber selbst, wenn er das Geld gehabt hätte, um hinzugehen: Sie boten nicht die Fächer an, die Evan am meisten interessierten. Clay würde Jurist werden, daran bestand kein Zweifel. Sowohl sein Vater als auch sein Großvater waren erfolgreiche Anwälte, und Clay war fest entschlossen, in ihre Fußstapfen zu treten. Der Vorfall mit Bruder Renier schien Clay in seinem Ehrgeiz nur bestärkt zu haben.

„He, was sitzt du hier so alleine herum?“, fragte Clay, als er sich neben ihm ins Gras fallen ließ.

„Ich denke nur nach.“

„Ich weiß, dass du dir Sorgen machst, aber es wird schon alles gut gehen. Vater Val wird dich nicht auf die Straße setzen, das weißt du,“ bemerkte Clay. „Egal was passiert ist.“

„Ich weiß. Es ist nur nicht leicht zu wissen, dass man keine großen Zukunftsaussichten hat.“ Evan betrachtete die anderen Jungs. „Ich glaub, ich tue mir einfach nur selber leid. Mach dir keine Gedanken. Das wird in ein paar Jahren vorübergehen.“ Er wurde in eine lockere Umarmung gezogen und dann fuhren ihm Fingerknöchel leicht über den Kopf.

„Dummkopf“, neckte Clay ihn und ließ ihn los. „Du hast eine große Zukunft, du musst sie nur finden!“

„Ich wünschte nur, dass sich die Stipendien melden würden. Ich hab so viele Briefe bekommen, in denen es heißt, dass ich es in die letzte Runde geschafft habe, aber weiter hab ich nichts gehört. Ich hab sogar drüber nachgedacht, zur Luftwaffe zu gehen, weil die für ein Studium bezahlen. Aber so wie ich mich und mein loses Mundwerk kenne, würde ich ihnen bestimmt sagen, dass ich schwul bin, und dann würden sie mich rausschmeißen.“ Evan zwang sich zu einem Lächeln. Alle anderen Schüler würden einen letzten Sommer zu Hause bei ihren Familien verbringen, bevor sie zur Uni und ins Studentendasein verschwinden würden.

„Du wirst es schon schaffen“, ermutigte Clay ihn. „Du bist die stärkste Person, die ich kenne. Du wirst einen Weg finden.“

„Danke, das musste ich hören“, sagte Evan. *Es reicht jetzt mit der Selbstmitleids-Nummer*. Er hatte auf der Straße überlebt, er hatte mit Bruder Renier aufgeräumt – er konnte alles tun, was er sich vornahm. Morgen würde er sich über alles Gedanken machen. Heute war der letzte Schultag und ihr letzter gemeinsamer Tag, ehe sie sich in alle Winde verstreuten und sich alles änderte. Evan stand auf, zog Clay auf die Füße, und gemeinsam gesellten sie sich zu den anderen.

„Evan“, rief Dex und übernahm die Hubschrauberfernsteuerung wieder, „schön, dass du auch dazukommst.“ Dex drehte und duckte sich im Einklang mit den Bewegungen des Hubschraubers, während er sein Bestes tat, das Model aus den Bäumen herauszuhalten. „Ich würde dich ja fragen, ob du auch mal steuern willst, aber wir haben nicht den ganzen Tag Zeit, nach dem Ding zu suchen.“

„Schlaumeier“, gab Evan zurück, aber er wusste, dass Dex recht hatte. Sie würden das Teil vermutlich nie wiederfinden, wenn er die Fernsteuerung übernahm.

Sie waren alle sehr enge Freunde geworden. Im letzten Sommer hatte Evan sowohl Clays als auch Dex' Familie eine Zeitlang besucht. Clays Eltern und seine Schwester waren warmherzig und gastfreundlich gewesen und hatten ihm das Gefühl gegeben, in ihrem gemütlichen Haus nahe Green Bay, gerade eine Autostunde von der Schule entfernt, willkommen zu sein. Dex' Familie lebte außerhalb von Detroit, und Dex hatte ihn für eine Woche eingeladen. Er hatte Evan sogar ein Flugticket geschickt.

Evan hatte gewusst, dass Dex' Familie eine Menge Geld hatte, aber er hatte keine Ahnung gehabt, *wie* viel. Bis Dex ihn am Flughafen abgeholt und zu dem größten Haus gefahren hatte, das Evan je gesehen hatte. Das steinerne Herrenhaus war riesig. Dex hatte ihm erzählt, dass das Haus von seinem Großvater, der auch das Familienunternehmen gegründet hatte, erbaut worden war. Das Unternehmen hatte die damals noch in den Kinderschuhen steckende Autoindustrie mit Bauteilen beliefert, und es war rasch gewachsen und weit über seine Ursprünge hinaus expandiert.

„Lass dich nicht einschüchtern – wir sind auch nur ganz normale Menschen“, hatte Dex gesagt. Evan war die Kinnlade bis auf den Boden des Autos heruntergeklappt, als sie in die lange Auffahrt eingebogen waren und durch gepflegte, formelle Außenanlagen mit riesigem Springbrunnen in der Mitte auf das elegante Haus zufuhren. „Es gibt keinen Grund, nervös zu sein. Meine Mutter wird dich mögen“, hatte Dex hinzugefügt. „Meine Eltern sind ziemlich cool, so alles in allem.“

Es war ein gelungener Besuch gewesen. Dex' Vater hatte sich als heiterer Mann entpuppt, der zwar viel arbeitete, aber seine gesamte Freizeit mit seiner Familie verbrachte. Am Wochenende hatte er sie alle zu einem Tagessegeltörn auf dem Huronsee mitgenommen. Evan würde nie vergessen, wie das Segelboot übers Wasser geflogen war, als wäre es Teil des Windes, der es vorwärts wehte. Er und Dex waren bis ganz nach vorn geklettert und hatten das „Ich bin der König der Welt!“ Ding aus *Titanic* nachgemacht. Total kitschig, aber es hatte Spaß gemacht.

„Bleibst du den Sommer über hier?“, fragte Dex und holte ihn zurück in die Gegenwart. Evan hatte sich in letzter Zeit schon oft dabei ertappt, dass er sich an Momente erinnerte, die er mit seinen Freunden erlebt hatte, als ob er Angst hätte, dass er sie vergessen könnte.

„Keine Ahnung, was ich machen werde“, antwortete Evan. „Ich würde ja gern was mit Computern machen. Mr Gerhardt beim Aufbau des Schulnetzwerks zu helfen, das war echt cool.“ Letzten Sommer hatte man beschlossen, dass es an der Zeit war, die Klassenräume zu modernisieren und auf Computer umzustellen. Evan hatte Mr Gerhardt dabei geholfen, das Netzwerk aufzubauen und zusammen mit den Elektrikern die Leitungen zu installieren. Immer häufiger stellte Evan fest, dass er Zahlen und Computer beinahe instinktiv verstand, und es war wunderbar gewesen, der Schule, der er so vieles verdankte, etwas zurückgeben zu können.

Dex warf ihm ein schlaues Grinsen zu und landete den Hubschrauber im Gras, dann sah er auf seine Armbanduhr. „Gleich Zeit fürs Mittagessen“, sagte Dex und ging und holte das Model. Zusammen mit der Fernsteuerung reichte er es weiter an Frankie, der ihn anstrahlte, als hätte er ihm den Mond vom Himmel geholt.

„Danke, Dex.“

„Keine Ursache, Frankster“, frotzelte Dex, was ihm einen finsteren Blick von ihrem Freund einbrachte. Dann kehrte Frankies übliches strahlendes Lächeln in voller Wattzahl zurück. Evan beobachtete, wie Frankie sein Geschenk über den Rasen davontrug, dann folgte er ihm, Clay an seiner Seite, nach drinnen.

Ja, Evan war glücklich gewesen, hier an der St. Bartholomäus. Die meiste Zeit war es ihm hier gut gegangen und er war aufgeblüht, aber nun würde sich alles ändern. Die Welt draußen vor den Toren wartete auf sie, und sie ließ sich nicht ignorieren.

Zurück in ihrem Zimmer, sahen er und Clay sich um. Bereits gepackte Kisten stapelten sich in einer Ecke. Die meisten davon gehörten Clay; Evan hatte nicht viel zum Packen gehabt. Er hatte im Laufe der Zeit ein paar Dinge angesammelt, aber er würde nicht viel davon mitnehmen. Die Fotos, die sie an die Wände geheftet hatten, waren bereits abgenommen und verpackt worden, so wie auch alle ihre Bücher. Die Schreibtische waren leergeräumt; sie sahen aus, als warteten sie bereits auf die neuen Schüler.

Evan ertappte sich dabei, dass er wieder traurig wurde, und tat sein Bestes, die Laune abzuschütteln. Er warf einen Blick auf sein Bett und blinzelte überrascht, als er dort auf seinem Kissen einen großen Umschlag liegen sah. Er nahm ihn, öffnete ihn und entdeckte in seinem Innern einen Brief. Evan sah sich zu Clay um und fragte: „Wann ist der gekommen?"

„Heute Morgen. Vater Val hat mich gebeten, ihn dir zu geben", sagte Clay und lächelte ihn an. „Ich hab aber nicht reingeguckt", fügte er hinzu, und Evan spürte, wie er näherkam. Wann immer sie zusammen in einem Raum waren, schien sein Körper ganz instinktiv zu wissen, wo Clay gerade war, selbst wenn es im Zimmer stockdunkel und totenstill war.

„Das ist eine Stipendienzusage vom Orden. Zweitausend Dollar pro Jahr für die nächsten vier Jahre, zu verwenden für die Zahlung von Studiengebühren." Evan sah Clay an. Verwirrung und Euphorie rangen in seinem Innern um die Vorherrschaft. „Darum hab ich mich nicht beworben. Ich hab nicht mal gewusst, dass es so ein Stipendium gibt." Er drehte den Brief um, suchte nach weiten Informationen, aber da war nichts weiter als ein paar Formulare, die er ausfüllen und zurücksenden musste. „Wer ...?", setzte Evan an.

„Wer wohl?", antwortete Clay, und Evan rutschten die Formulare aus der Hand und flatterten zu Boden. Er kroch umher, um sie wieder einzusammeln, und versuchte vergebens, seine Überraschung zu verbergen. „Evan, Vater Val liegt sehr viel an dir. Das sieht selbst ein Blinder. Ich weiß, dass du denkst, dass er dir nicht geglaubt hat. Aber er hat dich hierher gebracht und sich um dich gekümmert", sagte Clay, während Evan fassungslos auf die Seiten des Briefes starrte. „Vielleicht solltest du dich mit ihm aussöhnen, ehe du gehst."

Evan wusste, dass Clay recht hatte. Aber er wusste nicht, was er zu dem Mann sagen sollte, den er als Vaterersatz angesehen hatte. „Ich weiß nicht, ob ich das kann. Ich hab ihm Sachen an den Kopf geworfen ... Schreckliche Sachen."

Clay sagte kein Wort, sah ihn lediglich durchdringend an, und Evan konnte den Anwalt in Clay sehen, wie er im Gerichtssaal einem feindseligen Zeugen diesen Blick zuwarf, und er wusste, dass der Zeuge genauso einknicken würde, wie Evan es gerade tat.

„Okay", sagte Evan und gab klein bei. „Ich werde mit ihm reden, aber erst nach dem Mittagessen. Ich hab einen Bärenhunger", sagte Evan und fügte hinzu: „Sogar auf Nonnenfutter."

Sie lachten. Das Schulessen war ein Running Gag. Die Nonnen, die für sie die Mahlzeiten kochten, waren sehr nett und meinten es wirklich gut, aber einige der Gerichte, die sie zubereiteten, waren nahezu ungenießbar. Die Schule bekam oft Milch und Gemüse geliefert, gespendet von den umliegenden Bauernhöfen, und das war immer köstlich. Aber manchmal ...

„Ich werde die Nonnen-Erdnussbutter kein bisschen vermissen“, sagte Clay, während sie zum Speisesaal gingen. In dem Versuch, die Erdnussbutter zu strecken, hatten die Nonnen Öl hinzugefügt und das Gemisch wie Sahne geschlagen. Das Zeug war grauenhaft.

„Wie ist es mit Nonnen-Überraschung?“, fragte Evan mit einem Glucksen, und Clay schauderte in der warmen Frühlingsluft. „Man weiß nie, was in so einem Auflauf alles drin ist. Manchmal war es ja gar nicht so schlecht ...“

„Aber manchmal hätten wir lieber die Teller gegessen“, beendeten sie den Satz gemeinsam, als Evan die Tür öffnete. Drinnen roch es wirklich gut und Evan hörte seinen Magen knurren. Er stellte sich an, nahm sich ein Tablett und holte sich sein Mittagessen, dann ging er rüber zu ihrem Tisch. Seit er an die Schule gekommen war, hatten er und seine Freunde zu jeder Mahlzeit am selben Tisch gesessen. Das Stimmengewirr klang wie immer, aber Evan schien es anders, irgendwie melodischer, als er ihm ein letztes Mal lauschte.

Während des Essens unterhielten sie sich über ihre Pläne für den Sommer. Evan erzählte ihnen von dem Stipendium, das er bekommen hatte. Er sah, wie Clay und Dex einen wissenden Blick austauschten, aber keiner der beiden sagte etwas. Da war definitiv etwas im Gange, aber er wusste, dass keiner der beiden ihm mehr verraten würde, bis sie es ihm nicht selbst sagen wollten.

Frankie war der Erste, der aufstand, da er und die anderen Elftklässler bei der Abschlussfeier Dienst hatten. Die unteren Jahrgänge waren alle schon in den Ferien, da der Unterricht bereits letzte Woche geendet hatte. Bald leerte sich der Saal und Evan sah nur noch die Zwölftklässler an ihren Tischen sitzen.

„Die ersten Eltern und Gäste werden bald kommen“, sagte Clay leise. „Wenn du mit Vater Val reden willst, dann solltest du das jetzt tun.“

Evan schluckte und nahm sein Tablett. Er räumte das schmutzige Geschirr in die Plastikwannen, räumte das Tablett weg und ging mit einem Winken. Ein paar Minuten später stand er vor der Tür zu Vater Vals Büro und klopfte leise.

„Herein“, hörte er von drinnen und öffnete die Tür. Er war nicht mehr hier gewesen seit ... Evan unterbrach den Gedanken, sonst würde er nie sagen können, was er zu sagen hatte.

„Evan“, sagte Vater Val mit einem Lächeln und legte seinen Stift nieder, bevor er aufstand und um den Schreibtisch herumkam. „Ich bin froh, dass du hereingeschaut hast.“

„Ich dachte, dass wir noch über ein paar Dinge reden sollten, ehe ich gehe“, sagte Evan und trat unruhig von einem Fuß auf den anderen. Das Büro sah noch genauso aus wie damals, selbst die Bibel lag noch auf ihrem Platz – auf dem Schreibtisch, nicht auf dem Boden, wo Evan sie hingeschmissen hatte, als er das letzte Mal hier gewesen war.

„Ja, ich denke, das sollten wir wohl“, stimmte Vater Val leise zu und wies auf die Stühle. Evan setzte sich und Vater Val tat dasselbe. „Ich weiß, dass du denkst, ich hätte dir nicht geglaubt, als du mir von Bruder Renier erzählt hast. Und um bei der Wahrheit zu bleiben, kann ich dir auch nicht sagen, was ich damals geglaubt habe.“ Evan öffnete den Mund, aber Vater Val hob eine Hand, und er schloss ihn wieder. „Alles was ich sagen kann, ist, dass ich wohl nicht glauben wollte, dass so jemand an dieser Schule unterrichtet.“ Vater Val seufzte. „Ich weiß auch, dass ich es deiner Vergangenheit erlaubt habe, mein Urteilsvermögen zu trüben, und dafür bitte ich dich um Vergebung. Es gibt keine Entschuldigung für Bruder Reniers Verhalten, es kann keine Entschuldigung für sein Verhalten geben. Eines möchte ich klargestellt haben,“ sagte er und blickte zur Decke. „Im Herzen habe ich immer gewusst, dass du nichts Falsches getan hast. Meine erste Pflicht ist immer gegenüber den Jungen unter meiner Obhut.“

„Es hat weh getan, sehr weh“, sagte Evan leise, und der Schmerz und die Erniedrigung des Missbrauchs hallten in ihm nach. „Was hat Sie erkennen lassen, was vor sich ging?“

Vater Val verlagerte unbehaglich sein Gewicht. „Was in der Beichte offenbart wird, ist heilig, aber es muss nicht ohne Konsequenzen bleiben. Aber ich kann dir sagen, dass du nicht der Einzige warst.“ Vater Val schluckte schwer. „Ich wünschte nur, ich hätte für dich da sein und dir helfen können.“

„Ich habe gute Freunde, die mir zur Seite gestanden haben. Sie haben mir geholfen, das zu überstehen.“ Es gab keinen Tag, an dem er Gott nicht für Frankie, Dex, Clay und Wilbur dankte. Sie waren für ihn da gewesen. „Aber um das Thema zu wechseln, ich wollte Ihnen für das Stipendium danken.“

Vater Val schüttelte leicht den Kopf. „Du hast es verdient. Ich habe die Bewerbung eingereicht, aber die Auswahlkommission hat es dir zuerkannt. Ich hatte keinerlei Einfluss darauf.“ Vater Val sah sehr zufrieden aus. „Du warst ... bist“, korrigierte er sich, „ein bemerkenswerter Schüler, und du hast eine brillante Zukunft vor dir. Zweifle niemals daran. Du hast stets hart gearbeitet und du verdienst alles, was du bekommen hast, das und noch viel mehr.“ Vater Val lehnte sich in seinem Stuhl zurück, sichtlich entspannter, seitdem sie das Thema gewechselt hatten. „Hast du dir schon überlegt, auf welche Universität du gehen möchtest?“

„Nicht wirklich. Selbst mit dem Stipendium weiß ich nicht, wie ich es mir leisten kann.“

„Es gibt Darlehen und Beihilfen von der Regierung, für die du infrage kommst. Ich weiß, dass du dich beworben hast. Du musst dich nur entscheiden, wo du hingehen möchtest, und sie werden dir helfen, glaub mir. So begabte junge Menschen, wie du es bist, stehen nicht jeden Tag vor der Tür. Ich bin hier, wenn du mich brauchst. Nur weil du die Schule verlässt, heißt das noch lange nicht, dass ich nicht mehr für dich da sein werde.“

Evan schluckte schwer an dem Kloß in seinem Hals. Er hatte soviel Zeit damit verschwendet, wütend zu sein und sich verraten zu fühlen; er hatte all die Zeit vergeudet, die er mit diesem Mann hatte, der ihm mehr bedeutete, als er geahnt hatte.

„Kann ich was fragen?“, wollte Evan wissen, und Vater Val nickte langsam. „Warum ich? Es gibt so viele Menschen, die Hilfe brauchen. Warum haben Sie damals an jenem Wintertag mich ausgewählt?“

Vater Val lächelte ein kleines, unschuldiges Lächeln, als er sich vorbeugte. „Das habe ich nicht.“ Vater Val schwieg und ließ die Worte einsinken. „Ich hätte eigentlich gar nicht in diesem Teil der Stadt sein sollen. Ich war noch nie zuvor dort gewesen und war es auch seitdem nicht mehr. Der Stadtteil ist nicht einmal in der Nähe der Geschäfte, in denen wir Vorräte, Lebensmittel und anderes für die Schule kaufen, und bis zum heutigen Tag habe ich keine Ahnung, wie ich dorthin gekommen bin. Aber ich war da und ich habe dich gesehen.“ Vater Val hob seine Hände auf dieselbe Weise, wie er es am Ende des Gottesdienstes tat, wenn er das letzte „Amen“ sang. „Du solltest dich fertig machen“, sagte er und senkte seine Hände. „Die Abschlussfeier fängt gleich an.“

Evan stand auf. Vater Val erhob sich ebenfalls und streckte die Hand aus. Evan ignorierte die Hand und umarmte den Mann, der ihn von der Straße geholt und ihm die Chance auf ein besseres Leben gegeben hatte. „Da wäre nur noch eine Sache, die ich tun muss“, sagte Evan, und Vater Val nickte. Langsam sank Evan auf die Knie. „Vergib mir, Vater, denn ich habe gesündigt ...“

Evan sprach unter anderem über den Missbrauch und wie lange er angedauert hatte, über seine eigenen Ängste und sogar darüber, was er Bruder Renier angetan hatte, sowie über Dinge, die er schon vor langer Zeit hätte beichten sollen. Als er geendet hatte, spürte er Vater Vals Hände auf seinem Kopf und hörte ihn die Worte der Vergebung flüstern. Dann stand Evan auf.

„Ich habe das Gefühl, dass das noch nicht alles war“, sagte Vater Val sanft.

„Nein, aber da brauche ich Ihren Rat, nicht den eines Priesters“, sagte Evan in der Hoffnung, dass Vater Val ihn verstand. „Es gibt da jemanden, in den ich, glaube ich, verliebt bin. Das Problem ist, dass ich es ihm nie gesagt habe und auch nicht weiß, was er für mich empfindet. Und jetzt weiß ich nicht, was ich tun soll. Himmel, Vater Val, ich weiß nicht mal, ob er schwul ist.“

Vater Val nickte langsam. „Evan, du bist achtzehn Jahre alt. Ich weiß, dass dir diese Dinge im Augenblick unglaublich wichtig und weltbewegend erscheinen, aber du hast noch so viel deines Lebens vor dir. Vieles kann und wird sich ändern, während ihr älter werdet. Mein Ratschlag ist, es ihm nicht zu sagen und die Dinge so zu belassen, wie sie sind. In meinem Herzen weiß ich, dass ihr einander wiederfinden werdet, wenn es so sein soll, du und Clay.“

Evan schnappte überrascht nach Luft, aber Vater Val klopfte ihm nur leicht auf die Schulter. „Ich bin ein Priester, aber das bedeutet nicht, dass ich keine Augen im Kopf habe. Ich war selbst einmal verliebt, als ich so alt war wie du jetzt. Ich weiß, wie es sich anfühlt; aber für mich haben sich die Dinge geändert und sie werden sich vermutlich auch für dich ändern. Du hast noch dein ganzes Leben vor dir. Lebe dein Leben, genieße deine Zeit. Du wirst viele Menschen treffen und Dinge lernen, die du dir jetzt nicht einmal vorstellen kannst.“ Evan fühlte, wie Vater Val seine Schulter leicht drückte, bevor er die Hand mit einem leisen Seufzen sinken ließ. „Auf dich wartet ein ganzes Leben, von daher denke ich, dass es Zeit ist, dich für deinen offiziellen Schulabschluss fertig zu machen.“

In stiller Zustimmung ging Evan zur Tür. „Ich seh Sie dann gleich“, sagte er mit einem gezwungenen Lächeln und öffnete die Tür. Als er sie hinter sich schloss, wurde daraus ein echtes Lächeln. Seine Stimmung hob sich und ihm war leicht ums Herz, als er zum Schlafsaal zurückging.

„Evan!“ Er erkannte die Stimme nicht sofort wieder und drehte sich suchend um. Dex und seine Eltern kamen auf ihn zu.

Dex’ Mutter erreichte ihn als Erste und umarmte ihn fest. „Heute ist ein großer Tag für dich.“ Ohne zu warten, ob er mitkam, eilte sie zum Schlafsaal voraus. „Worauf wartet ihr noch?“ Evan sah Dex an, der ebenso verblüfft zurückguckte. „Ja glaubt ihr denn, ich lasse euch zur Abschlussfeier gehen, ohne sicherzustellen, dass ihr vernünftig angezogen seid? Ganz sicher nicht.“ Sie drehte sich wieder um und ging weiter. „Jungs!“, rief sie, und sie sprangen, sehr zur Erheiterung der umstehenden Gäste.

Zwanzig Minuten später hatte Mrs Dexter – Dex’ richtiger Name war Myron; kein Wunder, dass er sich Dex nannte – sie in ihre Anzüge und Talare gesteckt und wuselte um Evan herum, um die letzten Einzelheiten zu korrigieren. Selbst Clay entging ihr nicht, und sie war dabei, seine Kapuze zurechtzuzupfen, als es an der Tür klopfte.

„Marilyn, kann ich kurz mit Evan sprechen?“, fragte Dex’ Vater, als er eintrat.

„Aber sicher, wir sind soweit. Ich warte draußen auf euch.“ In einem Wirbelwind aus Chanel verließ sie das Zimmer und der Rest folgte ihr. Als sie an ihm vorüberging, zwinkerte sie Evan aus unerfindlichen Gründen zu.

„Nun denn, mein Junge. Dex hat mir vor einiger Zeit erzählt, dass du dabei geholfen hast, das Schulnetzwerk einzurichten. Damals habe ich ihm das nicht geglaubt, aber ich habe gerade deinen Mathematiklehrer getroffen, und der hat es mir bestätigt. Wie ein Schüler so etwas kann, ist mir schleierhaft, aber alle haben mir versichert, dass es stimmt.“

„Zahlen liegen mir einfach“, sagte Evan nervös.

„Offensichtlich. Ich bin hier, weil ich dir für den Sommer eine Praktikantenstelle in unserer IT Abteilung anbieten möchte. Dex sagte, du wärst noch nicht sicher, was du nach der Schule machen willst. Außerdem hab ich mich mit ein paar Freunden in der ein oder anderen Zulassungsstelle und bei gewissen Berufsvereinigungen in Verbindung gesetzt, und dir werden noch ein paar Stipendien beschert werden – insgesamt genug Geld, um damit alle Studiengebühren an der Hochschule deiner Wahl bezahlen zu können. Und für die Semesterferien hast du den Job.“

In Evans Kopf drehte sich alles. „Ich verstehe nicht ...“

„Mein lieber Junge, vor vielen Jahren bin ich selbst hier auf die St. Bartholomäus gegangen, genau wie Dex und, wie ich hoffe, sein Sohn nach ihm. Dazu gehört nicht nur eine exzellente Schulbildung, sondern auch,

Freundschaften fürs Leben zu schließen. Ich war bei der Hochzeit meines Zimmergenossen Trauzeuge und letztes Jahr haben seine Frau und er mit mir und Marilyn eine Bahamaskreuzfahrt gemacht. Die Freundschaften und die Kontakte, die du hier knüpfst, können ein Leben lang halten. Wir sind Brüder – und wir helfen unseren Brüdern."

Evan war sprachlos.

„Falls du dich wunderst, das ist keine reine Nächstenliebe. Du hast es dir durch harte Arbeit und dein Talent redlich verdient. Ich habe nur ein paar Leute, die dir helfen können, auf dich aufmerksam gemacht." Er klopfte Evan auf die Schulter und öffnete die Tür, und Dex und Clay purzelten ins Zimmer.

„Mir nachspionieren, was?", sagte Evan mit einem Lächeln, während seine Freunde ihn umarmten und ihm auf die Schulter klopften. „He, sieht aus, als würde ich doch zur Uni gehen!", rief Evan laut und sprang vor Freude auf und ab.

„Kommt nicht zu spät, Jungs", sagte Mr Dexter. „Die Abschlussfeier beginnt in zehn Minuten."

Er schloss die Tür hinter sich und die drei brachen in wildes Freudengeheul aus.

„Wir waren letzte Woche so oft drauf und dran, es dir zu sagen", sagte Dex, nachdem sie sich wieder beruhigt hatten. „Aber Dad wollte es dir selbst sagen."

Nachdem sie ihre Hüte aufgesetzt und die Talare glattgestrichen hatten, traten die drei auf den Flur. Kurz darauf stießen Pete, Wilbur und Patrick zu ihnen. Gemeinsam gingen sie zur Sammelstelle in einem der Klassenräume, wo sie sich aufreihten und aufgeregt auf den Beginn der Zeremonie warteten.

Durch das offene Fenster drang Musik, und langsam schritten sie aus dem Gebäude, über den Hof und in die Kapelle, und dann weiter den Mittelgang hinauf bis zu den vordersten Bankreihen. Vater Val, der neben dem Bischof mit seinem Stab und der bestickten Mitra stand, trug fließende Gewänder und einen ruhig-heiteren Gesichtsausdruck. Nach dem Gottesdienst zogen sie zur Zeugnisverleihung um in die Aula.

Evan bekam von der Zeremonie nicht viel mit. In Gedanken war er noch mit Mr Dexters Neuigkeiten beschäftigt. Er sah sich um, sah die versammelten Gäste, seine Freunde, die Lehrer, und wusste, dass er sich glücklich schätzen konnte, wahrhaft glücklich und gesegnet, hier an diesem Ort und Teil dieser Gemeinschaft gewesen zu sein. Sein Blick fiel auf Vater Val, und Vater Val lächelte ihm zu.

Die Redner hielten ihre Reden, dann wurde einer seiner Mitschüler und Freunde nach dem anderen aufgerufen und ging nach vorn, die Treppe rauf und über die Bühne, wo ihm sein Zeugnis überreicht wurde und ihm sowohl Vater Val als auch der Bischof die Hand schüttelten. Am Ende der Zeugnisvergabe warfen sie nicht unter Jubelrufen ihre Hüte in die Luft, sondern standen auf und sagen die Schulhymne, so wie sie es immer am Ende des täglichen Gottesdiensts getan hatten. Nach dem Ende der Feier folgte eine Welle aus Umarmungen und Glückwünschen und Verabschiedungen, als sich alle auf den Weg zu ihren Autos machten. Ein paar der Jungen fuhren direkt nach Hause, während andere, wie er, Clay und Dex, mit ihren Eltern zum Abendessen ausgingen, um danach für eine letzte Nacht zur Schule zurückzukehren.

Vollgegessen krabbelten die drei aus dem Auto und schleppten sich zur Tür des Schlafsaals. „Wir kommen morgen früh um neun wieder und holen euch zum Frühstück ab“, sagte Mrs Dexter und winkte. Ihr Fenster schloss sich, und das Auto fuhr davon.

„Ich glaub's immer noch nicht, dass deine Mom und dein Dad mir angeboten haben, den Sommer über bei euch zu wohnen“, sagte Evan zu Dex. Er fragte sich, wie er wohl den gesamten Sommer in diesem riesigen Haus überstehen sollte, ohne im Luxus zu ertrinken. Im Herbst würde er dann bestimmt erwarten, dass eine Haushälterin seine Studentenbude putzte.

„Kein Ding. Mom hat gern das Haus voller Leute, und Platz genug ist ja nun auch da. Außerdem“, sagte Dex und wandte sich zu Clay, „können wir alle drei zusammen segeln gehen, wenn du uns besuchen kommst. Das wird großartig.“ Voller Vorfreude grinste er.

Evan konnte sein eigenes Grinsen nicht unterdrücken. Wieder einmal schien sich sein ganzes Leben im Laufe nur eines einzigen Tages vollkommen verändert zu haben. Heute Morgen noch hatte er sich Gedanken darüber gemacht, was er nach der Schule machen sollte, wo er leben würde, und jeglicher Traum vom Studieren schien begraben, und jetzt hatte er Stipendienzusagen, einen Job für den Sommer und wusste, wo er währenddessen leben würde. Ohne groß darüber nachzudenken, packte er Dex und umarmte ihn stürmisch. Dann tat er dasselbe mit Clay.

Sekundenbruchteile später spürte er die Wärme von Clays Körper durch seine Kleidung, und sein eigener Körper reagierte sofort. Es dauerte ein paar Sekunden länger, bis Evan auffiel, dass sein irregeleiteter Schwanz sich hart und fest an Clays Hüfte drückte. Und dass sein Freund das auch gefühlt haben musste.

Er sprang ein wenig zu schnell zurück und blickte in Clays Gesicht, um zu sehen, ob er es gespürt hatte, aber Clays Gesicht verriet ihm nichts. Evan bekam sich wieder in den Griff, setzte ein Lächeln auf und ging weiter in Richtung Schlafsaal. Innerlich verfluchte er sich selbst. Er durfte sich seine Gefühle nicht anmerken lassen. Seine Clay-Tagträume waren nicht mehr als das, eben Tagträume, und sie waren alles, was er hatte. Evan konnte damit leben, aber womit er nicht leben konnte war der Gedanke daran, von Clay abgewiesen zu werden. Solange er seine Träume hatte, konnte er hoffen.

„Lust auf eine kleine After-Party-Party in meinem Zimmer?", fragte Dex, als sich die Tür hinter ihnen schloss. „Mom hat Süßigkeiten mitgebracht."

Evan war bereits mehr als satt und konnte beim besten Willen nichts mehr essen. Außerdem brauchte er dringend etwas Zeit für sich, allein und im Dunkeln, um seine Gedanken und Gefühle zu ordnen. Er sah zu Clay rüber und wartete auf dessen Antwort, um zu sehen, was er wollte.

„Ich bin so voll, ich kann mich kaum bewegen", stöhnte Clay. „Wir sehen uns morgen."

Dex drehte sich zu Evan um, und Evan nickte zustimmend. „Dann bis morgen." Dex verschwand in seinem Zimmer und schloss die Tür hinter sich, und Evan und Clay gingen weiter den Flur entlang zu ihrem Zimmer.

Evan nahm seinen Kulturbeutel von der Kommode und ging rüber in den Waschraum. Alles war still, da die meisten Zimmer auf ihrem Flur bereits leer waren. Nachdem er sich schnell gewaschen und die Zähne geputzt hatte, ging Evan zurück in sein Zimmer, zog sich für die Nacht um und schlüpfte unter seine Decke, während Clay noch im Waschraum war. Er machte das Licht aus und wenig später sah er, wie die Tür sich öffnete; das Licht vom Flur erhellte das Zimmer für einen Moment, bis Clay die Tür wieder schloss. Evan hörte Clay sich im Dunkeln umziehen und wusste, was er sehen würde, würde er das Licht wieder anmachen. Über die Jahre hinweg hatte er Clay oft genug nackt gesehen, um sich jetzt lebhaft die hell-goldene Haut ins Gedächtnis rufen zu können, und wie seine Hüften Grübchen und Linien formten, die direkt auf seinen Schritt wiesen; wie seine Beinmuskeln sich anspannten, wenn er sich vorbeugte, um etwas aufzuheben; und natürlich wie sein Po aussah, wenn er die Unterhose wechselte. Diese Bilder hatte er vor Augen, während er zuhörte, wie Clay sich durch den Raum bewegte.

Dann war es still. Clay musste vollkommen regungslos sein. Evan wusste nicht, wo im Raum er war, und normalerweise wusste er das immer, als ob sein Körper einen eingebauten Clay-Detektor hatte. Allerdings funktionierte der jetzt gerade nicht.

Eine Bodendiele quietschte leise, dann war wieder Stille. Evan starrte angestrengt in die Dunkelheit. Er dachte, dass er vielleicht vage Clays Silhouette am Fuß seines Bettes ausmachen konnte, aber er wusste, dass das nicht stimmen konnte.

Evan zuckte zusammen, als sich jemand auf der Bettkante niederließ.

„Evan“, sagte Clay leise, seine Stimme rau und tief. „Bist du noch wach?“

Er nickte nur, wollte den Bann unter dem Clay stand nicht brechen. Es musste ein Traum sein. Ohne es zu merken, musste Evan eingeschlafen sein und träumen, denn er fühlte, wie Clay näherkam. Evan hielt den Atem an und wartete ab, was passieren würde. Clay kam noch näher. Evans Herzschlag rauschte in seinen Ohren. „Clay“, hauchte er, und fühlte heißen Atem auf seinem Gesicht.

Evan schloss die Augen und seine Lippen öffneten sich. Dann spürte er die hauchzarte Berührung von Clays Lippen auf seinen. Er wagte es nicht, sich zu bewegen. Langsam vertiefte Clay den Kuss, und erst in dem Moment erlaubt Evan sich zu hoffen, dass es kein Traum war. Dass es real war. Dass sein Hirn ihm keine Streiche spielte, obwohl er sich genau das so oft und so intensiv vorgestellt hatte.

„Ev,“ hörte er Clay flüstern. „Ist das okay?“

Ist das okay? Evan wollte es laut herausschreien, alle sollten es hören können, dass es super-extra-spitzenmäßig okay war. Sein Mund war staubtrocken und er schluckte und versuchte zu sprechen, aber er brachte kein Wort heraus. Stattdessen hob er eine Hand, legte sie um Clays Nacken und zog ihn näher, bis sich ihre Lippen wieder berührten. Er hatte das so sehr gewollt, hatte es jahrelang erhofft und ersehnt, und bis jetzt hatte er keinen Schimmer gehabt, dass Clay ihn auch wollte.

„Clay, wir sollten nicht ...“, sagte er leise und löste seine Lippen von Clays. „Wir sollten ... nein, *ich* sollte nicht ...“

Evan fühlte, wie Clay über ihm erstarrte. „Oh, okay.“ Sein Gewicht auf dem Bett verlagerte sich, als er aufstand, und Evan griff hastig nach Clays Arm.

„So meinte ich das nicht.“ Evan hielt den Arm fest, als sei der eine Rettungsleine, die ihn mit dem verband, was er sich im Leben am meisten wünschte. „Ich bin nicht gut genug für dich. Du solltest, nein, du verdienst was Besseres als mich.“

Clay hielt inne, und Evan konnte spüren, wie er auf ihn hinuntersah. „Warum? Warum solltest du nicht gut genug für mich sein? Ich weiß, dass du vor irgendwas Angst hast. Ich kann das jedes Mal sehen, wenn dich jemand etwas fragt über dein Leben, bevor du zur St. Bartholomäus gekommen bist.“

Verdammt, der Mann wird mal ein richtig guter Anwalt werden, dachte Evan.

„Ich weiß nicht, was es sein könnte, das so schrecklich ist, dass du es die ganze Zeit vor mir und vor allen deinen Freunden verborgen hast.“

„Ich weiß“, erwiderte Evan und zog Clay sanft wieder näher zu sich. Er wagte nicht ihn loszulassen aus Angst, dass er dann für immer verschwinden würde. Außerdem würden sie sich noch früh genug trennen müssen, morgen schon, und er wollte das nicht früher als absolut nötig geschehen lassen. „Und es ist schwer für mich, darüber zu sprechen, aber glaub mir das: Ich bin nicht gut genug für dich.“

Clay verlagerte sein Gewicht und für einen Augenblick dachte Evan, dass er sich losmachen wollte. Aber dann fühlte er, wie der andere Mann näherkam. „Warum lässt du mich das nicht selbst entscheiden?“ Clay rückte noch näher, legte sich dicht neben ihn – so dicht, dass Evan seinen Atem spüren und den würzigen Geruch seiner Haut riechen konnte.

Evan schluckte. „Meine Eltern sind ein paar Monate, bevor ich zur St. Bartholomäus kam, gestorben.“

„Ich erinnere mich an den Tag, als du hergekommen bist. Du hast so verängstigt ausgesehen, als wärst du aus einer vollkommen anderen Welt gekommen“, sagte Clay, und Evan konnte das Lächeln in seiner Stimme hören.

„Das bin ich, Clay. Meine Eltern hatten nicht viel und als sie bei einem Unfall gestorben sind, stand ich plötzlich mit nichts da. Ein paar Tage später hat man mich aus unserer winzigen Wohnung geholt und bei Fremden abgeladen. Ich glaube, sie haben versucht, sich um mich zu kümmern, aber ich kann mich nicht mehr an viel erinnern. Nur daran, dass sie eben nicht meine Eltern waren. Die Bezirksverwaltung hat für die Beerdigung gesorgt und danach haben meine Pflegeeltern mich mit zu sich nach Hause genommen. Ich hab tagelang nicht geredet und erinnere mich kaum daran, etwas gegessen zu haben. Alles, woran ich mich erinnern kann, ist, dass ich mir gewünscht habe, dass ich auch bei dem Unfall umgekommen wäre.“

„Haben sie dich hergeschickt?“

Clay rückte noch näher und Evan rutschte seinerseits ein bisschen zurück und näher an die Wand, um ihm Platz zu machen. Er erwartete noch immer, dass Clay jeden Moment aufstehen und gehen würde. Er erinnerte sich daran, dass Clay ihm immer zur Seite gestanden hatte, und sagte sich, dass er das auch wieder tun würde, aber diese Geschichte, das war etwas anderes.

„Nein, ich bin da weggelaufen. Ich war überzeugt, dass sie mich nicht leiden konnten. Ich glaube, ich habe damals einfach die ganze Welt gehasst. Ich dachte, ich wäre allein glücklicher, aber ich hab schnell rausgefunden, dass dem nicht so war. Ein paar Tage später war alles Geld, das ich noch übrig hatte, weg. Ich hatte nicht viel gegessen und keinen Platz, wo ich bleiben konnte. Ich hab andere Jungs gesehen, die an Straßenecken standen, und wie sie in Autos eingestiegen sind. Ich bin ganz vorsichtig zu einem von ihnen hingegangen. Dann hat ein Auto angehalten und der Mann darin hat mir gewunken und mir Geld dafür angeboten, dass ich eine kleine Spritztour mit ihm mache."

Evan hielt inne. Er wollte wirklich nicht weiter darüber sprechen.

„Die nächsten Monate bin ich mit Fremden mitgegangen für etwas zu essen, manchmal für einen Schlafplatz. Ganz selten hatte ich mal Glück und sie haben mich bei sich übernachten lassen, und ich hab mich waschen und aufwärmen können." Evan verstummte und wartete auf eine Reaktion von Clay. „Da hat Vater Val mich gefunden, auf der Straße. Er hat mir Frühstück angeboten und dann einen Platz hier an der Schule." Evan fühlte sich plötzlich den Tränen nahe. „Er hat mich gerettet, Clay."

Evan schwieg und lauschte auf das Geräusch von Clays Atem. Er erwartete, dass Clay jetzt aufstehen und in sein eigenes Bett gehen würde, aber das tat er nicht. Clay bewegte sich nicht, blieb regungslos liegen.

„Ist das der Grund, warum du dich immer zurückgehalten hast?"

„Ja. Ich war zwar hier, aber ich dachte immer, dass ich das vermutlich nicht hätte sein sollen."

„Doch, das solltest du." Clay nahm seine Hand, verschränkte ihre Finger. „Du gehörst genauso hierher wie der Rest von uns."

Evan fühlte, wie Clay sich zu ihm beugte, dann fanden sich ihre Lippen. Die Kühle des Raumes streichelte ihn, als Clay die Bettdecke hob. Clay bewegte sich neben ihm, über ihn, legte sich auf ihn und drückte ihn in die Matratze. Seine Haut, glatt und heiß direkt an seiner, fühlte sich besser an als alles, das er sich je hatte vorstellen können. Clays Lippen waren fordernd, heiß und hart. Durch die dünnen Baumwollschichten ihrer Unterhosen fühlte er Clays Schwanz an seinem.

Evan hatte beinahe Angst, Clay zu berühren und vielleicht etwas zu tun, dass Clay innehalten lassen würde. Aber dann war Clay ihm in der Dunkelheit so nahe, dass Evan das Begehren in seinen Augen sehen konnte, und er schnappte überrascht nach Luft. Clays Hand strich über seinen Körper und hinterließ eine Spur aus Hitze und Haut, die sich nach mehr sehnte. Finger glitten unter den elastischen Bund seiner Unterhose und zogen sie herunter. Sie stöhnten beide leise, als sie sich ohne jede Barriere zwischen ihnen berührten.

Evan seufzte leise bei der Berührung und Clay zog ihn näher an sich, küsste ihn fester, ließ ihn wissen, dass er dasselbe wollte wie Evan. Dass das, was Evan wollte, okay war. Evan ließ seine Hände über Clay gleiten, an seiner Wirbelsäule abwärts und über seinen Hintern. Er spreizte die Finger über der warmen, weichen Haut und sehnte sich danach, alles gleichzeitig berühren und spüren zu können. Seine Hände schienen sich zu verselbstständigen und glitten über Clays Körper, während sie sich mit einer solchen Intensität küssten, dass Evan kaum noch denken konnte. Aber zum Glück musste er das ja auch nicht. Seine Hände und sein Körper wussten, was sie wollten, und sie hatten kein Problem damit, sich genau das zu nehmen.

Clay ließ ein Bein zwischen Evans gleiten, und sein Knie bewegte sich an Evans Bein auf und ab. Die Berührung machte Evan fast verrückt vor Leidenschaft. Es schien, dass alles, was Clay tat, ihn fast zum Höhepunkt brachte, aber gleichzeitig wollte er mehr. Clay war wie eine Droge, die er sich so lange versagt hatte, und er konnte einfach nicht genug bekommen.

„Clay", rief Evan aus und wölbte den Rücken, als die Lippen seines Freundes zu wandern begannen und über seine Haut küssten, bis seine Zunge eine Brustwarze umspielte. Evan barg das Gesicht an Clays Schulter, um seine Schreie zu ersticken, und der Geschmack seiner Haut erfüllte Evans Mund. Evans Augen wurden groß, und er musste sich auf die Lippen beißen, um nicht laut aufzustöhnen. Clays Lippen und dann seine Zunge glitten über seine Haut, und Evan wollte mehr, verdammt, er *brauchte* mehr. Sein gesamtes Sein schrie nach mehr.

Dann war es plötzlich vorbei. Evan blinzelte in die Dunkelheit, als er fühlte, wie Clay sich hochrappelte. Mit einem Schwall kühler Luft flog seine Bettdecke weg, dann waren Clays Lippen wieder da, die seine Haut küssten; Clays Hände, die ihn berührten, sich langsam über seinen Bauch bewegten. Evan stockte der Atem, als Clays Wange seinen Schwanz berührte. Seine Bauchmuskeln spannten sich an und innerlich flehte er Clay an, weiterzumachen.

„Ich bin mir nicht sicher, was ich tun soll“, gab Clay leise zu.

Evan lächelte in die Dunkelheit und nahm Clays Gesicht in seine Hände, zog ihn zu sich herauf und küsste ihn. „Was immer du möchtest. Du kannst nichts falsch machen.“

Evan drehte sich auf die Seite und zog Clay neben sich aufs Bett. Er küsste ihn und ließ seine Lippen über Clays Körper gleiten. Er schmeckte himmlisch männlich, und Evan war entschlossen, ihn überall zu schmecken. Seine Zunge umkreiste eine Brustwarze und seine Finger spielten mit den Knospen, bis Clay sich auf dem Bett wand und sich in die Hand biss, um seine Schreie zu unterdrücken.

Evan kostete Clays Hals und leckte langsam über seine Haut; seine Hand glitt über Clays Brust, über den weichen Flaum, der dort wuchs, und dann tiefer. Clay lachte leise auf, als Evan seine Zunge in Clays Bauchnabel steckte, und stöhnte sacht, als er an Clays Hüftknochen knabberte. Clay erstarrte, als Evans Zunge ihn das erste Mal berührte und über seine Erektion glitt.

„Hast du das schon mal gemacht?“, fragte Evan leise.

„Nein“, wimmerte Clay und seine Stimme brach, als Evan ihn knapp unterhalb der Spitze leckte und dann seine Lippen über den bebenden Schaft gleiten ließ. Clays Hüften zuckten ihm leicht entgegen.

Evan öffnete den Mund und umschloss Clay mit den Lippen. Er hörte Clays ersticktes Stöhnen und seine leise Bitte um mehr. Langsam sank Evan tiefer, nahm mehr und mehr von Clay in sich auf. Er bewegte den Kopf auf und ab, bis Clay sich ihm im gleichen Rhythmus entgegen hob.

Evan wusste, dass es nicht lange dauern würde. Die Erfahrung war vollkommen neu für Clay und das Gefühl musste überwältigend sein. Evan saugte ihn so tief ein, wie er es wagte, und fühlte, wie Clay auf seiner Zunge pulsierte. Dann gab Clay ein ersticktes Geräusch von sich und füllte Evans Mund. Evan schluckte alles, jeden Tropfen, und genoss den einzigartigen Geschmack von Clay, seinem Clay.

Er ließ Clay los und küsste ihn, teilte Clays eigenen Geschmack mit ihm, während er sich an Clays Haut rieb. Sekunden später spannte sich sein ganzer Körper an und Evan fühlte, wie sein eigener Höhepunkt sich in ihm aufbaute. Er klammerte sich an Clay und erstickte seine Schreie an Clays Schulter, kniff die Augen fest zusammen und kam.

Irgendwann öffnete Evan die Augen wieder, konnte aber dennoch kaum etwas sehen. Langsam begann er sich wieder zu bewegen, und als erstes nahm er seine Zähne aus Clays Schulter, wo er ihn gebissen hatte. Er griff hinter sich und machte die kleine Nachttischlampe an, und in ihrem Licht sah er hinunter in Clays dunkle Augen. Er musste ihn sehen. Er wusste nicht, was Clay fühlte, und konnte es auch nicht länger erraten, und er musste seine Reaktion auf das, was sie gerade getan hatten, sehen. Würde er sich schämen oder angeekelt oder verwirrt sein? Evan wusste es nicht, aber er musste es wissen.

Clay ... sah fantastisch aus. Seine Augen waren halb geschlossen, sein Mund leicht geöffnet und seine Brust hob und senkte sich noch immer heftig. Während er ihn beobachtete, öffnete Clay die Augen und lächelte, ein breites, volles Lächeln, das Evans Sorgen vertrieb und sein Herz erwärmte.

„Warum heute Nacht, Clay?“, fragte Evan leise, angelte auf dem Boden neben seinem Bett und säuberte sie beide mit seinem T-Shirt, dann sank er zurück auf die Matratze. „Warum hast du bis heute Nacht gewartet?“

„Ich war mir nicht sicher, ob du mich wirklich auf diese Art wolltest. Ich hab dich monatelang beobachtet und du hast mich nie auf irgendeine Art und Weise angemacht. Ich bin zu dem Schluss gekommen, dass ich nicht dein Typ bin, oder so.“ Clay grinste selbstzufrieden. „Da lag ich wohl falsch.“

Evan knuffte seine Schulter. „Ach ja? Du hast seit gut zwei Jahren gewusst, dass ich schwul bin, und du hast nie einen Piepston über dich gesagt. Woher hätte ich es wissen sollen? Du hast nie was gesagt oder mich anders angesehen als vorher. Ich kann ja keine Gedanken lesen“, schnaubte Evan, dem aufging, dass alle seine Träume Wirklichkeit geworden waren. Und dass sie es schon vor langer Zeit hätten tun können. „Du bist mein Freund, mein bester Freund, und ich wollte das nicht mit einem Annäherungsversuch kaputtmachen. Ich meine, ich hatte immer Angst, dass das alles kaputtmachen würde.“

„Ich hatte Angst, dass du mich nicht auf diese Art magst.“ Clay lächelte und lachte dann. „Wir sind zwei Idioten, was?“

„Jepp“, sagte Evan und fiel in sein Lachen ein. „Aber echt.“ Er griff über Clay hinweg und machte das Licht aus, legte sich zurück, schlang seine Arme um Clay und legte den Kopf auf seine Schulter. „Was machen wir jetzt?“, fragte er und stöhnte dann. „Oh Gott, ich höre mich an wie eine von den Figuren aus den Filmen, die wir letzten Sommer mit deiner Mom gucken mussten, weißt du noch?“

„Ja-ah, Mom liebt ihre Frauenfilme“, erwiderte Clay, und Evan fühlte, wie ein leises Lachen seine Brust erschütterte. Dann hielt er inne und wurde still. „Ich weiß nicht. Ich bin an der Notre Dame angenommen worden. Aber ich könnte mich an derselben Uni bewerben, an die du gehst. Auf diese

Weise könnten wir zusammenbleiben. Vielleicht können wir auch weiter Zimmergenossen sein und so, genau wie hier."

Evans Herz schlug schneller bei dem Gedanken. „Ich dachte an die UW Madison. Wir könnten beide dahin", fing er aufgeregt an und bremste sich dann wieder. „Du kannst das nicht tun", sagte er leise und drehte sich auf die Seite, so dass er Clay ansehen konnte, auch wenn er in der Dunkelheit kaum etwas sah. „Es wäre dir gegenüber nicht fair. Notre Dame, da ist dein Dad hingegangen, und du hast so lange davon geträumt, auch hinzugehen. Ich kann nicht von dir verlangen, dass du deinen Traum aufgibst."

Evan legte seinen Kopf wieder auf Clays Schulter und atmete tief seinen Duft ein, so dass er sich immer an ihn erinnern würde. „Du wirst ein großartiger Anwalt werden und vielen Menschen helfen. Du kannst das nicht einfach so wegwerfen."

Clay bewegte sich und zog Evan näher an sich. „Wenn du mich nicht willst, dann sag das einfach."

„Clay." Evan hatte alles, was er je gewollt hatte – und Clay war bereit, bei ihm zu bleiben. „Das ist es nicht, das ist es wirklich nicht."

Er begriff, dass Vater Val recht gehabt hatte. Er konnte nicht so selbstsüchtig sein und Clay zurückhalten – er würde sich das nie verzeihen, sollten die Dinge am Ende nicht gut laufen. „Als ich heute bei Vater Val war, um mit ihm zu reden, hat er gesagt, dass wir beide noch jung wären und erst noch erwachsen werden müssten."

„Wir beide." Evan fühlte, wie Clay erstarrte.

„Ja, ich hab ihm gesagt, dass ich in jemanden verliebt bin und nicht weiß, ob ich es ihm sagen soll." Evan kuschelte sich enger an Clay. „Er hat gesagt, dass wir uns, wenn wir füreinander bestimmt sind, wiederfinden werden. Er sagte, dass wir unser Leben genießen und Lebenserfahrungen sammeln sollten, und ich denke, er hat recht."

„Du bist in mich verliebt?", fragte Clay sehr leise.

„Ja. Fast solange ich mich erinnern kann." Evan seufzte leise und fragte sich, ob es richtig war, es ihm zu sagen. „Aber, Clay, du bist an einer richtig guten Uni angenommen worden, wo du lernen kannst, ein großartiger Anwalt zu werden. Dir werden da Möglichkeiten geboten, die du woanders nicht haben würdest. Ich kann nicht zulassen, dass du all das aufgibst, genauso wenig, wie ich weiß, was ich tun würde, wenn ich nicht etwas mit Zahlen und Computern machen könnte. Aber wir werden uns wiedersehen, das weiß ich. Du kommst mich im Sommer bei Dex besuchen, und dann besuchen wir uns gegenseitig an unseren Unis."

Evan konnte kaum glauben, dass er das sagte. Nicht nachdem er alles, was er je gewollt hatte, bekommen hatte. Fast war er versucht, den Mund zu halten und Clay tun zu lassen, was er wollte, damit sie zusammenbleiben konnten. Er wollte das ja auch, aber es wäre ihnen beiden gegenüber nicht fair. Evan schluckte schwer und schmiegte sich noch näher an Clay, so nah er konnte. „Wir sind keine kleinen Kinder mehr und wir müssen erwachsen werden. Du brauchst und verdienst jede Chance, jede Möglichkeit, die du bekommen kannst."

„Du auch", entgegnete Clay leise. „Du sagt also, das war's?"

„Gott, ich hoffe nicht", flüsterte Evan, „aber ich werde nicht zulassen, dass du meinetwegen deine Zukunft wegwirfst. Ich würde mir das nie verzeihen und du würdest mich vermutlich irgendwann dafür hassen. Ich liebe dich, Clay, mehr als ich jemals zuvor einen Menschen geliebt habe."

Tränen traten Evan in die Augen und er dachte daran, wie wenig Zeit sie nur noch hatten – nur noch heute Nacht. Sicher, sie würden einander wiedersehen, aber das Leben würde sie verändern. Er wusste das. Er hatte es ja schon bei sich selbst erlebt.

Evan hoffte nur, dass Vater Val recht hatte und dass, wenn es so sein sollte, sie einander wiederfinden würden, irgendwie.

Kapitel 4

Evan wachte auf und streckte sich in der Dunkelheit seines Schlafzimmers, dann kuschelte er sich wieder in seine Decke – in seinem eigenen Bett, das in seiner eigenen Wohnung stand. Sie war zwar winzig, die Wohnung, aber es war seine eigene. Genauso wie die wenigen Möbel darin, die er nur nach und nach hatte kaufen können, und der kleine Gebrauchtwagen, der draußen auf dem Parkplatz stand.

Evan machte noch mal die Augen zu und döste vor sich hin. Und wie immer, wenn er seine Gedanken schweifen ließ, wanderten sie schließlich zu den Erinnerungen an Clay und an ihre gemeinsame Nacht. Sie waren in den seitdem vergangenen Jahren etwas unscharf geworden, aber das tat seinen Tagträumen keinerlei Abbruch. Er ließ seine Hand über seinen Körper abwärts gleiten und schloss die Finger um sich, streichelte sich sacht. Wie immer war es in seiner Fantasie Clay, der ihn berührte, so wie er es in ihrer letzten gemeinsamen Nacht an der St. Bartholomäus getan hatte.

Seitdem hatte er Clay nur ein paarmal gesehen. Im ersten Sommer hatte er Dex und ihn besucht, und sie hatten eine Menge Spaß zusammen gehabt, bis Clay zu seinem Ferienjob zurück musste. Viel Zeit allein zusammen hatten sie nicht gehabt. Sie hatten sich geküsst und ein bisschen rumgemacht, aber mit Dex' Mutter im selben Haus hatten sie nicht weitergehen wollen. Danach hatte auch Evan angefangen zu arbeiten, und weil die Dexters so nett waren, ihn bei sich wohnen zu lassen, hatte er extra hart gearbeitet und so viel gelernt, wie er konnte.

Im Herbst hatte die Uni begonnen; Evan hatte sich mit Feuereifer aufs Studium gestürzt und rasch Freunde gefunden. Die waren alle sehr nett, aber keiner war mit seinen Jungs von der St. Bartholomäus zu vergleichen. Irgendwie waren seine neuen Freunde ihm weder so nah noch so wichtig. Einmal hatte er geplant, Clay an der Notre Dame zu besuchen, hatte sich aber letztendlich die Reisekosten nicht leisten können. Clay hatte ihn nach dem ersten Semester noch besucht, aber danach waren sie langsam auseinandergedriftet. Evan wusste, dass das nur zu erwarten gewesen war. Sie hatten zwar noch Kontakt über Facebook und schrieben sich gelegentlich E-Mails, aber auch das war im Lauf der Zeit weniger geworden.

Im dritten Semester hatte Evan irgendwie das Interesse des umwerfend sexy Typen aus seinem Quantitative Methoden Seminar auf sich gezogen und war von ihm auf einen Kaffee eingeladen worden. Natürlich hatte Evan gezögert anzunehmen, aber Kevin war hartnäckig geblieben, und irgendwann hatte Evan nachgegeben und sich mit ihm auf einen Kaffee getroffen. Dann hatten sie sich zum Abendessen verabredet. Dann waren sie zusammen ins Kino gegangen und schließlich hatten sie sich geküsst.

Sein erster Kuss, der nicht von Clay war – und es hatte Evan gefallen. Also hatte er das wiederholt. Er und Kevin hatten begonnen, sich regelmäßig zu treffen, und eines Tages hatte Evan festgestellt, dass er tatsächlich einen festen Freund hatte. Wenn auch nur für ein paar Monate, bis Kevin das Interesse verlor. Oder war es Evan, der das Interesse verloren hatte? Er war sich da nie so ganz sicher, aber letztendlich war es auch egal, denn knapp einen Monat später hatte er Danis kennengelernt, einen blonden Hünen voller Tatendrang, der alle Erinnerungen an Kevin auslöschte.

Danis war echt eine Wucht gewesen, aber auch mit ihm hatte es nicht lange gehalten. Während der letzten Semester vor seinem Abschluss, hatte Evan noch ein-, zweimal ein festen Freund gehabt, aber mit keinem hatte es lange gehalten, und Evan wusste auch, warum: Sie alle wollten mehr und mehr Zeit mit ihm verbringen. Aber für ihn stand sein Studium stets an erster Stelle. Das hatte sich nach dem Abschluss dann auch direkt bezahlt gemacht, denn er hatte eine Lehrstelle an einer Privatschule in einem Vorort von Milwaukee angeboten bekommen.

Seit dem vierten oder fünften Semester hatte Evan gewusst, was er nach dem Studium machen wollte: Er wollte Mathematik unterrichten. Er wollte sein Wissen an andere weitergeben und seinen Teil dazu beitragen, dass kein anderer Junge das erleiden musste, was Bruder Renier ihm angetan hatte. Und so war er nach dem Abschluss seines Studiums in seine kleine Wohnung in der Innenstadt gezogen und hatte langsam gelernt allein zu leben.

Das erste Jahr als Lehrer war hart gewesen, hart und unglaublich anstrengend, aber auch befriedigend und bereichernd, und er hatte jede einzelne Sekunde genossen. Seine Schüler waren im Großen und Ganzen anständige Kids, die lernen wollten. Und die, die es nicht wollten, begriffen schnell, dass sie um Evans Kurse besser einen großen Bogen machten, da er seinen Schülern viel abverlangte. Er war stolz darauf, sagen zu können, dass sie seine hohen Erwartungen sogar noch übertrafen.

In all den Jahren waren es nur Dex und Frankie gewesen, mit denen er regelmäßig Kontakt gehabt hatte. Dex schien derjenige zu sein, der mühelos mit allen Kontakt hielt und immer wusste, was bei wem gerade los war. Und Frankie war jemand, mit dem der Kontakt einfach Spaß machte und mit dem Evan sich traf, wann immer sie Zeit dazu fanden. Evan dachte oft wehmütig an die Tage, als er mit seinen Jungs auf dem Rasen hinter der Schule gespielt hatte. Als er vor ein paar Wochen das letzte Mal mit Frankie telefoniert hatte, hatte er ihn gefragt, ob er den nervigen Hubschrauber immer noch hatte. Sie hatten beide lachen müssen, als Frankie berichtete, dass der Hubschrauber das Schuljahr überstanden hatte, nur um am letzten Tag an einem Apfelbaum im Obstgarten zu zerschellen. „Er hat wahrlich sein Letztes gegeben“, hatte Frankie gesagt.

Das Klingeln des Weckers riss Evan aus seinen Gedanken und er stellte fest, dass er immer noch im Bett lag und sich in der Hand hielt, ohne dass etwas passiert war. Aber das war auch egal. Die Erinnerungen an seine Freunde – die besten Freunde, die er je gehabt hatte – waren es wert, mal eine Gelegenheit zu verpassen, sich einen runterzuholen. Evan stellte den Wecker aus, krabbelte unter seiner Decke hervor und ging in sein winziges Bad. Nachdem er sich rasiert und die Zähne geputzt hatte, machte er die Dusche an und trat unter das warme Wasser in der Hoffnung, dass es ihm helfen würde, wach zu werden. Wenigstens musste er heute nicht unterrichten. Aber andererseits war Elternsprechtag, also musste er trotzdem hellwach und für alles bereit sein.

Evan seifte sich ein und während seine Hände über seinen Körper und sein Glied glitten, musste er wieder an Clay denken. Er hatte sich über die Jahre hinweg oft gefragt, warum Clay, oder vielleicht eher seine Erinnerungen an Clay, eine solche Macht über ihn besaßen. Die beste Antwort, die er sich selbst hatte geben können, war, dass er es auch nicht wirklich wusste. Es war eben so.

Evan tauchte ein in seine Erinnerungen; er fühlte wieder Clays Haut an seiner und spürte, wie Clay ihn berührte. Er erinnerte sich lebhaft an Clays Geschmack und sehnte sich danach, ihn erneut zu schmecken. Die Erinnerungen erfüllten ihn und Evan verlor sich in ihnen. Er umfasste sich, und seine Hüften zuckten rhythmisch, während der Clay seiner Fantasie Unbeschreibliches mit ihm anstellte. Evans Knie wurden weich, als Clay vor seinem inneren Auge auf die Knie fiel und Evan in den Mund nahm. Evans Finger fassten fester zu und er kam. Sein Bewusstsein schwamm in einem Meer aus Endorphinen, bis das sich abkühlende Wasser ihn daran erinnerte, dass er sich besser beeilen sollte.

Schnell wusch Evan Seife und anderes von sich ab, dann stellte er das Wasser aus und trat aus der Dusche. Hastig trocknete er sich ab und eilte zurück ins Schlafzimmer, um sich anzuziehen.

Evan verließ die Wohnung und ging über den Hof zu seinem Auto. Es war nicht neu, aber absolut zuverlässig. Mr Dexter hatte es ihm verkauft, als Evan seine erste Stelle bekommen hatte. Evan vermutete, dass er ihm das Auto für einen Spottpreis überlassen hatte, aber Mr Dexters Gesichtsausdruck hatte deutlich gemacht, dass Nachfragen nicht willkommen waren, und so hatte er das Angebot angenommen. Evan öffnete die Tür des roten Volvo Coupés, glitt auf den Fahrersitz und fuhr los zur Arbeit.

Die Fahrt zur Schule dauerte eine halbe Stunde, was sowohl am Verkehr als auch an der Entfernung lag. Evan war nur dankbar, dass die meisten Leute in die andere Richtung fuhren. Sobald er die Stadt hinter sich gelassen hatte, wurden die Häuser weniger und die Landschaft grüner. Die Blätter an den Bäumen verfärbten sich langsam rot und golden. Er bog auf den Schulparkplatz ein und winkte seinen Kollegen zu, blieb aber nicht für einen Plausch stehen. Er hatte eine Menge zu tun.

Die Schulordnung sah vor, dass mindestens ein Elternteil pro Schüler zum Elternsprechtag kam. So versuchte man, die oft reichen Eltern ins Schulleben einzubinden und sicherzustellen, dass sie an der Erziehung ihrer Kinder teilnahmen. Evan bezweifelte zwar, dass das viel nützte, aber er behielt seine Meinung für sich. Leise öffnete er die Tür und betrat das Gebäude. Seine Schritte hallten durch die Gänge mit ihren glänzenden Fußböden und blinkenden Spinden. Alles hier war sauber und neu.

Er schloss die Tür zu seinem Klassenzimmer auf und machte das Licht an. Nachdem er seine Tasche auf dem Pult abgestellt hatte, nahm er den Raum unter die Lupe. Wie er letztes Jahr gelernt hatte, verlangte Arthur Pinkus, der Schulleiter, dass jeder Klassenraum für den Elternsprechtag absolut makellos war. Schließlich haben sie ja die Schecks ausgestellt, waren seine Worte. Evan ging durch den Raum und inspizierte alles noch einmal ganz genau, dann schloss er die Tür zum Computerraum nebenan auf. Er fuhr die Rechner hoch und loggte alle ins Schulnetzwerk ein.

„Alles in Ordnung?“, fragte Arthur, der den Kopf zur Tür herein gesteckt hatte.

„Soweit, ja. Oder sehen Sie noch etwas, das ich ändern sollte?“, fragte Evan.

Der Schulleiter sah sich um. „Sieht alles gut aus", sagte er mit einem Lächeln, dann drehte er sich um und seine Schritte entfernten sich.

Evan holte seine Unterlagen aus der Tasche und ging sie durch, um sicherzustellen, dass er von allen Schülern Notenspiegel sowie einige Arbeitsproben griffbereit hatte. Er hatte dieses Jahr einige wirklich ausgezeichnete Schüler, allerdings auch ein paar, die nur schwer mitkamen. Evan vermutete, dass sie dazu gezwungen worden waren, Fächer zu belegen, die ihnen nicht lagen oder für die sie noch nicht bereit waren. Er seinerseits hatte alle Vorbereitungen abgeschlossen und war für alles bereit.

„Hallo." Ein Mann steckte den Kopf herein. „Sind Sie Mr Donaldson?"

Der Rest von ihm folgte, als Evan nickte. „Bitte kommen Sie herein."

Der Mann, der den Raum betrat, war in Evans Alter, hatte leicht gelockte blonde Haare und ein warmes Lächeln. Evan konnte nicht umhin, sich zu fragen, wie dieser Mann der Vater eines seiner Schüler sein konnte. Er war viel zu jung.

„Ich weiß", sagte er und sah an sich hinab. „Ich kann unmöglich der Vater eines Ihrer Schüler sein. Mein Name ist Leonard Fetzer. Meine Nichte Helene ist in Ihrem Mathematik Leistungskurs. Mein älterer Bruder und seine" – er zählte an den Fingern ab – „dritte Frau ist es jetzt in der Schweiz, und ich habe mich gnädigerweise bereit erklärt, heute an Harrys Statt herzukommen." Er sah sich um. „Es hat sich überhaupt nichts verändert, seit ich hier war."

„Dann haben Sie noch Mr Wurlitzer gehabt?", fragte Evan, als er auf den gut aussehenden Mann zuging. „Er ist vor ein paar Jahren in den Ruhestand getreten. Ich unterrichte jetzt das zweite Jahr an der Kohler." Evan ertappte sich dabei, dass er den Mann breit anlächelte. Zu seiner Überraschung lächelte Leonard ebenso breit zurück.

„Ähm, ich sollte Ihnen etwas über Helenes Noten und ihr Verhalten im Unterricht erzählen", sagte Evan und schalt sich innerlich dafür, dass er sich hatte ablenken lassen. Der Mann musste ihn für einen Vollidioten halten. „Sie ist eine gute Schülerin, wenn sie sich selbst einbringt", begann Evan und zog Helenes Notenspiegel aus dem Stapel. „An manchen Tagen ist sie aufmerksam und arbeitet gut mit, die Hausaufgaben sind ausgezeichnet. An anderen Tagen kann sie sich nicht konzentrieren und ist abgelenkt, und das schlägt sich definitiv in ihren Noten wider." Evan zeigte Leonard den Verlauf des Notenspiegels. „Ich wünschte, ich wüsste, wie sie tickt. Sie hat enormes Potential, schöpft es aber nicht voll aus."

Leonard betrachtete den Notenspiegel und reichte das Blatt dann Evan zurück. „Ich fürchte, Mr Donaldson, dass sie unter den Auswirkungen des, sagen wir mal *überschwänglichen* Lebenswandels meines Bruders leidet. Er und Helenes Stiefmutter waren im letzten Jahr öfter unterwegs als zu Hause, und meine Nichte hat viel Zeit bei ihrer Mutter verbracht." Leonard schüttelte den Kopf. „Mein Bruder hat definitiv ein gewisses Beuteschema, was Frauen angeht: große Brüste und dumm wie Heu. Unglücklicherweise ist Helenes Mutter auch genau der Typ. Ich verbringe so viel Zeit mit Helene, wie ich kann, aber ich bin nicht ihr Vater, und ich glaube, dass es das ist, was sie möchte und was sie braucht: Zeit mit ihrem Vater."

Evan nickte langsam. Das Phänomen war ihm im letzten Jahr oft begegnet. „Einige dieser Kinder haben alles, bis auf das, was sie wirklich brauchen." Sein Kopf fuhr ruckartig hoch und er starrte Leonard an, als ihm aufging, dass er das laut ausgesprochen hatte und er wie ein Scheinheiliger wirken musste.

Leonards Augen blitzten auf. „Wissen Sie, wie es ist, einen abwesenden Vater zu haben?", fragte er.

„Ja, das weiß ich. Meine Eltern sind gestorben, als ich ein Teenager war. Ich kann ein bisschen nachfühlen, was Helene durchmacht", antwortete Evan und sah, dass Leonards Gesichtsausdruck weicher wurde. „Sie ist noch mitten in der Pubertät und sie braucht jetzt dringend ihre Eltern", fügte Evan hinzu. Er fragte sich, was er wohl tun konnte, um ihr zu helfen. „Würden Sie gerne einige ihrer Arbeiten sehen? Sie ist großartig mit Computern."

Evan ging in den Computerraum und rief eins von Helenes Programmen auf. „Sie interessiert sich sehr für Mode und hat Gleichungen entwickelt, die basierend auf Faktoren wie Größe, Gewicht und Hautton den Menschen helfen sollen, Kleidung zu kaufen. Sie hat für jedes Ergebnis einen Wert errechnet und eine Formel, mit der er umgewandelt werden kann. Sie ist noch nicht ganz fertig, wobei das System wohl niemals ganz perfekt sein wird, da sich die Antworten rein aufs Visuelle beschränken." Evan trat einen Schritt zurück und ließ Leonard die App begutachten.

Als er Stimmen in seinem Klassenzimmer hörte, entschuldigte Evan sich und ging, um sich den nächsten Eltern vorzustellen und mit ihnen über die Noten ihres Kindes zu sprechen. Sie warfen nur einen flüchtigen Blick auf den Notenspiegel, dann dankten sie ihm, sahen sich kurz im Klassenraum um und gingen wieder. Evans Erfahrung nach würden viele der Gespräche so ablaufen. Als ob es für die Eltern eine unangenehme Pflicht wäre, die es zu erfüllen galt.

„Ich sollte Sie in Ruhe mit den anderen Eltern reden lassen", sagte Leonard hinter ihm und streckte seine Hand aus. „Es war mir eine Freude, Sie kennenzulernen."

Sie schüttelten sich die Hand und Evan blickte ihm hinterher, als er ging. Er berührte seine kribbelnden Fingerspitzen und fragte sich, ob Leonard absichtlich seine Hand ein bisschen zu lange festgehalten hatte. Ein weiteres Elternpaar betrat den Klassenraum und Evan schüttelte den Gedanken ab, beantwortete Fragen, führte Eltern durch den Computerraum und erklärte, woran ihr Sohn oder ihre Tochter gearbeitet hatte.

Ein paar Stunden später hatte Evan jeglichen Überblick darüber verloren, mit wie vielen Eltern er bereits gesprochen hatte. Nur das erste Gespräch des Morgens war ihm noch klar in Erinnerung – und ganz besonders das warme Lächeln.

„Klopf, klopf", hörte Evan eine Stimme an der Tür, als er gerade zwischen zwei Elterngesprächen eine Lücke hatte. Er sah auf und versuchte gar nicht erst, sein Lächeln zu unterdrücken, als Leonard den Raum betrat. „Ich wollte Ihnen für Ihre Ehrlichkeit über Helene danken. Alle anderen Lehrer haben nur darüber gesprochen, was für ein wundervolles Mädchen sie ist. Erst als ich direkt nachgefragt habe, sind sie mit den Informationen herausgerückt, die Sie mir gleich vorneweg gegeben haben."

Evan fühlte, wie er rot wurde. „Sie sind eben taktvoller als ich."

Leonard sah nicht so aus, als würde er ihm die Erklärung abkaufen, aber dies war nicht der geeignete Augenblick für philosophische Diskussionen über Erziehung. Leonard sah zur Tür. „Helene sagte mir, dass ich zuerst zu Ihnen gehen sollte. Mir scheint, dass Sie meiner Nichte wirklich Eindruck gemacht haben, und das ganz abgesehen von ihren Leistungen."

„Ach ja?" Evan fragte sich, was das wohl für ein Eindruck war. Er hatte ein paar Schüler, die für ihn schwärmten, aber er hatte nie irgendwelche Anzeichen dafür bei Helene gesehen.

„Ja, sie hat mir gesagt, ich müsste unbedingt ihren total süßen Mathelehrer kennenlernen", sagte Leonard leise. „Vielleicht ist es etwas dreist von mir, aber ich habe gelernt, dass man im Leben nichts bekommt, wenn man nicht willens ist, auch etwas dafür zu riskieren, von daher ... Also, Helene hat quasi versucht, uns zu verkuppeln." Leonard lächelte und um seine Augen herum bildeten sich Lachfältchen. „Und ich dachte mir, ich frage Sie mal, ob ich Sie wohl zum Abendessen einladen darf."

„Helene?“ Evan öffnete den Mund, aber mehr kam nicht heraus. Er hatte sich sehr bemüht, seinen Schülern gegenüber nicht auch nur die kleinste Andeutung darüber zu machen, dass er schwul war. Und das galt auch für seine Kollegen. „Sie – was?“

Leonard wich einen Schritt zurück. „Entschuldigen Sie“, sagte er und hob beide Hände. „Ich wollte Sie nicht beleidigen oder Ihnen in irgendeiner Weise zu nahe treten.“

„Das haben Sie auch nicht“, berichtigte Evan mit einem Lächeln. „Ich dachte, ich wäre ganz gut darin gewesen, diesen Teil meines Lebens aus dem Klassenzimmer herauszuhalten, und jetzt scheint es, als ob meine Schüler über meine Neigungen Bescheid wüssten.“

„Ich glaube nicht, dass alle Ihre Schüler Bescheid wissen. Helene ist eine außerordentlich gute Beobachterin und ihr ist es vermutlich auch deshalb aufgefallen, weil wir viel Zeit miteinander verbracht haben. Also, wären Sie interessiert – mit mir Abendessen zu gehen, meine ich?“

Das nächste Elternpaar kam durch die Tür und zwang Evan so, eine Entscheidung zu treffen. Er griff in seine Tasche und holte seine Visitenkarte heraus, auf die er schnell noch seine Handynummer kritzelte. Er reichte Leonard die Karte, nickte kurz und wandte sich dann den Eltern zu, die sich in seinem Klassenzimmer umsahen. Beschwingt ging er zu ihnen hinüber, um sich vorzustellen.

Sein Mittagessen bestand nur aus einem Sandwich, das er zwischen zwei Elterngesprächen an seinem Pult sitzend verschlang. Der Vormittag war interessant und auch ertragreich gewesen. Er hatte die Eltern einiger seiner begabtesten Schüler getroffen, sowie den aufdringlichsten Vater der Welt, der absolut und fest entschlossen war, dass sein Sohn der Beste sein würde, obwohl er im Unterricht kaum hinterherkam. Außerdem war er zum Abendessen eingeladen worden, und das von einen wirklich gut aussehenden Mann. Natürlich musste er vorsichtig sein, der Mann war schließlich der Onkel einer seiner Schülerinnen. Andererseits, so lange das nicht seinen Weg ins Klassenzimmer fand, sollte es eigentlich kein Problem darstellen.

Als sein Handy über den Tisch vibrierte, legte Evan sein Sandwich auf der braunen Brottüte ab. Normalerweise ging er während der Arbeitszeit nicht ans Handy, aber da keine Schüler im Raum waren, hatte er das Handy ausnahmsweise aus der Tasche geholt. Evan warf einen Blick aufs Display, um zu sehen, wer anrief.

„Hi, Dex, wie geht's?“, fragte er.

„Prima. Eigentlich hatte ich ja damit gerechnet, dir eine Nachricht hinterlassen zu müssen, es ist ja mitten am Tag. Aber hast du einen Moment Zeit?“

Evan warf einen Blick hinaus auf den Flur, aber der war komplett leer. „Sicher, hab ich.“

„Ich hab gerade einen Anruf von Frankie bekommen. Er hat erzählt, dass Clay heiraten wird.“

Evan ließ beinahe das Handy fallen. Er schluckte. „Clay?“

„Ja. Frankie hat erzählt, dass er sie wohl an der Uni kennengelernt hat. Anscheinend sind sie auch schon eine ganze Weile mal mehr und mal weniger zusammen gewesen, und jetzt, wo er so kurz vorm Examen steht, hat er beschlossen, den Schritt zu wagen. Frankie sagte, dass Clay ein Angebot von einer großen Kanzlei in Milwaukee bekommen hat. Wusstest du das noch nicht?“

„Nein“, antwortete Evan. Er fühlte sich verletzt.

„Na, dann hat er es wohl noch nicht geschafft, dich anzurufen“, sagte Dex immer noch ganz aufgeregt. Evan bezweifelte irgendwie, dass Clay ihn noch anrufen würde.

„Dex, ich muss Schluss machen. Heute ist Elternsprechtag und es stehen gerade wieder welche vor der Tür“, log Evan. „Ich ruf dich später zurück.“

„Okay“, sagte Dex fröhlich. „He, was machst du Weihnachten? Mom hat mir aufgetragen, dich in ihrem Namen noch einmal ganz herzlich einzuladen, und du weißt ja, was das heißt ...“

Trotz seiner inneren Aufruhr lachte Evan leise. „Ja, ich weiß. Sag ihr, dass ich definitiv kommen werde.“

„Mach ich“, sagte Dex und verabschiedete sich, bevor er auflegte.

Evan stopfte sein Handy in seine Hosentasche und starrte blicklos auf die Wand gegenüber. Sein Mittagessen war vergessen. *Clay würde heiraten?* Damit hatte er definitiv nicht gerechnet, niemals. Nach der gemeinsamen Nacht war er ehrlich davon ausgegangen, dass Clay schwul war. „Verdammt“, flüsterte er. *War es nur ein Experiment für Clay gewesen?* Die gemeinsame Nacht hatte Evan so viel bedeutet, aber Clay ganz offenbar nicht.

Evan stand auf und wanderte ziellos durch sein leeres Klassenzimmer. Für ihn war die Erinnerung an die gemeinsame Nacht mit Clay stets etwas fast Heiliges gewesen, eine ganz besondere Erinnerung, die er niemals mit irgendjemandem geteilt hatte. Wenn Beziehungen in die Brüche gingen und Freunde ihn verließen, hatte er sich immer an dieser Erinnerung festgehalten.

War sie nur eine Lüge? War Evan für Clay nur ein Experiment gewesen, um herauszufinden, was er wollte? Evan schloss die Augen und versuchte, sich zu erinnern, ob es in der Nacht irgendwelche Hinweise darauf gegeben hatte, aber da war nichts. Die Zeit hatte alle Details verblassen lassen und jetzt fühlte es sich so an, als hätte er die Erinnerung irgendwie beschmutzt.

„Mr Donaldson." Die Stimme einer Frau erklang hinter ihm. „Stimmt etwas nicht?"

Evan zwang sich zu einem Lächeln. „Nein, nein, alles in Ordnung. Kommen Sie bitte herein", sagte er, und eine untadelig gekleidete Dame schwebte herein. Beinahe majestätisch stellte sie sich als Elaina Fordham vor, ehe sie auf einem Stuhl Platz nahm, um den Notenspiegel und einige Arbeiten ihres Sohnes zu begutachten. Dabei brachte sie Evan überraschenderweise mehrmals zum Lachen und fand ihrerseits heraus, dass ihr Sohn einer der intelligentesten Schüler in Evans Kurs war und in seinem Wissen seinen Mitschülern um beinahe ein ganzes Jahr voraus.

„Ich ziehe mich immer so an, wenn ich herkomme", sagte sie und lehnte sich vor. „Man weiß nie, wann eine von diesen aufgetakelten Zicken vorbeikommt, und ich will verdammt sein, wenn ich mich von so einer in den Schatten stellen lasse."

Evan musste laut lachen, als sie ihn so unvermittelt hinter die Fassade blicken ließ. Ihr Akzent klang plötzlich sehr viel mehr wie sein eigener und nicht mehr so geschliffen und hochgestochen wie zu Anfang.

„Sie leben von geborgtem Geld in ihren großen Häusern und versuchen, den Schein zu wahren, und sie sehen auf mich herab, weil ich mir mein Geld tatsächlich selber verdient habe." Sie hob das Kinn und Evan lächelte. Diese Frau erinnerte ihn sehr an den Charakter der Molly Brown aus *Titanic*.

Ihr Handy klingelte in ihrer Handtasche und sie entschuldigte sich, sprach kurz mit der Person am anderen Ende und verabschiedete sich dann von Evan. Er sah ihr hinterher, als sie den Flur hinunterschwebte, als sei sie eine Königin, und lächelte in sich hinein. Wenn auch sonst nichts, so hatte sie doch immerhin seine selbstmitleidige Stimmung aufgehellt. Der Nachmittag schritt voran und mehr Eltern kamen und gingen. Evan zwang sich dazu, sich nur auf seine Arbeit zu konzentrieren und beschäftigte sich zusätzlich mit allem möglichen Kleinkram, bis es Zeit war, nach Hause zu gehen.

Die Rückfahrt am späten Nachmittag dauerte immer etwas länger als die Hinfahrt am Morgen. Sein Handy brummte gerade wieder, als Evan sein Auto parkte. Er erkannte die Nummer auf dem Display nicht.

„Ich hab nicht zu früh angerufen, oder? Hier ist Leonard von heute Morgen.“

Evan bemerkte überrascht, dass er lächelte. „Nein, ich bin gerade zu Hause angekommen.“ Er öffnete die Tür, vorsichtig, um das neben ihm parkende Auto nicht zu zerkratzen, und stieg aus. „Ich war mir nicht sicher, ob Sie anrufen würden.“ Während er sprach, öffnete Evan den Kofferraum und nahm seine Tasche heraus.

„Warum nicht? Ich treffe nicht sehr oft intelligente, gut aussehende Männer.“ Evan wusste, dass er rot wurde, da seine Wangen trotz der kühlen Luft brannten. „Wie dem auch sei, bleibt es bei heute Abend?“

„Ja, gerne.“

Mit einem nahen Verwandten einer Schülerin auszugehen, bereitete ihm ein wenig Sorge. Andererseits, er hatte im Schulgesetz nachgeschlagen, und obwohl das seine Neigungen ausdrücklich verbat, stand doch nichts dergleichen in seinem Vertrag. Es gab Vorschriften gegen Beziehungen mit Eltern der Schüler, aber nicht gegen Beziehungen mit ihren Onkeln. Außerdem war es ja nur ein Abendessen und er war sich sicher, dass es ein netter Abend werden würde.

„Ganz ausgezeichnet.“ Er konnte ehrliche Freude in Leonards Stimme hören und ein bisschen übertrug sich diese auch auf ihn. „Wenn Sie mir noch sagen, wo Sie wohnen, dann hole ich Sie um halb sieben ab.“

Evan gab ihm seine Adresse und eine Wegbeschreibung, dann legte er auf. Die Einladung könnte sich als wahrer Glücksfall erweisen. Er hatte der Erinnerung und seinen Clay-Tagträumen viel zu lange nachgehangen. Die Männer, mit denen er zusammen gewesen war, hatten alle fast gleich ausgesehen: groß und kräftig, mit dunklen Haaren. Wie Clay. Es war die ein oder andere Ausnahme dabei gewesen, wie Danis, aber nicht viele. Leonard war kein bisschen wie Clay, weder in seinem Aussehen noch in seinem Verhalten, soweit Evan das bisher beurteilen konnte. Es könnte … es könnte was werden, es könnte was richtig Gutes werden mit ihm.

Evan zog die Tür zu seinem Wohngebäude auf und als er in den leeren Aufzug trat, ertappte er sich dabei, dass er leise vor sich hin pfiff. Clay hatte die Vergangenheit hinter sich gelassen und er würde das jetzt auch tun. Es war wirklich an der Zeit.

Er steig aus dem Aufzug und eilte zu seiner Wohnungstür, schloss auf und stürzte durch das kleine Wohnzimmer ins Schlafzimmer. Schnell zog er sich aus und sprang kurz unter die Dusche, dann rubbelte er sich trocken und hastete zum Kleiderschrank. Wo er dann erst mal stehen blieb und überlegte, was er anziehen sollte. Aber wie sehr er auch hineinstarrte, es wollte einfach nichts Neues oder besonders Schickes in seinem Schrank auftauchen, und letzten Endes entschied Evan sich für Slacks und eins seiner guten Hemden. Er hoffte, dass das elegant genug war. Nachdem er sich angezogen hatte, sprühte er sich ein bisschen Eau de Toilette hinter die Ohren und schlüpfte in Socken und Schuhe.

Es klingelte und Evan vergewisserte sich per Gegensprechanlage, dass es Leonard war, der unten vor der Türe stand. Er drückte ihm die Tür auf und sagte Leonard, auf welche Etage er musste. Evan hatte sich gerade die Schnürsenkel gebunden und noch einen schnellen Blick in den Spiegel geworfen, als es an der Tür klopfte. Er machte auf und da stand Leonard, untadelig gekleidet, mit einem Blumenstrauß in der Hand.

„Ich weiß, es ist ein absolutes Klischee, aber ich konnte nicht einfach mit leeren Händen aufkreuzen", sagte Leonard mit einem Lächeln, als er Evan den Strauß reichte.

„Vielen Dank." Niemand hatte Evan jemals zuvor Blumen geschenkt und er lächelte, als er die Tür hinter seinem Gast schloss, als er ihm einen Stuhl anbot und als er davoneilte, um so etwas wie eine Vase für die Blumen zu finden. „Ich hab nicht mit Blumen gerechnet", sagte Evan aus der Küche, wo er einen Krug gefunden hatte. Er füllte ihn mit Wasser und stellte den Krug mit den Blumen auf den Tisch. „Sie sind wunderschön und es ist eine nette Geste", bemerkte er. Er lächelte immer noch, als er wieder ins Wohnzimmer kam. Leonard wanderte im Zimmer umher und sah sich um.

„Leonard, sind Sie aufbruchsbereit oder haben wir noch etwas Zeit? Kann ich Ihnen vielleicht ein Glas Wein anbieten?", fragte Evan, unsicher, ob Leonard schon fahren wollte.

„Also", sagte Leonard und wandte sich von einem Photo, das Evan an der St. Bartholomäus zeigte, ab, „ich habe den Tisch für sieben reserviert, also sollten wir aufbrechen. Und bitte, sag Leo und du zu mir."

Evan erwiderte sein Lächeln und folgte ihm zur Tür. Nachdem er abgeschlossen hatte, warteten er und Leo auf den Aufzug. Evan wusste nicht, was er sagen sollte, und ließ auf der Suche nach einem Gesprächsthema seine Blicke durch den Flur und über Leo wandern.

„Wolltest du immer schon Lehrer werden?", brach Leo das Schweigen.

„Ursprünglich wollte ich Mathematiker werden und Mathe studieren, aber im vierten oder fünften Semester habe ich mich fürs Unterrichten entschieden“, antwortete Evan. Die Aufzugtüren öffneten sich und sie traten hinein. „Es war die richtige Entscheidung – allein für den Moment, wenn einer der Schüler, der Schwierigkeiten hatte, einen ‘Aha!’ Moment hat und man förmlich sehen kann, wie ihm ein Licht aufgeht. Das ist großartig. Und was machst du?“

Leo drückte einen Knopf und die Türen schlossen sich. „Ich bin Verkaufsleiter bei Fetzer Printing. Mein Vater ist der Geschäftsführer und ich arbeite für ihn.“

„Das klingt nach einer Menge Verantwortung. Macht es Spaß, für die Familie zu arbeiten?“

Die Türen öffneten sich und sie traten ins Foyer.

„Manchmal ist es richtig gut. Aber da mein Bruder nicht im Lande ist, muss ich für ihn einspringen“, erklärte Leo, als er aus dem Gebäude trat, und ging vor zu einem mitternachtsblauen BMW. Er schloss das Auto auf und hielt Evan die Tür auf, dann ging er um das Auto herum, stieg ein und ließ den Motor an. „Ich hoffe, du magst italienisches Essen.“

„Ja, sehr gerne.“

Leo bog vom Parkplatz ab auf die Straße. „Ich habe vor einer Weile ein winziges Restaurant entdeckt, wo sie die Nudeln und alle Saucen noch selber machen. Es ist wirklich spitze,“ erklärte Leo auf dem Weg. „Was machst du neben unterrichten sonst noch?“

„Ich helfe einmal die Woche ehrenamtlich in einer Unterkunft für Obdachlose und verteile mit Essen. Als ich fünfzehn war, sind meine Eltern gestorben, und ich bin auf der Straße gelandet. Ein sehr gütiger Mann hat mir geholfen und mir eine zweite Chance gegeben.“ Evan warf Leo einen Blick zu und stellte überrascht fest, dass der ihm an den Lippen hing. „Vater Val war so gut zu mir und er hat nie etwas im Gegenzug verlangt, also helfe ich, wo ich kann. Gewissermaßen mein Dankeschön an ihn.“

„Klingt ganz so, als hättest du eine harte Kindheit gehabt“, bemerkte Leo. „Meine war da komplett anders. Mein Vater war Geschäftsführer eines erfolgreichen Unternehmens, das er von seinem Vater geerbt hatte, und wir hatten immer alles, was wir wollten. Mom hat uns nach Strich und Faden verwöhnt, aber Dad hat darauf bestanden, dass wir nicht einfach nur rumhängen, sondern was aus unserem Leben machen. Ich habe BWL studiert und mein Bruder Jura. Er ist unser Firmenanwalt und wir beide unterstützen Dad, der ja auch nicht jünger wird.“ Leo seufzte, sagte aber nichts weiter dazu. „Lass uns von etwas Schönerem sprechen.“

„Okay, was wäre dein Vorschlag? Ich hab seit meinem Uniabschluss nicht viel Spannendes gemacht. Vor einer Weile war ich im Museum und hab da eine großartige Ausstellung von Chihuly Glas gesehen. Sie war absolut fantastisch."

„Ich hab die Ausstellung auch gesehen. Und ich habe seine Ausstellung im Venetian in Las Vegas vor ein paar Jahren gesehen – seine Sachen sind wirklich unglaublich", sagte Leo begeistert. Er fand einen Parkplatz und sie stiegen aus. Leo hielt ihm wieder die Tür auf, dann führte er Evan zum Restaurant, wo er der Empfangsdame seinen Namen für die Reservierung nannte.

„Bist du immer so?", fragte Evan, als sie zu ihrem Tisch geführt wurden.

„Wie meinst du?"

„Ich meine so ein ... Gentleman. Ich weiß nicht. Mich hat noch nie zuvor jemand so behandelt", sagte Evan und nahm Platz.

„Warum nicht? Du verdienst es, dass man dich gut behandelt", sagte Leo mit Feuer in den Augen. Seine Hand strich hauchzart über Evans.

Die Kellnerin kam an ihren Tisch und stellte sich vor. Leo bestellte eine Flasche Sekt und die Kellnerin kam mit einem Eiskübel zurück, öffnete die Flasche mit einer geschickten Handbewegung und einem leisen Plopp! und goss ihnen jeweils ein Glas ein. Dann informierte sie sie über die Tageskarte und nahm ihre Bestellungen auf, bevor sie die beiden allein ließ.

„Es ist immer etwas seltsam, das erste Mal mit jemandem auszugehen. Man weiß nie so genau, worüber man reden soll."

„Es ist schon eine ganze Weile her, dass ich überhaupt mit jemandem ausgegangen bin", sagte Evan und sah Leo in die Augen. „Seit der Uni nicht mehr."

„Was machst du während der Sommerferien?"

„Einen Teil der Ferien verbringe ich mit einem alten Schulfreund. Er und seine Familie haben mich gewissermaßen unter ihre Fittiche genommen. Dex' Familie hat ein Segelboot, mit dem fahren wir raus, und seine Mutter ... nun ja ... bemuttert mich die ganze Zeit über. Ansonsten gebe ich während der Ferien Nachhilfekurse an der Gesamtschule in der Nähe. Ich würde in der Zeit gerne frei machen, aber im Moment kann ich mir das nicht leisten. Was ist mit dir? Was machst du in deiner Freizeit?", fragte Evan, um das Gespräch am Laufen zu halten. Es war nett, hier mit Leo zu sitzen, und man konnte sich gut mit ihm unterhalten. Evan fühlte, wie seine Nervosität ein wenig nachließ.

„Wir fahren Boot auf dem Michigansee. Dad hat ein Kajütboot, mit dem wir rausfahren. Und ich spiele Baseball in der Firmenmannschaft. Im Winter arbeite ich nur und halte quasi Winterschlaf", antwortete Leo mit einem breiten Lächeln.

„Hm, warum glaube ich das nur nicht? Du scheinst mir eher der Typ zu sein, der immer was zu tun braucht", scherzte Evan und nippte an seinem Glas.

„Okay, okay, du hast mich ertappt. Aber vielleicht würde ich gerne Winterschlaf halten – wenn ich jemand Nettes kennen würde, der mit in meine Höhle kommt."

Die Glut in Leos Augen sandte Wärme bis in Evans Zehen und zündete einen Funken Erregung in ihm. Ja, er würde gerne mit Leo irgendwo Winterschlaf halten, an ihn gekuschelt vor einem Kaminfeuer liegen und Liebe machen. Okay, die Vorstellung war vermutlich albern, aber in diesem Moment, als er ihm gegenüber am Tisch saß und in seine feurigen Augen blickte, schien sie gar nicht so abwegig zu sein.

Das Essen kam und die Kellnerin stellte einen Teller mit dampfender Pasta vor ihn auf den Tisch. Die sahnige helle Sauce duftete verführerisch, und ein Laut purer, satter Vorfreude entrang sich seiner Kehle. Leos Augen wurden nachtdunkel. „Ich frage mich, was ich wohl tun muss, damit du genau dieses Geräusch nur für mich machst."

Evans Augen weiteten sich und der Funke wurde zu kleinen erregten Schauern, die ihn durchrieselten. Er rutschte seinen Stuhl zurecht und stieß dabei, ganz aus Versehen natürlich, seine Serviette vom Tisch. Evan bückte sich, um sie aufzuheben, und nutzte die Gelegenheit, sich in seiner Hose in eine bequemere Position zu schieben. Nicht dass ihm das besonders viel half. Leo schien ganz genau zu wissen, was er zu sagen hatte – halb war Evan versucht, das Essen so schnell wie möglich hinter sich zu bringen, damit er herausfinden konnte, ob Leo auch andere Dinge ganz genau wusste. Er holte tief Luft, hob seine Serviette auf und breitete sie über seinen Schoß. Leo grinste ihn über den Tisch hinweg an.

„Was?", fragte Evan und sah an sich hinab.

„Du bist total niedlich, weißt du das?", flüsterte Leo mit funkelnden Augen. Er nahm einen kleinen Bissen Pasta. „Es ist schon lange her, dass ich jemanden wie dich getroffen habe."

Evans Gabel blieb auf halbem Weg zu seinem Mund in der Luft stehen. „Jemanden wie mich?" Er wusste nicht, was Leo damit meinte, aber es klang nicht sehr schmeichelhaft.

Leo kaute, schluckte und legte seine Gabel ab. „So meinte ich das nicht. Was ich meinte, war, dass die meisten Männer, mit denen ich ausgehe, hauptsächlich an meinem Geld interessiert sind oder daran, was ich für sie tun kann. Ich hatte mal einen, der tatsächlich davon ausgegangen war, dass ich meinen Dad überreden würde, ihn einzustellen, wenn er mit mir ins Bett geht. Du bist ganz anders."

Evan schüttelte den Kopf. „Nein, ich meine, ich hab mein Leben lang nie viel gehabt, aber was ich habe, das habe ich mir selbst erarbeitet. Oder ich hatte das Glück, es durch die Hilfe großzügiger und lieber Menschen zu bekommen, die einen Waisenjungen behandelt haben, als gehöre er zur Familie. Wenn es mir nur ums Geld ginge, dann hätte ich mich in der Computerbranche einfach an den Höchstbietenden verkauft. Stattdessen unterrichte ich Kinder an einer kleinen Privatschule."

In Wahrheit war es Evans größter Wunsch, zu lieben und geliebt zu werden. Dazu brauchte er kein Geld. Evan nahm einen Bissen Pasta und ließ ihn sich auf der Zunge zergehen.

Leo aß ebenfalls einen Bissen und legte seine Gabel dann wieder ab. Er sah Evan eindringlich an. „Wenn du einen Wunsch frei hättest, was würdest du dir wünschen?"

Evan öffnete den Mund, um zu antworten, konnte sich aber rechtzeitig bremsen. Beinahe hätte er Clays Namen gesagt und das wäre nun wirklich nicht fair gewesen. Nicht heute Abend. Nie mehr. Es würde nie geschehen, und sich an Träume zu klammern war einfach nur dumm. Evan dachte einen Moment lang nach. „Ich glaube, ich würde gerne Kinder haben. Ihre Liebe basiert nicht darauf, was man hat oder was man ihnen kaufen kann. Sie lieben bedingungslos und uneingeschränkt – einfach so."

Leo nahm seine Gabel wieder auf und aß weiter, während Evan noch eine Weile gedankenverloren still sitzen blieb. Als er wieder aufsah, musste er grinsen. Der Rest einer Spaghetti hing Leo aus dem Mund und er saugte sie zwischen gespitzten Lippen langsam in seinen Mund. „Ist das eine Demonstration deiner Fähigkeiten oder gibst du einfach nur an?"

Leo lachte, hustete und griff schnell nach seinem Wasserglas. „Das war gemein", entgegnete er mit einem Grinsen, „aber gut. Hm, vielleicht solltest du mir sagen, was du darüber denkst … bei entsprechender Gelegenheit."

Evan fühlte sich wie elektrisiert und er konnte sich nur mühsam bremsen, nicht sofort zuzustimmen. Er ging nie nach der ersten Verabredung mit zu jemandem nach Hause, und er nahm auch nie jemanden mit zu sich.

Andere Männer taten das, das wusste er, aber Evan erinnerte das zu sehr an sein Leben auf der Straße, und er würde nie wieder dorthin zurückkehren. Das hatte er hinter sich gelassen, als er zur St. Bartholomäus gekommen war. Er musste einen Mann erst besser kennenlernen, bevor er mit ihm ins Bett steigen wollte.

Sie mussten dringend über etwas anderes sprechen. „Reist du viel für deinen Beruf?“

„Ein bisschen. Ich habe drei Angestellte unter mir und die reisen viel. Ich treffe mich mit den wichtigen Kunden und das erfordert manchmal schon, zu reisen. Solange das nur ab und zu ist, macht es mir auch nichts aus. Mein Vater kommt in die Jahre und ich möchte für ihn erreichbar sein und ihn unterstützen.“ Leo kaute und schluckte. „Versteh mich nicht falsch“, fuhr er fort, „mein Dad ist noch absolut auf Zack, aber er hat angefangen, einige seiner Entscheidungen zu hinterfragen.“

„Es muss schön für dich sein, mit deinem Dad zu arbeiten“, bemerkte Evan leise. „Du siehst ihn jeden Tag.“ Eine plötzliche Sehnsucht überkam ihn. Er hatte lange nicht mehr wirklich an seine Eltern gedacht, und er vermisste sie nicht mehr so sehr wie damals kurz nach ihrem Tod. Aber manchmal ...

„Du hast gesagt, dass du deine Eltern verloren hast, als du noch jung warst“, hakte Leo nach. „Das muss schwer für dich gewesen sein.“

„Das war es. Ich habe mir lange gewünscht, ich wäre mit ihnen gestorben“, antwortete Evan. Er wollte nicht darüber reden. Warum kehrten alle Unterhaltungen immer zu diesem Thema zurück? „Aber ich hatte Glück“, fügte er mit einem Lächeln hinzu, lehnte sich über den Tisch und berührte Leos Handrücken. Leo drehte seine Hand um und verschränkte ihre Finger. Das Gespräch versiegte und sie beendeten ihre Mahlzeit in behaglichem Schweigen, sahen einander lediglich in die Augen.

„Möchtest du noch Nachtisch?“, fragte Leo, als ihre Teller leer waren, seine Stimme tief und leise, als ob er den Zauber des Augenblicks, der sie verband, nicht brechen wollte.

Evan wandte den Blick nicht von Leos dunklen Augen ab und schüttelte leicht den Kopf. Er bemerkte die Kellnerin kaum, als sie an ihren Tisch kam und Leo sie um die Rechnung bat. Evan stand auf und zog seine Jacke an. Auf dem Weg zum Auto hielt Leo seine Hand. Eine simple Geste und doch so süß. Selbst als sie am Auto angekommen waren, wollte Evan nicht loslassen. Leos Hand in seiner fühlte sich gut an – warm und gewissermaßen richtig.

„Magst du noch mit zu mir kommen auf ein Glas Wein, oder so?", fragte Leo, aber bevor Evan antworten konnte, fuhr er fort: „Nein, warte, ich habe eine bessere Idee." Leo hob ihre verschränkten Hände und küsste Evans Handrücken, dann ließ er ihn los. „Eine viel bessere Idee."

Evan sah Leos Lächeln und hörte die Freude in seiner Stimme, und während er wartete, dass Leo das Auto aufschloss, fragte er sich, was Leo wohl vorhatte. Wenig später waren sie unterwegs. Leo grinste immer noch, als er in die Straße Richtung See einbog. Am Rand des Parks parkte er.

„Hier wolltest du hin?", fragte Evan und spähte aus dem Fenster zu den beleuchteten Wegen hinüber.

„Ich dachte, wir könnten noch eine Runde spazieren gehen", sagte Leo und Evan nickte zustimmend. Er drehte sich zu Leo um und lächelte ihn an.

Sie stiegen aus, und Leo schloss den Wagen mit einem leisen Piepsen des elektronischen Schlüssels ab. Er wartete, bis Evan um den Wagen herumgegangen war, dann führte er ihn auf einen der gepflasterten Pfade, die sich durch den Park schlängelten.

„Lake Park wurde von Frederick Law Olmstead entworfen, demselben Mann, der auch den Central Park in New York entworfen hat", erklärte Leo, während sie einen Pfad entlangschlenderten, der im Bogen um eine große Rasenfläche verlief. Straßenlampen, die aussahen wie altmodische Gaslaternen, erhellten den Weg. Als der Pfad in ein kleines Wäldchen führte, nahm Leo wieder seine Hand. Durch die Bäume konnten sie einen alten Leuchtturm sehen, der hinter dem Waldstück stand. „Ich liebe diesen Park. Hinter fast jeder Wegbiegung erwartet dich wieder eine neue Überraschung."

Evan schwieg. Der Park mit seinen abgelegenen Winkeln weckte Erinnerungen, die er am liebsten vergessen hätte. Als er ein obdachloser Teenager gewesen war, hatte jede dieser Wegbiegungen eine potentielle Gefahr dargestellt; hier konnten sich Leute verstecken, hierher nahmen ihn die Männer mit ...

„Evan, stimmt etwas nicht?", flüsterte Leo und blieb stehen. „Du bist so still und deine Hand ist eiskalt."

„Tut mir leid." Evan riss sich zusammen. Ihm war bewusst, dass seine Reaktion vollkommen irrational war. „Alles in Ordnung." Er lächelte. Leo drückte seine Hand und sie gingen weiter. Der Pfad wand sich um eine weitere Rasenfläche und dann zurück durch das Wäldchen. Große Löwenstatuen tauchten vor ihnen aus dem Dunkel auf und sie gingen an einer überdachten

Bank vorbei. Vor der verzierten Fußgängerbrücke wartete ein weiteres Paar geduckt lauernder Löwen auf sie.

„Das hier ist mein Lieblingsplatz im Park", sagte Leo und trat auf die Brücke. Sie spannte sich über eine Schlucht mit baumbewachsenen Hängen, an deren Grund eine schmale Straße verlief, die ebenfalls von altmodischen Straßenlampen gesäumt war. Ihr Licht schien von unten durch die Bäume und erhellte beide Enden der Brücke, während die Mitte im Dunkel blieb. „Es ist so still hier. Man glaubt kaum, dass wir mitten in der Stadt sind."

Leo ließ seine Hand los und strich mit den Fingern sanft über Evans Wange. „Du bist ein ganz besonderer Mann, Evan Donaldson."

„Woher willst du das wissen?", fragte Evan. Zwar waren im Lauf der Zeit Gefühle schwächer geworden und Erinnerungen verblasst, aber er hatte seine Vergangenheit nie ganz abschütteln können, und in Nächten wie dieser wünschte er sich, er könnte es. „Wir sind uns heute erst begegnet."

„Ich weiß es einfach", hauchte Leo. Er legte seine Hand an Evans Wange. Evan schloss die Augen und schmiegte sich in Leos Handfläche wie eine Katze. Die warme Hand auf seiner Haut, die zarte Berührung, das war genau das, wonach er sich gesehnt hatte. Eine zweite Hand berührte sein Gesicht, hüllte ihn in Wärme. Heißer Atem strich über seine Lippen und Evan stand bewegungslos mit geschlossenen Augen, und wartete. Lippen berührten seine, weich und feucht und warm, in einem kaum spürbaren Kuss. Evan lehnte sich vor und erwiderte den Kuss, ließ Leo so wissen, dass er willkommen war, dass er gewollt – ach was, dass er gebraucht wurde.

Leos Lippen lösten sich von seinen und Evan öffnete die Augen. Im schwachen Licht, das aus der Schlucht drang, trafen sich ihre Blicke und verschmolzen miteinander. Sekundenlang, stundenlang, tagelang. Evan wusste nicht, wie lange sie da standen und einander ansahen. Dann trat Leo näher und Evans Augen schlossen sich wieder, als Leo ihn an sich zog, ihn innig küsste mit einer Leidenschaft, deren Beweis sich hart gegen Evans Hüfte drückte. Kein Zweifel, Leo begehrte ihn. Kein Mann konnte einen solch stattlichen Beweis vortäuschen und Evan war versucht nachzugeben. Sein Körper schrie ihm zu, sich hinzugeben und die Glut der Leidenschaft, die er in sich aufflammen spürte, überhand nehmen zu lassen.

Der Kuss wurde sanfter und Leo lehnte sich etwas zurück. Evan keuchte in der kühlen Abendluft und seine Brust hob und senkte sich rasch. „Wow", hauchte er. Er blickte in Leos Augen und sah, dass er dasselbe empfand. Evan zögerte nicht; er schlang seine Arme um Leos Hals und zog den etwas größeren

Mann zu sich herunter. Er küsste ihn und spürte, wie Leos Lippen sich unter seinen öffneten. Evan ließ seine Zunge zwischen Leos Lippen gleiten und erkundete das heiße Innere von Leos Mund. Sie stöhnten beide leise. Leo schmeckte himmlisch und Evan wollte mehr.

Geräusche drangen durch den Kokon, den die Dunkelheit um sie gesponnen hatte, und Evan entwand sich der Umarmung. Seine Lippen kribbelten. Durch die Bäume drangen die leisen Laute und geflüsterten Worte eines anderes Paares. Leos Hand umschloss seine und widerstrebend brachte Evan seine wackeligen Beine dazu, sich zu bewegen und ihn von der Brücke und entlang des gewundenen Pfades zu tragen.

Sie gingen eine große Runde und der Rückweg führte sie am Rand des Parks entlang, vorbei an den imposanten Häusern und Villen, für die der Park der Vorgarten war. Während der gesamten Strecke klopfte Evans Herz wie wild und er war sich Leos Hand in seiner eigenen sehr bewusst, seiner Wärme und seiner gelegentlichen sanften Berührungen. Evan wollte nie ankommen, aber die Abendluft kroch irgendwann doch unter seine Jacke, und als sie das Auto erreichten fröstelte er leicht.

Das Auto piepste, als Leo es aufschloss, und Evan glitt auf den Beifahrersitz. Leo ließ den Motor an und drückte ein paar Knöpfe am Armaturenbrett. Kurz darauf wurde der Sitz unter Evan warm. Leo fuhr langsam die Parkstraße entlang und sie kamen unter der Brücke durch, auf der sie sich geküsst hatten. Evan berührte seine noch immer kribbelnden Lippen mit den Fingerspitzen.

Die Fahrt führte sie am See entlang über den Hügel, dann bog Leo in Evans Straße ein und hielt vor seinem Wohnblock an. „Ich weiß, dass ich dich eben erst eingeladen habe, noch mit zu mir zu kommen, aber ich denke, wir sollten die Sache langsamer angehen“, sagte Leo leise. Der Ledersitz knarzte unter ihm, als er sich bewegte. „Ich ruf dich morgen an, okay?“ Evan nickte und schluckte, als Leo sich zu ihm beugte. „Ich würde dich gerne Samstag wiedersehen, wenn du Zeit und Lust hast? Wir könnten in die Symphonie und danach Essen gehen.“

Leos Lippen verhinderten, dass Evan antworten konnte, aber nachdem der Kuss vorbei war, schien Leo ihn auch ohne Worte verstanden zu haben. Evan öffnete die Tür und stieg aus, schloss die Autotür und trat ins Haus. Im Foyer stehend beobachtete er, wie Leo davonfuhr. Erst dann drückte er auf den Knopf für den Fahrstuhl.

Evan schloss die Wohnungstür auf und trat ein, warf die Tür hinter sich zu und ließ sich auf sein Sofa fallen. Ein Lächeln breitete sich auf seinem Gesicht aus. Er war sich nicht sicher gewesen, ob und was er hatte erwarten können, aber dass er, immer noch am ganzen Körper kribbelnd, nach Hause kommen würde, das hatte er definitiv nicht erwartet.

Er warf einen Blick auf die Uhr. Eigentlich müsste er ins Bett gehen, aber er fühlte sich noch viel zu wach und energiegeladen. Also machte er den Fernseher an, während er aus den Schuhen schlüpfte, dann starrte er blicklos auf das, was über die Mattscheibe flimmerte, und dachte an Leo.

Sein Handy auf dem Sofatisch vibrierte und Evan hob lächelnd ab in der Erwartung, dass es Leo war. „Hi", sagte er, und sein Lächeln wurde zu einem Grinsen.

„Evan, bist du das?", fragte eine vertraute Stimme. „Ich bin's, Clay."

Sein Lächeln verblasste ein wenig. „Hi, entschuldige, ich hatte mit jemand anderem gerechnet. Wie geht's dir? Ich hab eine Weile nichts mehr von dir gehört." Evan stellte sich dumm.

„Ich ruf an, um dir zu sagen, dass ich heiraten werde." Clay klang aufgeregt, aber mehr auch nicht – und auch eher so, als wäre die Aufregung etwas, von dem er dachte, dass es von ihm erwartet wurde. Aber das konnte auch Wunschdenken auf Evans Seite sein.

„Das ist ja toll!" Evan täuschte seinerseits Begeisterung vor. „Habt ihr schon einen Termin festgelegt?"

„Nein, noch nicht", antwortete Clay, „Sheila hat noch ein Jahr Uni vor sich und wir wollen warten, bis sie fertig ist und auch einen Job gefunden hat. Aber ich hab sie gestern gefragt und sie hat ja gesagt!"

Evan wollte ihm all die Fragen stellen, die er sich nach dem Telefonat mit Dex selbst gestellt hatte, aber er schluckte sie hinunter. Er und Clay, das war Vergangenheit, und es war am Besten, sie auch in der Vergangenheit zu belassen.

„Heißt das, du hast einen Job gefunden?" Er kannte die Antwort schon, aber Clay brauchte es nicht zu wissen, dass er bereits mit Dex gesprochen hatte.

„Ja. Wie der Zufall es will, habe ich für den Anfang eine Stelle in Milwaukee gefunden. Ich wollte fragen, ob du Lust hast, dich mit mir zu treffen, sobald ich in der Stadt bin. Ich kenne ja noch nicht viele Leute dort, und außerdem könnten wir Versäumtes nachholen, sozusagen." Clays Aufregung hatte bereits nachgelassen.

„Das wäre toll. Wir sind ja beide nicht so gut darin, in Kontakt zu bleiben, und ich bin mir sicher, dass wir uns eine Menge zu erzählen haben.“ Ein Teil von ihm war vor Freude ganz aus dem Häuschen bei dem Gedanken, dass Clay bald in derselben Stadt leben würde wie er. Ein anderer Teil wünschte sich, Clay würde nicht herkommen. Der Mann würde schließlich heiraten und seine Verlobte war eine Frau. Das hätte Evan doch bereits alles sagen müssen, was er wissen musste. Aber Clay war auch einer seiner besten Freunde oder er war es zumindest gewesen.

„Ich weiß, und es tut mir leid. Die Uni hat uns beide ganz gut auf Trab gehalten und dann kamen bei mir die Staatsexamen, da blieb nicht viel Zeit. Aber das können wir jetzt ändern. Ev, du warst einer meiner besten Freunde, und ich vermisse dich echt, Mann.“

Evan fragte sich, ob Clay etwas getrunken hatte.

„Ich hab dich auch vermisst.“ Das hatte er wirklich. Und wenn Clay nicht mehr von ihm wollte als Freundschaft, dann war das auch in Ordnung. Damit würde er auch klarkommen. Immerhin waren sie in der Schule jahrelang beste Freunde gewesen, hatten sich ein Zimmer geteilt, und es war okay gewesen. Evan war überzeugt, dass er wieder nur ein Freund sein konnte. Er war jetzt ein erwachsener Mann und hatte sein eigenes Leben und vielleicht ja auch jemanden, der ihn mochte und ihn um seiner selbst willen wollte. Ja, es war viel zu früh, große Hoffnungen auf Leo zu setzen. Aber er hatte sich verabredet, er war ausgegangen und hatte einen schönen Abend gehabt, und wenn er das einmal konnte, dann konnte er es auch wieder. „Wann kommst du nach Milwaukee?“

„Jetzt am Wochenende. Ich hatte gedacht, wir könnten Samstagabend weggehen, was Trinken. Dann können wir uns in Ruhe unterhalten, und du kannst mir alles von der Schule erzählen, an der du jetzt unterrichtest.“

„Samstag kann ich nicht, da hab ich schon was vor. Aber wir könnten uns Sonntagnachmittag treffen.“ Evan lächelte, als er an Leo dachte.

„Ja, klar, Sonntag ist auch okay“, erwiderte Clay schnell. Beinahe zu schnell. „Du hast ja jetzt meine Nummer. Ruf mich doch später die Woche an und sag mir, wo wir uns treffen sollen.“

„Kommt Sheila auch?“ Evan war sich nicht sicher, ob er sie wirklich kennenlernen wollte, aber er würde ihr auch nicht bewusst aus dem Weg gehen.

„Nein, sie kann gerade nicht von der Uni weg. Wir Jungs werden also unter uns sein.“ Clay klang nicht sonderlich enttäuscht, aber das ging Evan nichts an. Je mehr er darüber nachdachte – und er hatte im Lauf des Tages oft darüber nachgedacht – desto mehr wurde ihm eines klar: Er wusste, was er mit Clay gehabt hatte, was er dabei empfunden hatte, und alles andere war unwichtig. Und auch Clay hatte nichts vorgetäuscht in ihrer gemeinsamen Nacht – wie auch. Und wenn er jetzt eine Frau heiraten wollte, dann war das seine Sache. Evan würde sich da nicht einmischen. Er würde Clays Freund sein und mehr auch nicht. Außerdem würde er seinen besten Freund wiederbekommen! Das allein war schon großartig. Wer hätte das gedacht: ein fester Freund und ein bester Freund, und das an nur einem einzigen Tag. Gar nicht so übel.

„Cool. Ich ruf dich dann Freitag an und sag dir, wo wir uns treffen."

„Danke, Ev", sagte Clay, und in seiner Stimme schwang eindeutig ein Hauch Traurigkeit mit, als er auflegte.

Evan legte sein Handy auf den Sofatisch und machte den Fernseher aus, dann packte er seine Schultasche und bereitete sein Mittagessen für den nächsten Tag vor, so dass er morgen früh ein paar Minuten mehr Zeit haben würde. Es war schon spät und er hatte in der ersten Stunde Unterricht, also beeilte er sich mit dem abendlichen Badezimmeraufenthalt und fiel ins Bett. Als er die Augen schloss, ließ er seine Gedanken schweifen. Clay hatte, fast seitdem er ihn das erste Mal gesehen hatte, in all seinen Fantasien und Tagträumen die Hauptrolle gespielt, aber heute Nacht konnte Evan sein Gesicht nicht klar sehen. Er wusste nur, was Clay ihn fühlen ließ.

Kapitel 5

Gott sei Dank, es war Samstag. Keine Schüler heute, dafür ein Tag voller Ruhe und Frieden. Das dachte Evan zumindest – bis in dem Moment, als er aus dem Bett rollte, sein Handy zu klingeln begann.

„Hallo?“, meldete Evan sich verschlafen und tapste in die Küche, um die Kaffeemaschine anzustellen.

„Evan, hier ist Leo.“ Er hörte sich seltsam an und Evan fragte sich, was mit ihm los war. „Ich muss mit dir reden. Kann ich vorbeikommen?“

Evan linste auf die Uhr. Er hatte keine Ahnung, wie spät es überhaupt war. „Klar“, erwiderte er, aus irgendeinem Grund sofort wachsam. „Ich mach gerade Kaffee.“

„Danke“, sagte Leo und legte auf.

Evan sah nachdenklich auf sein Handy hinunter und zerbrach sich den Kopf darüber, was wohl los sein konnte. Er war seit achtzehn Monaten mit Leo zusammen und er hatte noch nie einen solchen Anruf von ihm bekommen. Noch nie. Sofort begann er sich auszumalen, was geschehen sein könnte, und sein erster Gedanke war, dass Leos Vater etwas zugestoßen war. Hoffentlich ging es allen gut. Aber er würde das früh genug herausfinden.

Es hatten sich einige Dinge geändert, seit er Leo getroffen hatte. Er war innerhalb des Mietshauses umgezogen, in eine Drei-Zimmer-Wohnung. Das Extrazimmer nutzte er als Büro und es hatte sein Leben enorm erleichtert, alle seine Papiere und Unterlagen ordentlich abheften und wegräumen zu können, anstatt sie alle in Stapeln auf seinem Tisch zu sortieren. Die größere Wohnung hatte auch ein schöneres Badezimmer, worüber er sich jeden Morgen freute.

Nachdem er geduscht hatte, tappte Evan zurück ins Schlafzimmer, zog sich Jeans und T-Shirt an und ging in die Küche, um Frühstück zu machen. Da Leo gleich kommen wollte, deckte er den Tisch für zwei und machte sich daran, Leos Frühstücksfavoriten zu kochen: gebratenen Speck und Arme Ritter. Der Speck brutzelte bereits vor sich hin, und Evan hatte gerade begonnen, die Eiermischung vorzubereiten, als er Leo an der Tür hörte.

„Es ist offen", rief er und ließ den Speck aus der Pfanne auf Küchenpapier gleiten „Ich hoffe, du hast Hunger", fügte er hinzu, als Leo in die Küche kam. „Was ist los?"

„Ich muss mir dir reden. Es ist wichtig." Leo sah sehr ernst aus, sein Blick seltsam starr.

„Okay", sagte Evan und stellte den Herd aus. Er folgte Leo ins Wohnzimmer und setzte sich auf die Sofakante. „Worüber willst du reden? Ist bei deiner Familie alles in Ordnung?"

„Das bist du: Du denkst immer erst mal an alle anderen." Leo seufzte. „Soweit ich weiß, geht's allen gut. Ich muss mit dir über etwas anderes reden."

Evan beobachtete ihn, wie er im Raum auf und ab ging. „Sag es einfach, Leo. Was auch immer es ist", sagte Evan nachdrücklich. „Es kann doch so schlimm nicht sein."

„Evan, ich glaube, wir sollten Schluss machen", platzte es aus Leo heraus. Seine Augen huschten umher und er sah Evan nicht an. „Du bist ein wirklich toller Mann, aber wir wollen verschiedene Dinge. Du hast dich als Adoptivvater beworben und der Gedanke daran, Vater zu sein und Kinder großzuziehen, macht mir eine Heidenangst. Ich weiß, dass du unbedingt Kinder haben willst, und ich respektiere das. Aber ich will es nicht."

„Warum hast du nie etwas gesagt?" Evan war wie vom Donner gerührt. Er hatte von Anfang an von Kindern gesprochen, hatte seinen Wunsch bei ihrer ersten Verabredung erwähnt, und Leo hatte nie auch nur ein Wort gesagt. „Du hattest doch genug Gelegenheit dazu."

„Ich dachte am Anfang, dass es nur eine Laune wäre, eine Phase. Aber du hast nicht aufgehört, davon zu sprechen. Ich hätte etwas sagen sollen, aber dann bist du hingegangen und hast die Bewerbung eingereicht und hast all die Inspektionen über dich ergehen lassen und bist sogar in eine größere Wohnung gezogen. Ich wollte deinen Traum nicht kaputtmachen. Du warst so glücklich und voller Vorfreude, und ich habe immer mehr Angst bekommen. Der Gedanken daran, Vater zu sein, jagt mir eine Heidenangst ein. Und ich glaube auch nicht, dass Vatersein etwas ist, das ich will."

Evan starrte blicklos auf die Wand. Das hatte er nicht kommen sehen. Nicht mal ansatzweise. Soweit er wusste, war alles okay zwischen ihnen. Erst neulich waren sie noch zusammen ausgegangen, waren Essen gewesen, und Leo hatte bei ihm übernachtet, und sie hatten miteinander geschlafen.

„Und wie lange denkst du jetzt schon darüber nach?“ Evan schauderte es bei dem Gedanken, dass er mit jemandem geschlafen hatte, den er gar nicht kannte.

„Schon eine ganze Weile“, gestand Leo leise. „Ich wollte es dir letzte Woche sagen, aber ich hab’s nicht fertiggebracht.“

„Also hast du es Mittwoch gewusst, als wir ausgegangen sind und du anschließend mit zu mir gekommen bist.“ Evan fühlte Wut in sich aufsteigen. „Du hast mit mir geschlafen und die ganze Zeit gewusst, dass du Schluss machen würdest! Was bin ich für dich gewesen, ein Spielzeug?“

„Nein! Nein, das warst du nie, Evan. Ich habe dich von Anfang an gemocht, und ich mag dich auch immer noch wirklich sehr, es ist nur, wir wollen verschiedene Dinge. Und ich kann nicht der sein, den du jetzt brauchst.“ Er spürte, wie Leo eine Hand an seine Wange legte. „Ich meine das ehrlich, Evan. Du bist ein wundervoller, liebevoller Mann und du wirst ein großartiger Vater sein. Aber ich kann diesen Weg nicht mit dir gehen. Und es bin ja auch nicht ich, den du an deiner Seite haben willst.“

Evan sprang auf. „Was soll das denn heißen? Ich liebe dich, Leo! Ich dachte, wir könnten uns gemeinsam eine Zukunft aufbauen. Jetzt weiß ich, dass du daran kein Interesse hast, aber geh nicht hin und unterstelle mir, was ich will und was nicht!“ Er starrte Leo wütend an, aber der zuckte lediglich die Schultern. „Warum sagst du so was?“

„Ich sage so was“, sagte Leo und starrte mit hartem Gesichtsausdruck zurück, „weil in dieser Beziehung vom ersten Tag an nicht nur du und ich waren, sondern du, ich und Clay. Jedes Mal, wenn ich mich umgedreht habe, warst du wieder mit ihm irgendwohin unterwegs oder er war hier.“

„Clay ist mein bester Freund. Wir kennen uns seit der Schule – wir waren auf einem Zimmer! Er ist wie meine Familie.“ Evan schüttelte den Kopf. „Du willst also sagen, dass ich keine Freunde haben darf?!“ Er stellte fest, dass er Leo angeschrien hatte, und atmete tief durch. Mit Schreien war niemandem geholfen. „Es tut mir leid, dass du das so empfunden hast. Ich habe das ehrlich nicht gewusst.“ Er zog sich innerlich zurück. Es wäre sinnlos, mit Leo einen Streit anzufangen oder zu versuchen, mit ihm zu diskutieren. Nichts davon würde irgendetwas ändern. „Ich habe dich geliebt, Leo“, sagte er leise. „Ich habe dich wirklich geliebt.“

Evans Knie wurden weich und zitternd sank er zurück aufs Sofa. Trauer und Schmerz erfüllten ihn und Evan kämpfte darum, sich nicht noch zusätzlich dadurch zu demütigen, dass er in Tränen ausbrach. Weinen konnte er, sobald er allein war.

„Es tut mir leid, Evan. Es tut mir wirklich leid", sagte Leo und kniete sich vor Evan hin. „Ich wünsche mir auch, dass es funktioniert hätte."

Für einen kurzen flüchtigen Moment berührte Leos Hand seine, und Evan fühlte, wie die vertraute Hitze, die diese Berührung immer in ihm ausgelöst hatte, ihn auch jetzt wieder durchströmte. Dann war Leos Hand fort, und Evan sah regungslos zu, wie Leo aufstand und ging, ohne sich noch einmal umzusehen. Einen Moment später hörte er die Wohnungstür zuschlagen.

Evan rang nach Luft. Blind griff er nach einem Taschentuch. Die Tränen schossen ihm in die Augen und er ließ sich rücklings aufs Sofa fallen. Er versuchte gar nicht erst die Tränen zu unterdrücken; erneut trauerte er um einen Menschen, der ihn verlassen hatte.

„Verdammt!", schrie Evan und schlug in ein Sofakissen. Er hatte wirklich geglaubt, dass er mit Leo den Rest seines Lebens verbringen würde. Er war so lieb gewesen, so aufmerksam und er hatte Evan das Gefühl gegeben, für ihn der wichtigste Mensch der Welt zu sein. Aber vielleicht hatte Evan Leo dieses Gefühl nicht gegeben.

Langsam setzte Evan sich auf und trocknete sich schniefend die Augen. Dann putzte er sich die Nase und stand auf. Es nützte ja nichts, sich die Augen auszuweinen.

In der Küche standen noch die Reste des Frühstücks, das er für Leo hatte machen wollen: eine Rührschüssel voller Eiermischung und kalter Speck auf einem Küchenpapier. Da er nicht wusste, was er sonst tun sollte, stellte Evan den Herd wieder an und machte Frühstück. Während die Pfanne erneut heiß wurde, räumte er das zweite Gedeck weg.

Evan saß am Tisch und starrte den vollen Teller an, dann schob er ihn weg. Ein Klopfen an der Tür war eine willkommene Entschuldigung, vom Tisch aufzustehen. Er hatte jetzt ohnehin keinen Hunger mehr. Um seine Hände zu beschäftigen, goss er sich einen Becher Kaffee ein und nahm ihn mit, als er ging, um die Tür zu öffnen.

„Evan", überfiel seine Nachbarin ihn strahlend, „hast du noch Milch da? Ich wollte dein Rezept für Arme Ritter mal ausprobieren und ..." Wendys Lächeln verblasste, als sie den gedeckten Tisch sah. „Entschuldige, ich wollte nicht stören", fügte sie hinzu und sah sich um. „Ist Leo auch da?", fragte sie.

Evan schüttelte den Kopf und ging zurück in die Wohnung. Wendy folgte ihm und schloss die Tür hinter sich. „Alles in Ordnung?"

„Nein“, antwortete Evan. Er ließ sich aufs Sofa sinken und verschüttete dabei beinahe seinen Kaffee.

„Was ist passiert?“, fragte Wendy und setzte sich neben ihn. Evan sah, dass sie unter dem Bademantel noch im Schlafanzug war; nicht dass das für ihn einen Unterschied machte.

„Leo“, war alles, was er herausbrachte, bevor ihn die Tränen erneut übermannten. Wendy umarmte ihn und hielt ihn fest, während er sich Verwirrung, Kummer und Schmerz von der Seele weinte.

„Ich weiß, Evan, ich weiß“, murmelte Wendy sanft an seinem Ohr. Und das tat sie. Wendy verliebte sich ständig und sie schien die Sorte Mensch zu sein, denen immer und immer wieder das Herz gebrochen wurde. Evan hatte sie durch eine ganze Reihe Trennungen hindurch getröstet, aber er hatte nie gedacht, dass sie diese Aufgabe einmal für ihn übernehmen würde.

„Männer sind Schweine“, sagte Wendy sanft und wiederholte damit etwas, das Evan ihr immer sagte. Für einen Moment brachte es ihn zum Lächeln. „Was hältst du davon“, fragte sie, „ich geh mich schnell anziehen und dann komm ich mit Eis und Schokolade rüber, und wir gucken alte Filme und stopfen uns voll, bis uns das Zeug aus den Ohren quillt.“ Wendy hatte eine Gabe, mit ihren Worten klare, scharf umrissene Bilder vor Evans innerem Auge entstehen zu lassen, und genau wie jetzt auch brachte ihn das immer zum Lächeln.

„Danke, Wendy“, murmelte Evan und trocknete sich mit dem Taschentuch die Augen. „Ich glaube, ein bisschen Gesellschaft würde mir ganz gut tun.“

„Kein Problem“, sagte sie mit einem Lächeln. Sie tätschelte Evans Knie und stand auf. „Du hast mir oft genug beigestanden.“ Vom Sofa aus sah Evan ihr hinterher, als sie ging.

Auf dem Sofa zu sitzen und an die Wand zu starren und seinen Kaffee kalt werden zu lassen, schien keine Lösung zu sein, also stand Evan auf und warf sein Frühstück weg. Er räumte die Küche auf, machte sauber und tigerte dann unruhig durch seine Wohnung. Er holte seine Schulunterlagen heraus und versuchte zu arbeiten, aber er konnte sich nicht konzentrieren und gab schnell wieder auf. Stattdessen machte er den Fernseher an und wartete darauf, dass Wendy für ihren „Männer-sind-Schweine“-Nachmittag wiederkam.

Ein lautes Klopfen an der Tür ließ Evan zusammenzucken. Er stellte den Fernseher leiser und ging zur Tür. Clay fiel fast in seine Wohnung. „Gehst du nicht mehr ans Handy? Ich hab drei Mal angerufen.“

„Es hat nicht geklingelt." Evan ging zum Tisch und nahm seine Handy. Der Akku war leer. „Ich hab anscheinend vergessen, es aufzuladen." Er ging in die Küche und kramte in einer Schublade nach dem Ladekabel, dann schloss er das Handy an die Steckdose an. „Was war denn so wichtig?", fragte er, als er ins Wohnzimmer zurückkam.

Clay hatte den Mantel ausgezogen und warf ihn über die Rückenlehne des Sofas. „Du siehst furchtbar aus."

„Herzlichen Dank."

„Nein", sagte Clay und seine Stimme wurde weicher, „ich wollte sagen, es ist ganz offensichtlich etwas passiert. Wo ist das Problem?"

Evan erinnerte sich an diesen Tonfall. Genau so hatte Clay damals gesprochen, als Evan ihm von Bruder Renier erzählt hatte. Clay hatte in genau demselben, beinahe liebevollen Ton gesprochen.

„Leo hat heute Morgen mit mir Schluss gemacht, bitte also vielmals um Vergebung, nicht mein normales sonniges Selbst zu sein", sagte Evan bissig. „Entschuldige", schickte er sofort hinterher. „Es ist ja nicht dein Fehler. Ich fühle mich nur ein bisschen lädiert."

Evan fand sich in einer warmen, festen Umarmung wieder. „Das tut mir leid. Ich weiß, dass er dir sehr viel bedeutet hat", sagte Clay, sanft und tröstlich, genau so, wie er es schon damals getan hatte. Für einen Augenblick schien es, als sei die Zeit zurückgedreht und sie wieder Schüler an der St. Bartholomäus. „Es wird alles gut, du wirst schon sehen", sagte Clay.

Evan spürte eine Hand sanft über sein Haar streichen und hörte Clay tief einatmen. Für ein paar Sekunden erlaubte er es sich, zu glauben, dass Clay seinen Duft einatmete. Seinerseits stieg ihm Clays Duft zu Kopf: ein leichtes Aftershave, ein Hauch Moschus und der saubere Duft von Seife. Evans Kopf schwirrte. Er hatte das so vermisst. Er schloss die Augen und fühlte sich zurückversetzt in ihr kleines Zimmer mit den zwei Betten; ein Zimmer, das in seiner Erinnerung immer nach Clay riechen würde. Evan ließ sich trösten und genoss es, seinem Freund so nahe zu sein. Und sofort kamen die alten Wünsche, Hoffnungen und Sehnsüchte wieder hoch.

Langsam trat er zurück und blickte Clay in die Augen, und für einen kurzen Moment sah er in ihnen jenen Ausdruck, mit dem Clay ihn damals in ihrer gemeinsamen Nacht in der Schule angesehen hatte. Es war das erste und einzige Mal gewesen, dass ihn jemand mit solch unverblümter Leidenschaft angesehen hatte. Dieser Blick hatte sich unauslöschlich in seine Erinnerung eingebrannt. Evan traute seinen Augen kaum, blinzelte und der Ausdruck war verschwunden.

Er trat einen weiteren Schritt zurück, wandte den Blick ab und holte tief Luft. Leo hatte gerade erst mit ihm Schluss gemacht und hier lechzte er bereits nach Clay. Und überhaupt, so sollte – so durfte – er nicht fühlen. Clay war sein bester Freund und darüber hinaus war er verlobt. Zugegeben, seine Verlobte Sheila war eine frigide Zicke, die Eiskönigin höchstselbst. Was Clay in ihr sah, war Evan ein Rätsel, aber nichtsdestotrotz war er immer noch mit ihr verlobt.

„Tschuldige, Clay", murmelte Evan. „Ich bin gerade ein bisschen neben der Spur." Er zog ein frisches Taschentuch aus der Packung, putzte sich die Nase und holte tief Luft. „Ich bezweifle, dass meine Beziehung mit Leo der Grund war, warum du so eilig hergekommen bist. Was gibt's?"

„Ich habe heute Morgen einen Anruf vom Jugendamt bekommen, das Büro hat ihn weitergeleitet. Sie haben ein Kind für dich. Er ist gerade vier geworden, und seine Eltern sind vor ein paar Wochen bei einem Autounfall ums Leben gekommen. Das Jugendamt hätte gerne dich als Pflegestelle für ihn, und du kannst dann entscheiden, ob du ihn adoptieren möchtest. Die Sache ist nur die, sie würden ihn gern so bald wie möglich in einem dauerhaften Zuhause unterbringen. Sie sind bereit, das Ganze heute über die Bühne zu bringen."

Evans Herz pochte wild in seiner Brust. „Heute? Sie wollen ihn mir heute geben?" Evan war sich nicht sicher, ob er das packen würde. Die emotionale Achterbahnfahrt war ein bisschen viel.

„Ja, genau. Du bist absolut perfekt für dieses Kind. Du weißt, was er durchmacht, und du wirst ihm all die Liebe und Fürsorge geben, die er braucht. Da bin ich mir sicher."

Evan rieb sich die Augen und dachte an den kleinen Jungen, der im Alter von vier Jahren das durchmachte, was Evan mit fünfzehn durchgemacht hatte. Er hatte es ja kaum geschafft, damit klarzukommen, und konnte sich nicht vorstellen, wie ein so kleines Kind damit umging, beide Eltern zu verlieren. „Hat er sonst keine Familie?" Evan angelte nach dem nächsten Taschentuch.

„Doch, aber entweder wollen sie ihn nicht oder sie können sich nicht gut genug um ihn kümmern." Clay zog sein Handy aus der Manteltasche. „Was soll ich ihnen sagen?"

„Dass wir sofort vorbeikommen, um ihn kennenzulernen", antwortete Evan. Seine Gefühle waren vollkommen durcheinander, aber zur Hölle damit, zur Hölle mit Leo und zur Hölle mit allem. Das war es schließlich, was er gewollt und worauf er hingearbeitet hatte. Nur weil Leo mit ihm Schluss gemacht hatte, war das noch lange kein Grund, dem Kind kein Zuhause zu geben.

„Oh Himmel, Wendy“, sagte Evan und öffnete die Tür. Sie hatte einen Beutel über die Schulter geschlungen und war gerade im Begriff gewesen zu klopfen.

„Was ist los?“, fragte Wendy, als sie eintrat. Sie sah von Evan zu Clay. „Ist noch etwas passiert?“

„Das kann man wohl sagen. Es kommt doch immer alles gleichzeitig. Clay hat mir gerade gesagt, dass es da einen Jungen gibt, der ein Zuhause braucht und ...“

Wendy lächelte breit und stellte ihren Beutel auf dem Sofatisch ab. „Klingt ganz so, als ob du was Besseres vorhättest, als alte Filme zu gucken und dich mit Schokolade vollzustopfen.“

„Es tut mir leid, ich ...“

Anstatt wütend zu sein, womit Evan fast gerechnet hatte, umarmte Wendy ihn. „Leo war ein absoluter Vollidiot, dass er dich hat gehen lassen. Wenn du hetero wärst, hätte ich dich mir ja schon längst gekrallt, und zwar so fest, dass du nie wieder davongekommen wärst.“ Sie ließ ihn los und schwang sich ihren Beutel wieder über die Schulter. „Das meine ich ernst, Evan. Du bist einer der besten Männer, die ich je getroffen habe.“ Wendy grinste ihn an. „Na los, geh und hol deinen Sohn.“

„Es ist erst mal nur vorläufig“, stellte Evan klar.

Wendy rollte die Augen und schüttelte den Kopf, als sie zur Tür ging. Dort drehte sie sich mit einem weiteren Grinsen zu ihm um. „Das glaube ich nicht eine Sekunde lang“, sagte sie und schloss die Tür hinter sich.

Evan wandte sich von der Tür ab und Clay zu, der gerade sein Handy zuklappte. „Sie erwarten uns in zwei Stunden. Bis dahin haben wir auch noch gut was zu tun.“

„Gut was zu tun?“, fragte Evan verwundert.

„Eine der Bedingungen für eine dauerhafte Unterbringung ist, dass Nicolas ein eigenes Zimmer hat. Du hattest das Zimmer eh schon für ein Kind vorgesehen, aber wir müssen noch deinen Schreibtisch da rausholen, das Kinderbett zusammenbauen und so weiter. Außerdem wäre es gut, wenn das Zimmer ein bisschen mehr wie ein Kinderzimmer aussehen würde.“

„Ich weiß, aber bisher wusste ich ja nicht mal, ob ich einen Jungen oder ein Mädchen bekommen würde.“

„Jetzt weißt du's." Clay ging mit großen Schritten zur Tür. „Ich bin gleich wieder da. Hol schon mal den Schreibtisch aus dem Zimmer, ich helfe dir dann beim Aufbauen der Möbel." Clay war zur Tür raus noch bevor er den Satz beendet hatte.

Evan schwirrte der Kopf. Er versuchte, nicht an Leo zu denken oder daran, dass er Vater werden würde – oder überhaupt über irgendetwas zu grübeln. Es war alles im Moment ein bisschen viel. Vielleicht war die Sache mit der Adoption doch keine so gute Idee.

Evan ging in das Zimmer, das er bisher als Büro genutzt hatte, stöpselte Schreibtischlampe und Laptop aus und zog den Schreibtisch aus dem Zimmer. Zum Glück hatte der Rollen. Er rollte ihn über den Flur und in eine freie Ecke in seinem Schlafzimmer. Es war ein bisschen eng, aber fürs Erste würde es gehen. Er stöpselte Lampe und Laptop wieder ein und sah sich um. Dann rutschte er sein Bett ein wenig zur anderen Seite und weiter vom Schreibtisch weg, so dass er da etwas mehr Platz hatte. Als alles zu seiner Zufriedenheit untergebracht war, eilte er in das andere Zimmer zurück.

Langsam begann die Aufregung, sich bemerkbar zu machen. Sie gab ihm Energie und wischte alle Zweifel beiseite. Evan zog die kleine, weiße Kommode aus der Ecke und unters Fenster, dann machte er sich daran, das dazugehörige Kinderbett zusammenzubauen. Er hatte gerade den Rahmen soweit zusammengeschraubt, da hörte er die Wohnungstür mit einem lauten Knall zufallen. Clay kam schweren Schrittes durch die Tür, eine Kiste in den Armen, die offensichtlich höllisch schwer war.

„Was ist da drin?", fragt Evan und half Clay dabei, die Kiste abzusetzen.

„Ich war schon auf dem Weg zu dir, als ich versucht habe dich anzurufen und dich nicht erreichen konnte. Also hab ich noch einen kurzen Abstecher zu Ikea gemacht. Ich wusste ja, dass du noch nicht viele Kindersachen hier hast, also habe ich ein paar Dinge besorgt." Clay packte seine Einkäufe aus der Kiste aus. „Ich hoffe, Nicolas mag Boote", sagte er, als er eine Lampe aus der Kiste nahm. Sie war geformt wie ein Segelboot, mit weißem Kiel, hellroten und blauen Segeln und einer Glühbirne als Mast. „Ach ja, Bettwäsche hab ich auch mitgebracht." Er reichte sie Evan, der Clay einfach nur anstarrte, fassungslos und ungläubig, dass Clay so weit mitgedacht hatte.

„Das wäre nicht nötig gewesen", sagte Evan, als Clay einen Segelbootteppich aus der Kiste zog und auf dem Holzfußboden ausrollte. Der Teppich passte zur Lampe.

„Es sind nur ein paar Kleinigkeiten, damit der Raum fröhlicher aussieht“, erwiderte Clay, aber Evan wusste, dass es weit mehr war als das. Dass Clay sich wieder um ihn kümmerte, so wie er es damals in der Schule auch getan hatte. „Werd fertig mit dem Bett aufbauen und sieh zu, dass du es beziehst“, befahl Clay mit einem breiten Grinsen und hängte eine Tagesdecke mit gezeichneten Segelbooten über das Fußende des Bettrahmens.

„Was ist da noch alles drin?“, fragte Evan und beäugte die Kiste, die Ähnlichkeit mit Mary Poppins’ Tasche zu haben schien. Er erwartete, dass als nächstes eine Stehlampe und Gott weiß was sonst noch daraus auftauchen würde.

„Das war alles“, versicherte Clay ihm. Er half Evan dabei, das Bett zu beziehen, dann sah er sich im Zimmer um. „Noch ein bisschen karg hier drinnen, aber für den Augenblick wird es reichen. Vielleicht hat er ja auch noch ein paar eigene Sachen.“

„Danke, Clay“, sagte Evan. Er schluckte und holte tief Luft. Gott, was war er heute emotional. Dass er wusste, warum, half auch nicht weiter. „Wir sollten uns auf den Weg machen“, sagte er und versteckte seine bloßliegenden Gefühle unter Geschäftigkeit. „Woher wusstest du, dass ich ja sagen würde?“ Verdammt, war es schwer, das Zittern seiner Stimme zu unterdrücken.

„Ich wusste nichts von der Sache mit Leo, und um es offiziell zu machen: Ich würde ihn am liebsten umbringen dafür, dass er dir so wehgetan hat. Aber ich kenne dich. Ich wusste, dass du niemals nein sagen würdest zu einem Kind, dass dasselbe durchmacht wie du einst.“ Clay faltete die Kiste zusammen. „Lass uns deinen Sohn holen gehen“, sagte Clay energisch und verließ das Zimmer.

„Clay“, rief Evan und folgte ihm, „er ist ... Himmel nochmal, ich kenne Nicolas doch noch nicht mal! Was ist, wenn er mich nicht mag? Was ist, wenn sie sich entschließen, ihn jemand anderem zu geben?“ Im Wohnzimmer holte er Clay ein.

„Das habe ich alles schon überprüft. Ich bin Anwalt, erinnerst du dich? Nicolas hat keine Eltern oder Verwandte, die ihn nehmen könnten. Er braucht ein gutes Zuhause, und du kannst und willst ihm eins geben. Ergo, wenn du dich nicht entscheidest, dass du ihn doch nicht willst, dann werden sie ihn auch nirgendwo anders hinschicken.“ Clay verstummte, und Evan sah ihn an, als er näherkam, näher, als es für eine normale Konversation erforderlich gewesen wäre. „Und was den Rest angeht: Dieser kleine Junge wird dich genauso lieben, wie ich das tue.“

Clay drehte sich um und ging zur Tür, und Evan blieb wie erstarrt stehen und sah ihm hinterher. Wusste Clay, was er da gerade gesagt hatte? Evan schnappte sich seine Jacke und machte das Licht aus, bevor er Clay auf den Flur folgte. Er schloss die Türe ab und sie gingen zum Aufzug, Evan tief in Gedanken über Clays unbeabsichtigte – versehentliche – Liebeserklärung versunken.

„Mein Auto steht da drüben“, sagte Evan, als sie auf den Bürgersteig traten.

„Ich weiß“, erwiderte Clay und ging in die entgegengesetzte Richtung, „und meins steht hier und ich hab den Kindersitz.“ Clay grinste ihn an. Evan folgte ihm zu seinem Auto.

Der Verkehr durch die Innenstadt schleppte sich dahin und sie hatten gefühlt an jeder Ampel rot.

„Und, haben Sheila und du einen Termin für die Hochzeit?“

Clay schüttelte den Kopf. Er schaffte es gerade über die Kreuzung und stand dann im Rückstau der nächsten Ampel.

„Gibt es Probleme?“

Für einen Moment dachte Evan, dass Clay nicht antworten würde, aber dann drehte er sich zu ihm um, das Gesicht gequält verzogen. „Ich weiß nicht. Wir haben nicht mehr wirklich drüber geredet, seit ich den Antrag gemacht habe. Sie trägt den Ring noch, aber irgendwas stimmt nicht. Sie hat letzten Winter ihr Staatsexamen gemacht und hat jetzt einen Job drüben an der Ostküste, und ich habe meinen Job hier.“ Clay kratzte sich am Kopf und machte das Bild der Verwirrung so komplett. „Ich dachte, sie würde sich hier einen Job suchen, so dass wir zusammen sein könnten, aber offenbar nicht.“

„Du solltest mit ihr reden“, sagte Evan leise. Innerlich war er mehr als glücklich darüber, dass die Sache mit der Eiskönigin nicht so gut lief, aber gleichzeitig fühlte er mit Clay mit. Seine eigenen Gefühle für ihn mal beiseite: Er wollte, dass Clay glücklich war.

„Ich weiß“, seufzte Clay. „Ich hatte nur so viel zu tun!“

Es gab so viel, was Evan dazu sagen wollte. Am liebsten hätte er Clay gepackt und ihn geschüttelt, bis er die Dinge wieder klar sah. Am allerliebsten hätte er Clay geküsst, bis er wieder klar sah – bis er Evan wieder klar sah und seine Gefühle für ihn. Stattdessen schwieg er. Erst als sie das Jugendamt erreichten, sah er wieder auf.

Während er durch das Gebäude zum Büro der zuständigen Sachbearbeiterin ging, fühlte Evan sich, als ob eine Millionen Schmetterlinge in seinem Bauch gelandet seien. „Ich bin so nervös."

„Kein Grund dazu. Den schwersten Teil hast du ja schon hinter dir," versuchte Clay ihn aufzumuntern, was kläglich scheiterte. Evan blieb stehen und starrte Clay an, als hätte der sie nicht mehr alle.

„Das war doch nur Papierkram und Bürokratie," jammerte Evan. Er war Lehrer, er hatte da schon Schlimmeres durchgestanden. „Das hier ist der schwerste Teil: jemanden zu treffen, der vielleicht für immer ein Teil meines Lebens sein wird."

„Entschuldige", erwiderte Clay mitfühlend. „Manchmal stecke ich einfach zu weit drin im Gesetzeskram. Das ist ein Berufsrisiko." Clay blieb vor der Bürotür stehen. „Hol noch mal tief Luft und entspann dich. Margaret ist hier, um das Beste für Nicolas zu tun", erklärte Clay und sah ihm direkt in die Augen. „Und das Beste für diesen kleinen Jungen, bist du. Das solltest du niemals bezweifeln. Ich tue es jedenfalls nicht."

„Wie kannst du es nicht bezweifeln?", flüsterte Evan.

„Weil du der beste Mensch bist, den ich kenne." Clay sah ihm fest in die Augen. Evan wünschte sich, er könnte diesen Blick jeden Tag für den Rest seines Lebens sehen. „Und das meine ich so, wie ich es sage."

Evan nickte und atmete langsam aus. Clay drückte die Klinke runter und öffnete die Tür.

„Mr Donaldson?", fragte die Frau mittleren Alters, die neben dem Schreibtisch stand, als er hereinkam. „Ich bin Margaret Henderson", sagte sie mit einem müden Lächeln. „Ich glaube, wir haben uns während eines Ihrer Interviews kurz kennengelernt."

„Ja." Evan trat vor. „Schön, Sie wiederzusehen." Er schüttelte ihre Hand und setzte sich auf den Stuhl, auf den sie deutete. Clay setzte sich auf den anderen Stuhl. Sie selbst lehnte sich gegen die Tischkante. „Nicolas ist vor ein paar Wochen zu uns gekommen, nachdem seine Eltern bei einem Unfall ums Leben gekommen sind," erklärte Margaret mit ruhiger und geschäftsmäßiger Stimme. „Wir haben versucht, ihn bei Verwandten unterzubringen, aber keiner von denen war geeignet, gelinde gesagt."

„Clay hat mir das schon erklärt," sagte Evan und nickte zum Zeichen, dass er verstand.

„Es ist wichtig, dass Sie verstehen, dass dies ein traumatisierter kleiner Junge ist. Er ist bei einer Bereitschaftspflegefamilie untergebracht und verständlicherweise im Moment nur wenig zugänglich. Ich möchte mich lediglich vergewissern, dass Sie wissen, was auf Sie zukommt.“ Sie musterte ihn abwägend und sagte: „In dem Interview, bei dem ich Beisitzerin war, haben Sie uns vom Tod Ihrer Eltern erzählt. Das ist mir im Gedächtnis geblieben.“

„Kann ich ihn sehen?“, fragte Evan nervös. Sein Magen verkrampfte sich.

„Aber sicher.“ Margaret richtete sich auf. „Er ist in unserer Kindertagesstätte am Ende des Gangs.“

Evan stand auf und folgte Margaret aus dem Büro und den Gang hinunter. Er bemerkte, dass in einigen Büros Licht brannte. „Arbeiten viele Leute hier am Samstag?“, fragte Evan neugierig.

„Das ist eines der Dinge, die man in diesem Beruf schnell lernt.“ Margaret blieb stehen und wandte sich zu ihm um, als sie sagte: „Kinder brauchen Hilfe, da spielt der Wochentag keine Rolle.“

„Glauben Sie mir, das verstehe ich gut“, sagte Evan und fügte hinzu: „Und man kann immer nur einem nach dem anderen helfen. Im Klassenzimmer kann ich eine ganze Schar auf einmal unterrichten, aber die wirklich großen Durchbrüche, die kommen bei jedem Schüler unterschiedlich. Ich schätze, bei Ihnen ist das genauso. Wir rufen Programme ins Leben, um zu helfen, aber letztendlich sind die Bedürfnisse jedes Kindes verschieden.“ Evan hatte das Gefühl, vor lauter Nervosität absolut sinnloses Zeug zu plappern. Hoffentlich hielt Margaret ihn nicht für einen Vollidioten.

Margaret lächelte, ehe sie sich umdrehte und weiterging. „Sie müssen nicht nervös sein“, sagte sie und lächelte Clay über ihre Schulter hinweg wissend an. Evan fragte sich, was wohl hinter diesem Austausch steckte, aber bevor er fragen konnte, erreichten sie den Eingang der Kindertagesstätte. Evan spähte hindurch.

„Nicolas ist der kleine Blonde da hinten, der allein am Tisch sitzt.“

„Er scheint zu malen“, hauchte Evan, so als ob seine Stimme durch den Raum dringen und den kleinen Jungen stören könnte. Ein Schauer rann ihm über den Rücken und er drehte sich zu Clay um auf der Suche nach Bestätigung.

Sein bester Freund lächelte ihn an und nickte langsam. „Geh rein und sag hallo.“

Evan schob die Tür auf und trat ein. Die Kinder unterbrachen ihr Spiel, blickten auf und sahen ihn neugierig an, nur Nicolas blieb in seine Beschäftigung versunken. Margaret ging zu dem Tisch hinüber, an dem die Aufsichtsperson saß, aber Evan nahm sie kaum war. Seine Aufmerksamkeit galt Nicolas. Langsam ging er zu dem Tisch an der gegenüberliegenden Wand, setzte sich auf einen der Kinderstühle und beobachtete Nicolas, der in einem Malbuch malte.

„Hallo. Ich bin Evan. Wie heißt du?“

„Nicolas“, antwortete der kleine Junge, ohne von seinem Malbuch aufzusehen.

„Was malst du da?“, fragte Evan leise. Nicolas sah auf und seine großen blauen Augen trafen Evan mitten ins Herz. Er sah sich zu Clay um, atmete tief durch, um seine flatternden Nerven zu beruhigen, und zeigte auf eins der Männchen auf dem Blatt. „Wer ist das?“

„Mama“, sagte Nicolas und wandte sich wieder seiner Zeichnung zu. „Das da ist Daddy.“ Tränen traten Evan in die Augen und für einen Moment wandte er sich ab, um sie wegzuwischen. „Sie sind jetzt im Himmel. Ich wohne in einem Heim, bis sie wiederkommen und mich abholen.“

„Nicolas“, begann Evan sacht und seine Stimme bebte, „deine Mama und dein Daddy sind gestorben und kommen nicht wieder.“

Der kleine Junge hob die Augen von seinem Blatt. „Ich weiß. Manchmal tu ich nur gern so als ob.“ Er legte seinen Buntstift hin; in seinen Augen glitzerten Tränen. „Ich vermisse sie.“ Seine Unterlippe begann zu zittern. Instinktiv zog Evan den kleinen Jungen in seine Arme und ließ ihn an seiner Schulter weinen.

„Ich weiß und es ist okay, dass du sie vermisst. Sie vermissen dich auch. Sie können jetzt nicht mehr bei dir sein, aber sie sehen vom Himmel auf dich hinunter.“

„Wie Engel?“, schniefte Nicolas.

„Genau, wie Engel.“ Evan ertappte sich dabei, dass er lächelte. Über Nicolas’ Schulter hinweg sah er Clay auf sie zukommen. Er reichte ihm ein Taschentuch und legte Evan eine Hand auf die Schulter. Evan ließ Nicolas sich in Ruhe ausweinen. „Siehst du die Dame da drüben?“

Nicolas hob den Kopf und sah, wohin Evan zeigte. „Miss Margaret?“

„Ja. Sie hat mich heute angerufen und gefragt, ob ich ein Zuhause für dich habe. Würdest du gerne mit zu mir nach Hause kommen und bei mir wohnen? Wäre das okay?“ Evan wusste, dass er Nicolas die Wahl lassen musste. „Ich habe ein Zimmer für dich eingerichtet“, sagte Evan und fügte hinzu: „Magst du Segelboote?“ Nicolas nickte. „Es hat eine Lampe, die wie ein Segelboot aussieht, und eine Segelbootbettdecke. Würdest du gerne mitkommen und es dir ansehen?“

Nicolas nickte langsam. Evan nahm ihn auf den Arm, stand auf und ging zurück zu Margaret, die auf sie wartete. Nicolas auf seinem Arm begann zu zappeln, und als er sich umdrehte, sah er, wie Clay das Bild aufhob und es Nicolas reichte.

„Wer ist das?“, fragte Nicolas, nachdem er sein Bild an sich genommen hatte.

„Das ist mein Freund Clay.“

Mit Nicolas, der sein Bild festhielt auf dem Arm, ging Evan aus der Kindertagesstätte und zurück zu Margarets Büro.

„Es gibt noch ein paar Formulare, die Sie unterschreiben müssten. Und ich habe noch ein paar Fragen.“

Evan nickte. Er hielt Nicolas fest umarmt und der kleine Junge klammerte sich an ihn. Es war nicht leicht, mit einem kleinen Jungen auf dem Arm auf einem der Stühle in Margarets Büro zu sitzen und Formulare zu unterschreiben, aber Evan dachte gar nicht daran, Nicolas loszulassen, und Nicolas schien ebenfalls entschlossen, sich festzuhalten.

„Was ist mit Nicolas, während Sie arbeiten? Haben Sie einen Kitaplatz oder dergleichen für ihn?“, fragte Margaret. Ihr Kuli schwebte über einem Blatt in Nicolas’ Akte.

„Ja. An meiner Schule gibt es eine Kita für die Kinder der Lehrer.“ Er war sicher, dass er diese Frage schon einmal beantwortet hatte.

„Ich komme im Lauf der Woche vorbei, um zu sehen, wie Sie zurechtkommen. Und sobald Nicolas sich ein wenig eingelebt hat, können wir für ihn einen Termin bei einem Trauertherapeuten ausmachen“, sagte Margaret und heftete die unterschriebenen Formulare in eine Akte.

„Kommen Sie Donnerstag zum Abendessen, wenn Sie möchten“, sagte Evan, und Margaret lächelte. „Ich weiß noch nicht, was es geben wird, aber Sie sind herzlich willkommen.“

Er stand auf und dankte ihr. Er hätte ihr auch die Hand geschüttelt, aber er hatte gerade keine frei. Sie schien Verständnis dafür zu haben.

„Wo sind seine Sachen?“, fragte Evan.

„Seine Eltern haben nicht viel hinterlassen, aber ich habe seinen Koffer hier. Wir haben noch ein paar andere Dinge, die bringe ich Ihnen mit, wenn ich vorbeikomme.“ Clay nahm den Koffer und sie gingen zur Tür. „Mr Donaldson“, rief sie ihm hinterher, „vielen Dank.“

Evan nickte leicht. „Nicolas, sag Miss Margaret auf Wiedersehen.“ Evan verwendete absichtlich den Namen, den Nicolas benutzt hatte, und beobachtete, wie Nicolas ihr winkte. Als sie das Gebäude verließen, rieb er sich die Augen.

„Clay hat deinen Koffer und dein Bild. Hast du Hunger?“ Nicolas nickte, sagte aber nichts. „Wo möchtest du zum Essen hingehen? Wir können gehen, wohin du willst.“

„Nach Hause. Ich will nach Hause zu Mama.“ Nicolas lehnte den Kopf an Evans Schulter und begann wieder zu weinen. Evan streichelte seinen Rücken und tröstete ihn, so gut er konnte.

„Ich weiß“, war alles, was er herausbrachte. Er wusste genau, wie Nicolas sich fühlte. „Willst du zu McDonalds?“, fragte Evan leise und Nicolas nickte. „Okay.“

Sie verließen das Gebäude und gingen zu Clays Auto. Evan setzte Nicolas in den Kindersitz und schnallte ihn an, dann setzte er sich neben ihn auf die Rückbank. Clay fuhr vom Parkplatz und reihte sich in den Verkehr ein. Durch den Samstagsverkehr zu kommen dauerte seine Zeit, aber kurz vor Mittag fuhr Clay auf den brechend vollen McDonalds Parkplatz. Evan hielt Nicolas' Hand, während sie über den Parkplatz gingen.

Drinnen war es genauso voll wie draußen und ohrenbetäubend laut. Nicolas hielt sich die Ohren zu und vergrub sein Gesicht in Evans Hosenbein. Evan beugte sich hinunter und hob ihn auf den Arm. „Schon okay, es ist nur laut“, beruhigte er ihn. Nicolas nahm die Hände von den Ohren und legte seinen Kopf auf Evans Schulter. Das war etwas, an das Evan sich wirklich gewöhnen konnte.

„Siehst du, ich hab dir doch gesagt, dass du ein großartiger Vater sein wirst“, sagte Clay, der neben ihm stand, leise.

„Was hättest du gerne? Ein Happy Meal?“, fragte Evan und Nicolas nickte. „Mit einem Hamburger oder mit Chicken McNuggets?“

„Nuggets,“ sagte Nicolas leise in sein Ohr und klammerte sich fester an Evan.

„Clay, würdest du für uns bestellen? Ich suche uns eine stillere Ecke.“

„Sicher.“ Clay lächelte und Evan ging durch das Restaurant, um eine Ecke und in den hinteren Bereich. Der Lärm ließ sofort deutlich nach.

„Besser?“, fragte Evan und setzte Nicolas auf einen Stuhl. „Was machst du gerne, außer schöne Bilder zu malen?“ Nicolas zuckte die Schultern. „Gehst du gerne auf den Spielplatz?“

„Ja. Ich mag Schaukeln“, antwortete Nicolas leise.

„Möchtest du morgen in den Park gehen? Wir können schaukeln und du kannst rutschen." Evan sprach mit Begeisterung, konnte Nicolas aber nicht mitreißen. Nicolas nickte nur und sah ihn stumm an. Der verlorene Ausdruck in den Augen des kleinen Jungen war herzzerreißend.

Clay stellte das Tablett in die Tischmitte und Evan nahm Nicolas' Essen und stellte es vor ihn hin. Nicolas kniete sich auf den Stuhl und aß eine Pommes. Seine Augen huschten ruhelos durch den Raum. Evan ignorierte sein eigenes Essen und beobachtete jede Bewegung, die Nicolas machte. Er zuckte zusammen, als Clay seine Hand berührte.

„Mach dir keine Sorgen, Evan, er ist okay. Es ist nur alles neu für ihn und er muss die Eindrücke erst noch verarbeiten."

Evan war nicht sicher, ob er das glauben sollte, aber er zwang sich dazu, sich zu entspannen. Er warf einen Blick auf das Tablett und sah, dass Clay ihm einen Salat mit fettarmem Dressing und eine Cola Light besorgt hatte. Clay zwinkerte ihm zu. „Hast du etwa geglaubt, ich wüsste nicht, was du willst? Komm, iss was."

Evan machte sich über seinen Salat her, behielt dabei aber stets Nicolas im Auge, der langsam etwa die Hälfte seiner Pommes und Nuggets aß.

„Nicky, hast du Lust, da drüben spielen zu gehen?", fragte Clay und zeigte auf den Spielplatz mit seinen Rutschen, Röhren und bunten Bällen. Er stand auf und hielt Nicolas die Arme hin, und Nicolas ließ sich von ihm hochheben. Evan aß seinen Salat und beobachtete, wie Clay Nicolas dabei half, seine Schuhe auszuziehen. Der kleine Junge rannte nicht sofort fröhlich kreischend umher wie die anderen Kinder, und Evan aß seinen Salat in Rekordzeit auf.

Durch das Fenster konnte er sehen, wie Clay auf verschiedene Dinge zeigte und Nicolas ihn groß ansah. Clay ging mit Nicolas zu einer der Leitern und hielt sie fest, während Nicolas hochkletterte. Oben angekommen sah Nicolas sich um, und Clay nickte ihm, offenbar ermutigend, zu. Nicolas verschwand aus Evans Blickfeld und tauchte dann am Ende der Rutsche wieder auf. Und lächelte.

Evan wusste, dass er sich an diesen Moment erinnern würde, solange er lebte. Er beobachtete, wie Clay Nicolas auf die Füße half und wie sie beide lächelten. Er wünschte sich, einen Fotoapparat dabei zu haben, und angelte in seiner Tasche nach seinem Handy. Evan stand vom Tisch auf und ging zur Tür. Als er sie öffnete, hörte er wie Clay sagte: „Du schaffst das, Nicky."

Nicolas, nun etwas selbstsicherer, krabbelte die Leiter rauf und rutschte. Er lachte nicht laut oder kreischte vor Begeisterung wie die anderen Kinder, aber als er am Ende der Rutsche ankam, lächelte er wieder, und Evan schoss schnell ein Foto mit seinem Handy. Er machte noch eins, als Clay Nicolas aus den Bällen herausfischte und auf den Arm nahm. Für einen Moment waren ihre lächelnden Gesichter dicht nebeneinander. Evan schoss noch ein Foto. Er hatte keine Ahnung, ob sie gut waren oder nicht, aber das war egal.

„Seid ihr zwei mit Essen fertig?"

Nicolas ignorierte die Frage, aber Clay nickte. Evan ging zu ihrem Tisch und räumte den Müll weg, dann kam er zurück zum Spielplatz. „Evan, spiel mit", sagte Nicolas, nahm seine Hand und zog ihn zu der Wanne mit den Bällen.

„Ja, Ev, spiel mit", neckte Clay ihn.

Am Ende standen sie beide nah an einem der Fenster und beobachteten Nicolas beim Spielen. Evan fühlte Clay neben sich, nah und beruhigend und tröstlich. „Danke", sagte er leise, ohne die Augen von Nicolas abzuwenden.

„Ev", sagte Clay leise, beinahe flehentlich, und Evan drehte sich zu ihm um. Clay schluckte, sagte aber nichts mehr.

Evan fühlte die alte vertraute Sehnsucht in sich aufsteigen; sie war während der Schule und in den ersten Jahren danach ein täglicher Begleiter gewesen. Während er mit Leo zusammen gewesen war, hatte sie stark nachgelassen, aber jetzt war sie zurück, und wie eine alte Verletzung an einem kalten Morgen erinnerte sie ihn daran, dass sie nie ganz verschwinden würde.

Nicolas kam zu ihm und Evan riss sich von seinen Sehnsüchten los. „Bereit, dein neues Zimmer zu sehen?", fragte Evan und Nicolas nickte. Er sah sich noch einmal um, dann ließ er sich von Evan dabei helfen, seine Schuhe wieder anzuziehen.

Als sie vor Evans Wohnblock parkten, war Nicolas in seinem Kindersitz fast eingeschlafen. Aber sobald das Auto anhielt, öffneten sich seine Augen wieder.

„Ich bring seinen Koffer rein", sagte Clay vom Fahrersitz. Evan nickte nervös und half Nicolas aus dem Kindersitz. Mit ihm an der Hand ging Evan ins Haus und Clay folgte ihnen mit dem Koffer.

Nicolas mochte den Aufzug nicht. Während der gesamten Fahrt klammerte er sich an Evan fest. Als der Aufzug anhielt und die Türen sich öffneten, rannte er auf den Flur hinaus, wo er stehenblieb und auf sie wartete.

„Hier wohnen wir“, sagte Evan und zeigte auf seine Tür. Nicolas sah ihn lediglich an und Evan nahm seine Hand. Der Junge drehte sich um, um zu sehen, ob Clay mitkam. Evan schloss die Tür auf und Nicolas trat ein, dann blieb er stehen und weigerte sich, weiterzugehen.

„Was ist?“, fragte Evan und machte das Licht an. „Du musst keine Angst haben.“ Er nahm Nicolas’ Hand und zeigte ihm die Wohnung, erklärte ihm, was wo war. Als sie das Badezimmer erreichten, murmelte Nicolas, dass er mal müsste. „Kannst du alleine gehen?“

Nicolas nickte und Evan stand vor der Tür und machte sich Sorgen, bis er die Toilettenspülung hörte und der Klodeckel herunterklappte. Nicolas kam aus dem Bad. Neugierig sah er die geschlossene Tür gegenüber an und fragte leise: „Was ist da drin?“

„Das ist dein Zimmer“, sagte Evan und sah Clay an, als der die Zimmertür öffnete. Nicolas ging rein und sah sich um und sprang dann mit einem Satz aufs Bett.

„Ich mag Boote“, sagte Nicolas und strampelte mit den Beinen.

Clay betrat hinter ihnen das Zimmer und legte den Koffer neben Nicolas aufs Bett. Nicolas setzte sich sofort auf und öffnete mit ungeschickten Händen die Schnallen; aus dem offenen Koffer zog er ein altes, ehemals weißes Kaninchen mit Schlappohren, alles andere ignorierte er. Das Stofftier an sich gedrückt, rollte Nicolas sich auf dem Bett zusammen und gähnte. Unsicher, was er tun sollte, ging Evan zum Bett und umarmte Nicolas. Er nahm den Koffer vom Bett und deckte das bereits halb schlafende Kind zu, dann schlichen er und Clay leise aus dem Raum. Evan ließ die Tür angelehnt und ging langsam ins Wohnzimmer. Er wagte es kaum, zu atmen.

„Mach dir keine Sorgen, Evan, ihm geht’s gut“, versicherte Clay ihm, als er sich neben ihn aufs Sofa setzte. „Er scheint wirklich sehr angetan zu sein von dir.“

„Von dir aber auch. Er hat tatsächlich gelächelt.“ Evan holte sein Handy aus der Tasche und zeigte Clay die Bilder.

„Ich weiß, aber hast du bemerkt, wie er sich ständig umgesehen hat?“

„Ja. Ich vermute, er sucht seine Eltern. Er versteht nicht, dass sie nicht wiederkommen werden“, sagte Evan. Er fragte sich, was er diesbezüglich tun sollte. „Ich weiß, dass er Zeit braucht, um es zu verstehen, aber es bricht mir das Herz.“

Clay nickte. „Aber du bist genau die richtige Person, ihm dabei zu helfen und ihn zu lieben. Und Himmel noch mal, Evan, das tust du doch schon. Dieser kleine Junge hat dein Herz gestohlen."

„Nicht mein ganzes Herz", entgegnete Evan leise. Er war sich nicht sicher, was er sagen sollte und wollte.

„Ich weiß, es war heute alles etwas viel für dich, heute Morgen erst die Sache mit Leo und jetzt das, aber würdest du etwas ändern wollen?"

Evan nickte mit dem Kopf. „Ja, das würde ich", antwortete er, ging aber nicht weiter darauf ein. Stattdessen stand er vom Sofa auf und ging in die Küche, aber dort angekommen konnte er sich nicht mehr erinnern, was er eigentlich gewollt hatte. Als er ins Wohnzimmer zurückkam, sah Clay ihn vom Sofa aus erwartungsvoll an. „Was hat sich geändert, Clay?"

„Was meinst du?"

Evan trat näher und sagte leise: „Du weißt sehr genau, was ich meine. Die letzte Nacht an der St. Bartholomäus. Was hat sich geändert?"

Clay rutschte auf dem Sofa hin und her. „Ich bin erwachsen geworden, Evan. Wir waren doch nur Kinder damals."

„Du bist erwachsen geworden", sagte Evan ruhig und verschränkte die Arme vor der Brust. „Ich war also nur eine kindische Laune, willst du mir das damit sagen?"

„Nein", entgegnete Clay schnell. „Du warst keine Laune, niemals, aber ich musste erwachsen werden."

„Das sagtest du bereits", erwiderte Evan und sah seinen besten Freund wütend an. „Diese Nacht war die unvergesslichste Nacht meines Lebens. Ich hatte zum ersten Mal mit dem Menschen geschlafen, der mir auf der Welt am meisten bedeutet, und ich dachte, es hätte dir ebenfalls etwas bedeutet. Aber da hab ich mich offensichtlich geirrt."

„Du hast mich wirklich geliebt?", fragte Clay, und die Überraschung war ihm deutlich anzusehen.

„Natürlich habe ich das. Ich habe dich jahrelang geliebt, aber jetzt glaube ich fast, dass es nur eine kindische Idee war, an der ich viel zu lange festgehalten habe. Scheiße, kein Wunder, dass es mit Leo nicht funktioniert hat."

„Was hat denn das damit zu tun?", entgegnete Clay defensiv.

„Als er heute Morgen hier war, sagte er, er hätte immer das Gefühl gehabt, dass drei Leute in unserer Beziehung waren: er, ich und du. Und er hatte recht, weil ich dich nie ganz hab loslassen können. Aber genau das muss ich jetzt wohl tun. Ich habe mich jahrelang nach dir gesehnt und ich denke, es ist Zeit, dass das aufhört."

Clay sah überrascht aus, um nicht zu sagen, geschockt. „Evan, du bist mein bester Freund, der beste Freund, den ich je hatte. Ich will dich nicht verlieren."

„Wir können Freunde bleiben, Clay, aber ich glaube, ich brauche jetzt erst mal Zeit für mich. Ich weiß, dass du für mich nicht dasselbe empfindest wie ich für dich. Gib mir ein bisschen Zeit, das für mich zu klären. Und du musst entscheiden, was du willst. Ich glaube nicht, dass die Eiskönigin wirklich die Partnerin ist, mit der du den Rest deines Lebens verbringen willst, sonst hättest du in der Beziehung schon längst Nägel mit Köpfen gemacht. Aber ich bin es auch nicht, und ich muss das akzeptieren." Clay stand auf und kam auf ihn zu, aber Evan wich zurück. „Das ist nicht dein Schuld, Clay, ich weiß das. Gib mir einfach nur ein bisschen Zeit." In seinem Innern gab der Wall, den er um seine Gefühle gebaut hatte, nach. „Weißt du, ich hab wirklich geglaubt, ich könnte einfach nur dein Freund sein. Aber ich denke nicht, dass ich so weitermachen kann."

„Aber, Ev, das ist nicht so einfach." Clay sah zwiegespalten aus und ein bisschen verloren.

Evan trat dicht an ihn heran, reckte sich zu Clay hinauf und drückte seinen Mund auf Clays. Er schlang seine Arme um ihn, zog Clay fest an sich und küsste ihn mit allem, was er hatte, packte all seine jahrelang unterdrückte Liebe, seinen Kummer und seinen Schmerz in diesen einen Kuss. Dann wurde er sanfter und trat schließlich zurück. „Da. Wenn die Eiskönigin das auch kann, dann seid ihr perfekt füreinander."

Ein leises Rascheln am Ende des Flurs erregte seine Aufmerksamkeit und Evan drehte sich sofort zu Nicolas' Zimmer um. „Du musst entscheiden, Clay, was du wirklich willst." Damit kehrte er Clay den Rücken zu und ging den Flur hinunter zu Nicolas' Zimmer. Er schob vorsichtig die Tür weiter auf und spähte ins Zimmer hinein. Nicolas war unruhig und warf sich im Schlaf hin und her. Evan betrat das Zimmer, setzte sich auf die Bettkante und streichelte dem Jungen sanft über den Rücken, bis er sich beruhigte und in tiefen Schlaf sank. Während er dasaß, hörte Evan, wie die Wohnungstür zufiel. Clay war fort ... wieder einmal ... und Evan wünschte sich nichts sehnlicher, als ihm hinterherzulaufen und ihn zurückzuholen.

„Daddy?", fragte Nicolas, als er die Lider aufschlug. Mit großen Augen sah er zu Evan hoch.

„Ich bin Evan, erinnerst du dich? Du bist jetzt bei mir, alles ist gut. Es wird alles gut werden.“ Die Worte waren für Nicolas bestimmt, aber Evan fragte sich, ob er sich nicht auch selbst zu trösten versuchte. Er nahm Nicolas auf den Arm und trug ihn ins Wohnzimmer. Nicolas, sein Kaninchen fest umklammert, legte seinen Kopf auf Evans Schulter.

„Ich will Mama“, jammerte Nicolas und klammerte sich an Evan.

„Ich weiß“, erwiderte Evan sanft und setzte sich aufs Sofa. „Ich war nicht viel älter als du, da sind meine Mama und mein Daddy auch gestorben“, erklärte Evan. Das war ein bisschen übertrieben, aber es war für einen guten Zweck.

Nicolas hob den Kopf und sah Evan an. „Bist du auch zu einer Pflegefamilie gekommen?“

„Ja, das bin ich“, gab Evan zu. „Aber du bist nicht mehr bei einer Pflegefamilie. Du kannst bei mir bleiben, solange du willst.“

„Bis Mama und Daddy wiederkomme?“, fragte Nicolas und rieb sich die Augen.

Evan schüttelte langsam den Kopf. Er wusste, das er ehrlich sein musste. Das war die einzige Lösung. „Deine Mama und dein Daddy kommen nicht mehr zurück. Sie sind im Himmel, weißt du noch? Aber ich werde dich genauso liebhaben und mich genauso gut um dich kümmern, wie sie das tun würden, wenn sie noch hier wären. Versprochen. Ich werde nicht zulassen, dass dir was passiert. Okay?“ Evan nickte langsam.

„Okay“, sagte Nicolas. Er strampelte, um abgesetzt zu werden.

„Möchtest du etwas Saft trinken?“

„Ja“, sagte Nicolas.

„Ja was?“

„Ja bitte“, antwortete Nicolas.

Evan stand vom Sofa auf, hielt Nicolas seine Hand hin und führte ihn in die Küche. Dort öffnete er einen Schrank und kramte nach einem Papierbecher, dann nach dem Apfelsaft. „Sieht aus, als müssten wir einkaufen gehen. Schei…“ Evan unterbrach sich, bevor er das unanständige Wort ganz aussprechen konnte. Er brauchte so vieles für Nicolas! „Komm, wir gucken, ob es was Schönes im Fernsehen gibt.“

Nicolas flitzte ins Wohnzimmer und ließ sich im Schneidersitz auf dem Teppich vor dem Fernseher nieder. Evan fand einen Kinderkanal und Nicolas war beinahe sofort vollkommen gebannt von der *Sesamstraße*. Evan ließ sich aufs Sofa fallen. Ihm schwirrte der Kopf von all dem, was am Tag passiert war.

Leo hatte mit ihm Schluss gemacht und Evan hatte Clay faktisch weggeschickt. Oh Gott, was hatte er da nur angestellt? Clay hatte ihm mit dem ganzen rechtlichen Kram geholfen und sogar Sachen für Nicolas' Kinderzimmer gekauft! Evan ließ den Kopf gegen die Rückenlehne sinken und fragte sich, ob er sich Clay gegenüber noch mieser hätte verhalten können. Er streckte die Hand nach seinem Handy aus, um sich zu entschuldigen. Aber was konnte er sagen? Verdammt, er hätte einfach den Mund halten sollen.

Es klopfte leise an der Tür. Er stand auf, um nachzusehen, und stand vor einer lächelnden Wendy.

„Komm rein. Ich möchte dich jemandem vorstellen." Evan lächelte und winkte sie rein. „Wendy, das ist Nicolas." Nicolas sah vom Fernseher auf und beäugte die Besucherin argwöhnisch. „Nicolas, das ist Wendy. Sie ist unsere Nachbarin. Komm und sag hallo."

Er stand auf und kam zu ihnen herüber, versteckte sich dann aber hinter Evans Beinen und sagte nichts. Wendy kniete sich hin. „Hallo. Ich bin Wendy."

„Du musst dich nicht verstecken, Nicolas, sie ist wirklich nett." Evan stupste ihn sacht an, aber Nicolas weigerte sich, hinter Evans Beinen hervorzukommen. Evan nahm ihn auf den Arm und Nicolas vergrub sein Gesicht in Evans Schulter.

Wendy stand wieder auf. „Sieht aus, als ob du einen ziemlich heftigen Tag gehabt hättest."

Evan seufzte. „Du weißt nicht mal die Hälfte."

„Brauchen wir Eis?" In Punkto Futter für die Seele konnte man sich immer auf Wendy verlassen. „Ich bin gleich mit dem Cookies & Cream zurück."

Sie war weg, bevor Evan etwas sagen konnte, und kam kurz darauf mit einer Zwei-Liter-Packung Eis zurück, deren Anblick Nicolas zum Lächeln brachte.

„Bleib hier, okay?", sagte Evan. „Ich bring dir eine Portion." Er folgte Wendy in die Küche.

„Er ist total niedlich", sagte sie und löffelte Eis in zwei Schüsseln, dann einen Löffel in eine kleinere Schüssel für Nicolas.

„Aber immer noch traumatisiert vom Tod seiner Eltern. Er wird sich bekrabbeln, aber das wird seine Weile dauern", sagte Evan, während er Löffel und ein Geschirrtuch zusammensammelte. Wendy steckte das Eis in den Gefrierschrank und sie trugen die Schüsseln ins Wohnzimmer. Evan legte das

Geschirrtuch auf Nicolas' Schoß und gab ihm seine Schüssel, dann setzte er sich zu Wendy aufs Sofa.

„Okay, schieß los", sagte Wendy und zog die Füße neben sich aufs Sofa.

„Also, das mit Leo weißt du ja schon, und dass ich Nicky bekommen hab, auch", begann Evan und erzählte ihr dann von Clay. Er erzählte ihr, wie er sich in Clay verliebt hatte, als sie noch auf der Schule gewesen waren und dann von ihrer gemeinsamen Nacht, von Clays Verlobung und ihrer Freundschaft und dass er immer noch Gefühle für ihn hatte – einfach alles erzählte er ihr. Als er fertig war, war seine Eisschüssel leer und er dachte an einen Nachschlag. „Ich weiß nicht, was ich tun soll."

Wendy stellte ihre Schüssel beiseite. „Also, wenn du mich fragst, ich würde sagen, dass er auch Gefühle für dich hat, das aber nicht wahrhaben will. Du meintest, dass er immer wieder gesagt hat, dass er erwachsen geworden ist. Denkt er so oder die Eiskönigin?"

„Meinst du?", fragte Evan. Plötzlich fühlte er sich wieder hoffnungsvoll.

„Keine Ahnung. Ich frage nur", antwortete sie. Nicolas stand auf und brachte Evan seine leere Schüssel und das Geschirrtuch, dann kehrte er zu seinem Platz vor dem Fernseher zurück. „Liebst du ihn wirklich?"

„Ich habe ihn immer geliebt und genau das ist wohl das Problem. Ich dachte, dass Freundschaft mir reichen würde, aber das tut sie nicht. Ich will mehr. Aber ich schätze, mir wird auch langsam klar, dass ich in Wahrheit niemanden brauche." Evans Blick wanderte zu Nicolas, der auf dem Bauch lag, Kinn aufgestützt, und gebannt seine Sendung verfolgte. „Ich glaube, ich muss lernen, stark zu sein, für mich und für ihn."

Wendy lachte leise und schüttelte den Kopf. „Du warst immer schon stark, du hast es nur selbst nie geglaubt. Du hattest die Kraft, Leo gehen zu lassen, weil du mehr wolltest, und schau, du hast Nicolas bekommen. Deine Zeit wird schon noch kommen. Aber ich denke, du hast recht bezüglich Clay. Ich weiß, es ist ein absolutes Klischee, aber du musstest ihn gehen lassen. Wenn es so sein soll, dann werdet ihr zusammenkommen."

Evan hielt inne, als eine lang vergessene Erinnerung in ihm aufstieg. „Das hat Vater Val auch gesagt, als ich das letzte Mal mit ihm gesprochen habe. Vielleicht hatte er recht. Vielleicht waren wir nicht füreinander bestimmt."

„Oder vielleicht ist die Zeit einfach noch nicht reif. So oder so, du hast jetzt Nicolas, um den du dich kümmern musst." Wendy stand auf und sammelte die Schüsseln ein, um sie in die Küche zu bringen. „Konzentriere dich erst mal eine Weile darauf, Vater zu sein. Der Rest ergibt sich dann schon von selbst."

Als er Nicolas ansah, dachte Evan, dass das der beste Ratschlag war, den er seit langem erhalten hatte. Wenn das nur alles so einfach wäre.

Kapitel 6

Evan wachte auf, und wie jeden Morgen im letzten Monat horchte er auf ein Geräusch aus Nicolas‘ Zimmer. Da er keines hörte, sank er zurück in die Dunkelheit hinter seinen geschlossenen Lidern und ließ seine Gedanken schweifen. In der ganzen Zeit hatte er nicht ein Wort von Clay gehört und das machte ihm Sorgen. Evan hatte sich den letzten Monat über immer wieder Vorwürfe darüber gemacht, was er gesagt hatte und wie er sich gegenüber seinem besten Freund verhalten hatte.

Wobei, vermutlich, war es jetzt sein ehemals bester Freund.

Evan hatte seitdem sowohl mit Dex als auch mit Frankie gesprochen, aber sie hatten auch nichts von Clay gehört. Evan hatte ihnen erzählt, dass er und Clay sich gestritten hatten, hatte sich aber geweigert, ihnen zu sagen, worüber. Ehrlich gesagt war es Evan peinlich und er schämte sich über sein Verhalten. Er hätte mit Clay reden sollen, statt ihn, wie es ihm in seiner Erinnerung erschien, einer Inquisition zu unterziehen. Er vermisste seinen Freund ganz fürchterlich.

Seinen ersten Monat mit Nicolas hatte er dennoch nicht vergeudet. Normalerweise suchte er sich für den Sommer Saisonarbeit, um zusätzlich ein bisschen was zu verdienen und um etwas zu tun zu haben, aber dieses Jahr hatte er darauf verzichtete, und so hatten er und Nicolas viel Zeit miteinander verbringen können. Nicky, wie Evan ihn jetzt nannte, liebte den Strand, und sie waren zwei- oder dreimal die Woche am späten Nachmittag hingegangen. Evan nahm sich Stuhl und Sonnenschirm mit, so dass er sich hinsetzen und lesen konnte, während Nicky Löcher buddelte und im Sand spielte. Er blieb immer in der Nähe und machte auch um das Wasser einen großen Bogen, es sei denn, Evan nahm seine Hand. Evan war klar, dass das irgendwann enden würde, aber er wollte es genießen, solange es anhielt. Alles in allem war er glücklich, aber ...

Ein leiser, ihm unbekannter Laut drang an seine Ohren, und Evan warf die Decke zurück, schlüpfte in seinen Bademantel und ging über den Flur zu Nickys Zimmer. Als er die Tür öffnete, hörte er Nicky nach Luft ringen. Er klang, als würde er ersticken und dabei husten.

„Nicky“, sagte er sanft und machte die Segelbootlampe an. Ängstliche Augen starrten ihn an, während Nicky nach Luft rang. „Ganz ruhig, ich bin ja da.“

Evan hob Nicky aus dem Bett; er war eindeutig fiebrig, sein Schlafanzug war feucht und seine Haut klamm. Er schnappte sich eine Decke und wickelte Nicky darin ein, dann trug er ihn in sein Zimmer. Nachdem er ihn auf dem Bett abgesetzt hatte, zog er eine Hose und das erstbeste Hemd an, das er finden konnte, und schlüpfte in seine Schuhe, dann nahm er Nicky wieder auf den Arm.

„Es wird schon wieder gut werden“, sprach er beruhigend auf Nicky ein, während sein eigenes Herz nur so raste.

Er hastete aus dem Schlafzimmer, schnappte auf dem Weg zur Tür sein Portemonnaie und seine Schlüssel und drückte auf den Knopf für den Aufzug.

„Alles in Ordnung?“

Evan drehte sich um. Wendy steckte den Kopf aus ihrer halb geöffneten Tür. „Nicky hat Atemprobleme, ich fahre mit ihm ins Krankenhaus.“

„Möchtest du, dass ich mitkomme?“, fragte sie, aber Evan wusste, dass sie nicht angezogen war. Und solange konnte er nicht warten.

„Wir kommen schon klar. Ich ruf dich an, versprochen.“ Die Türen gingen auf und Evan betrat den Aufzug. Er drückte den Knopf für das Erdgeschoss und die Türen gingen wieder zu. Nicky reagierte nicht wie sonst auf den Aufzug und in dem engen Raum konnte Evan jeden einzelnen seiner mühsamen Atemzüge hören, und bei jedem betete er, dass es nicht Nickys letzter war.

Der elende Aufzug schien eine Ewigkeit zu brauchen und als die Türen endlich aufgingen, rannte Evan hinaus auf die dunkle Straße und zu seinem Auto. Die Schlüssel hatte er noch in der Hand und so schloss er schnell auf, setzte Nicky in seinen Kindersitz und hatte ihn in Rekordzeit angeschnallt.

„Wir fahren mit dir zu einem Arzt, der kann dir helfen, okay?“ Evan versuchte, ruhig zu sprechen, aber innerlich war er alles andere als ruhig. Er startete den Motor und fuhr los durch die beinahe leeren Straßen in Richtung Krankenhaus, das nur zwei oder drei Kilometer entfernt war.

Er parkte unter dem Vorbau vor der Notaufnahme und rannte um das Auto herum, schnallte Nicky ab, hob ihn aus dem Sitz und eilte mit ihm auf die Türen zu, die sich öffneten, sobald er näherkam. Jeglicher Anschein von Ruhe und Gelassenheit war komplett verflogen, als er zur Anmeldung stürzte und hastig sagte: „Ich brauche Hilfe. Er bekommt kaum noch Luft.“

Nicky klammerte sich an ihn. Seine Atemzüge hallten in Evans Ohren wider, und mit jedem einzelnen stieg Evans Panik.

„Was sind seine Symptome?", fragte die Rezeptionistin. Evan verlagerte Nicky auf die andere Hüfte, und sie hörte seinen mühsamen Atem. „Alles klar. Gehen Sie gleich durch und ich schicke jemanden zu Ihnen." Die Tür summte und Evan trug Nicky hindurch. „Folgen Sie mir bitte. Ich habe dem Doktor bereits Bescheid gesagt", sagte die Rezeptionistin, als sie an ihm vorbeiging, und Evan eilte hinter ihr her.

Sie führte ihn in ein kleines Behandlungszimmer, und er setzte Nicky auf dem Bett ab. Der kleine Junge sah vollkommen verängstigt aus und hätte vermutlich laut geweint, wenn er genug Luft bekommen hätte. So rannen ihm nur still die Tränen über die Wangen.

Eine Krankenschwester eilte ins Zimmer. Sie öffnete einen Schrank, nahm eine Tastatur heraus und begann, ihm alle möglichen Fragen zu stellen. Evan antwortete automatisch; seine Aufmerksamkeit galt Nicky. Die Krankenschwester zog ihm eine Atemmaske über und er versuchte sofort, sie wieder auszuziehen.

„Das ist okay – damit wird's dir besser gehen", sagte Evan beruhigend und streichelte Nickys Arm. Die Krankenschwester nestelte an ein paar Rädchen herum und sobald der Sauerstoff zu fließen begann, schien Nicky ein wenig leichter zu atmen. Nachdem sie noch Temperatur, Blutdruck und Puls gemessen hatte, ging die Krankenschwester, und ein paar quälend lange Minuten später kam ein Arzt herein.

„Ich bin Doktor Harry", stellte er sich ihnen vor. „Wo ist das Problem, kleiner Mann?", fragte er, seine Aufmerksamkeit ganz auf Nicky gerichtet. „Sie haben mir gesagt, dass du Schwierigkeiten hast, Luft zu holen." Der Arzt nahm sein Stethoskop, half Nicky dabei, sich aufzusetzen, und hörte seine Lungen ab. Er sah zu Evan hoch, als er fragte: „Hatte er in letzter Zeit Husten oder eine Erkältung?"

„Nein", antwortete Evan. „Nicky war immer gesund und munter, aber er ist erst seit einem Monat bei mir. Ich bin sein Pflegevater und ich hoffe, dass ich ihn adoptieren kann, aber ich weiß nur wenig über seine Krankheitsgeschichte", erklärte Evan, frustriert und verärgert darüber, dass er nicht besser helfen konnte.

Der Arzt horchte weiter ab. „Ist er gegen irgendetwas allergisch?"

„Nicht dass ich wüsste. Er hat in den letzten Tagen auch nichts gegessen, dass er nicht auch schon vorher gegessen hat.“ Evan fühlte, wie seine Panik langsam nachließ, jetzt wo ein Arzt Nicky untersuchte.

„Kannst du einmal ganz tief Luft holen?“, fragte der Arzt, und Nicky tat sein Bestes, aber es machte ihm sichtlich große Mühe. Evan fühlte, wie sein eigener Atem stockte.

„Seine Lungen sind eindeutig entzündet, aber ich höre keine Flüssigkeit, was sehr gut ist. Ich vermute mal, es ist ein Virus. Wir hatten in letzter Zeit einige Kinder mit Atemproblemen hier. War er mit anderen Kindern zusammen? In der Schule oder in einer Spielgruppe?“

„Wir waren nur am Strand.“

„Das kann's gewesen sein“, sagte Doktor Harry. „Wir werden ein leichtes Medikament zum Sauerstoff geben. Das sollte die Schwellungen abklingen lassen, und dann geben wir Ihnen ein Inhaliergerät und ein Medikament für ihn mit. Am Anfang sollten Sie es dreimal am Tag anwenden.“ Der Arzt wandte sich dem immer noch verängstigten Nicky zu. „Dir geht's bald wieder gut“, sagte er mit einem Lächeln. „Du warst sehr brav und ganz toll mutig.“ Nicky spähte durch die Maske zu dem Arzt hoch. „Ich muss gerade einen Moment mit deinem Daddy reden. Ist das okay, wenn du bei der Krankenschwester bleibst? Wir gehen nur bis vor die Türe, versprochen.“

Die Krankenschwester kam wieder herein und Evan trat mit dem Arzt vor die Tür. Er blieb so stehen, dass Nicky ihn sehen konnte.

„Ich würde ihn gerne noch ein paar Stunden zur Beobachtung hierbehalten, nur damit wir sicher sein können, dass alles in Ordnung ist“, sagte der Arzt. „Wie gesagt, ich denke, dass es ein Virus ist, aber ich will sichergehen, dass es nicht doch Asthma ist.“

„Was immer Sie für richtig halten“, antwortete Evan und sah zu Nicky hinüber, der ihn mit seinen großen, verängstigten Augen beobachtete.

„Ich komme später wieder, um sicherzugehen, dass das Medikament anschlägt.“

„Vielen Dank“, sagte Evan und kehrte zu Nicky zurück. Er setzte sich auf einen Stuhl neben seinem Bett und nahm eine kleine Hand in seine. Er holte sein Handy aus der Tasche und sah einen Balken beim Empfang. Ohne nachzudenken, drückte er eine der Kurzwahltasten.

„Evan, bist du das?“

„Ja, ich bin im St. Marys mit Nicky.“

„Ich bin ...“

Evan blickte hinunter auf das Display, das ihm mitteilte, dass die Verbindung getrennt worden war. Nicky wurde unruhig und Evan schob das Handy zurück in seine Tasche. Er würde einfach in ein paar Minuten noch mal versuchen Wendy anzurufen, wenn er bis dahin wieder Empfang hatte.

Nickys Augen, die ihn über die Sauerstoffmaske hinweg anstarrten, waren immer noch riesig, aber immerhin schien er leichter atmen zu können.

„Sei einfach ganz ruhig, niemand wird dir wehtun, versprochen", sagte Evan, als er Nicky eine Haarsträhne aus der Stirn strich und sich endlich erlaubte, tief durchzuatmen und zu hoffen, dass alles gut werden würde.

„Mr Donaldson", sagte eine Krankenschwester leise von der Tür her. „Im Wartezimmer ist jemand, der sagt, Sie hätten angerufen."

„Das muss Wendy sein. Ich habe sie gerade eben angerufen. Könnten Sie sie reinschicken?"

Die Krankenschwester sah verblüfft aus. „Ich weiß nicht, wen Sie angerufen haben, aber der Mann im Wartezimmer ist definitiv nicht Wendy. Er sagte, sein Name sei Clay."

Clay? Er hatte Clay angerufen? Evan zog sein Handy aus der Tasche und scrollte zu der zuletzt angerufenen Nummer, die in der Tat Clays war. Er hatte offenbar die falsche Kurzwahltaste gedrückt. „Können Sie ihn bitte reinschicken?" Er hatte keine Ahnung, was er zu dem Mann sagen sollte.

„Selbstverständlich", sagte die Krankenschwester sanft und verschwand aus der Tür. Ein paar Minuten später kehrte sie zurück, Clay dicht auf den Fersen.

„Wie geht's ihm?", fragte Clay, als er ins Behandlungszimmer eilte und sich auf die andere Seite von Nickys Bett stellte. Er sah aus, als ob er tagelang nicht geschlafen hätte.

„Es geht ihm schon besser und sie geben ihm ein Medikament zusammen mit dem Sauerstoff. Sie glauben, dass es ein Virus ist, aber sie wollen Asthma ausschließen, von daher werden sie wohl noch einige Untersuchungen mit ihm machen. Es tut mir leid, dass ich dich aus dem Bett geholt habe." Evan blickte ihn über das Bett hinweg an, seine Hand hielt immer noch Nickys. „Ich muss die falsche Kurzwahltaste gedrückt haben und als du abgehoben hast, hab ich wohl nicht richtig zugehört und ..."

„Schon okay, Evan", sagte Clay leise, dann wandte er seine Aufmerksamkeit dem kleinen blonden Jungen mit den großen Augen zu. „Kannst du jetzt wieder besser Luft holen?"

Nicky drehte den Kopf zu Evan.

„Erinnerst du dich an Clay? Er hat mir geholfen, dich zu mir zu holen", erklärte Evan. Er wünschte sich, mit Clay reden zu können, wirklich mit ihm reden zu können, aber jetzt war nicht der richtige Moment dafür, und das wusste er auch.

„Hi, Nicky", sagte die Krankenschwester, als sie wieder ins Zimmer kam. „Wir machen jetzt eine kleine Spazierfahrt mit dir in deinem Bett", sagte sie fröhlich. „Der Doktor will ein paar Fotos von dir von innen machen. Das wird gar nicht wehtun, versprochen." Nicky sah Evan an und er nickte. „Dein Daddy wird die ganze Zeit bei dir bleiben", sagte sie aufmunternd.

Evan sah Nicky an und hoffte, dass der Begriff ihn nicht verwirren oder traurig machen würde. Sie hatten nie über Namen oder Anreden gesprochen. Bisher hatte Nicky ihn Evan genannt und Evan hatte gedacht, dass Nicky sich letztendlich für die Anrede entscheiden würde, mit der er sich am wohlsten fühlte. Aber zu Evans Erleichterung war Nickys einzige Reaktion, jede Bewegung der Krankenschwester genau zu beobachten. Als sie hinter ihn trat, um die Schläuche, die zu der Atemmaske führten, für den Transport zu befestigen, versuchte er, sich umzudrehen, um zu sehen, was sie machte.

„Ich mache nur die Schläuche so fest, dass sie gleich mit dir fahren können", erklärte sie. Sie überprüfte, ob alles an der richtigen Stelle ordentlich befestigt war, dann löste sie mit einem metallischen Klicken die Bremsen des Bettes und schob es langsam aus dem Zimmer.

„Clay, ich ..." Er hatte das Gefühl, etwas sagen zu müssen.

„Mach dir keine Sorgen, Ev. Ich werde hier auf dich und Nicky warten", sagte Clay und setzte sich auf einen der Stühle, während Evan Nickys Bett folgte.

Sie liefen durch die Flure und während der ganzen Zeit hielt Nicky seine Hand umklammert und die Augen fest zugekniffen. „Es ist alles in Ordnung", sagte Evan immer wieder. Er wusste nicht, was er sonst sagen sollte, um Nicky zu beruhigen. Sie hielten an, und die Krankenschwester öffnete eine Tür und schob das Bett in einen abgedunkelten Raum, der voller Maschinen war, die leise summten. Sie stellte das Bett fast genau in der Mitte des Raumes ab.

Eine Frau trat ans Bett und sprach mit Nicky. „Wir machen nur ein Foto. Es wird überhaupt nicht wehtun. Dein Daddy wird dich jetzt hier auf den Tisch heben, okay?"

Nicky sah erst sie an und dann Evan, dann nickte er. Evan hob Nicky vorsichtig hoch und legte ihn auf den Untersuchungstisch, während die

Krankenschwester darauf achtete, dass die Schläuche nicht rutschten oder knickten.

„Du bist wirklich ein richtig tapferer großer Junge, Nicky", sagte Evan zu ihm. Er beobachtete, wie Nickys Augen alles um ihn herum aufmerksam verfolgten. Dann musste sich Nicky auf die Seite drehen.

„Jetzt einfach nur stillhalten, und wir machen die Fotos, dann sind wir auch schon fertig", sagte sie. Evan hielt auch weiterhin Nickys Hand, als die Maschine sich kurz bewegte und für eine Sekunde laut brummte. „Perfekt. Das war es schon."

Evan hob Nicky zurück ins Bett und deckte ihn mit der Decke zu. „Das hast du sehr gut gemacht", sagte Evan. „Ich bin stolz auf dich."

„Können wir jetzt nach Hause?", fragte Nicky, seine Stimme gedämpft durch die Maske. „Ich mag das Ding nicht", fügte er hinzu und zupfte an der Maske herum.

„Ich weiß. Wir gehen auch bald nach Hause. Erst müssen wir aber noch eine Fahrt mit dem Bett machen, um zu dem anderen Zimmer zurückzukommen, und dann müssen wir auf den Arzt warten."

Die Bremsen wurden gelöst und das Bett wurde langsam aus dem Raum gerollt, den Flur hinunter. Diesmal schien Nicky nicht ängstlich zu sein und als sie zu dem kleinen Untersuchungsraum zurückkamen, lächelte er Clay an, sobald er ihn sah.

„Na, warst du auch ein tapferer kleiner Mann?", fragte Clay, und Nicky lächelte und nickte.

„Er war spitze", fügte Evan hinzu und küsste Nicky auf die Stirn. Dann sah er auf und Clay an. Er fragte sich, was wohl im Kopf des Mannes vor sich ging, und hoffte, dass er eine Chance haben würde, sich mit ihm auszusprechen. Clay lächelte ihn matt an und wandte seine Aufmerksamkeit dann ganz Nicky zu. Dem kleinen Jungen fielen immer wieder die Augen zu und er riss sie jedes Mal mit einem Ruck wieder auf.

Evans Blick wanderte von Nicky zu Clay, den er lange beobachtete, dann wieder zu Nicky und zurück zu Clay. Erst das Eintreten des Arztes fixierte seine geteilte Aufmerksamkeit auf eine Stelle.

„Das Röntgenbild der Brust sieht sehr gut aus. Eine leichte Entzündung, aber das Medikament scheint da schon zu helfen. Ich stelle Ihnen noch ein Rezept aus für das Medikament, und wir geben Ihnen ein Inhaliergerät, das Sie nach Hause mitnehmen können. Wenn Sie noch nie eins verwendet haben, zeigt die Krankenschwester Ihnen gleich, wie Sie es benutzen. Ich schlage vor,

Sie rufen morgen früh bei seinem Kinderarzt an und machen einen Termin für eine Nachuntersuchung aus." Der Arzt ging zu Nicky hinüber. „Dir wird's bald wieder gut gehen, Kamerad. Du hast deine Sache wirklich gut gemacht", fügte er hinzu und gab Nicky einen Lutscher. „Der ist für dich, aber erst essen, wenn es dir wieder besser geht, okay?"

Nicky lächelte unter der Maske und der Arzt ging. Die Krankenschwester kam kurze Zeit später wieder und nahm die Maske ab, sehr zu Nickys Erleichterung. Dann zeigte sie Evan, wie er das Inhaliergerät anwenden musste. Nachdem Evan noch einige Formulare für die Krankenkasse unterschrieben hatte, hob er Nicky vom Bett und auf den Arm.

Mit Nicky, Inhaliergerät und Rezept in der Hand, gingen sie zur Aufnahme, wo Evan seine Versichertenkarte abgab. Wenn die Kasse Ärger machte wegen Nicky, würde er sich später darum kümmern. Jetzt war es erst mal wichtig, Nicky nach Hause zu bringen. Er unterschrieb noch ein paar Formulare, dann waren sie auch schon auf dem Weg nach draußen.

„Ich fahr hinter euch her", sagte Clay. Evan nickte lediglich, schloss das Auto auf und setzte Nicky in seinen Kindersitz. Die Fahrt war nur kurz und nachdem er Nicky aus dem Auto geholt hatte, wartete Evan vor seiner Haustür auf Clay. Der Mann trug einmal mehr Nickys Sachen.

Nicky blieb still, als sie in den Aufzug stiegen. Er hielt sich an Evan fest und vergrub seinen Kopf an Evans Schulter. Als sie in der Wohnung waren, machte Clay eine kleine Lampe in einer Wohnzimmerecke an, während Evan sich mit Nicky auf dem Schoß aufs Sofa setzte.

„In der zweiten Schublade seiner Kommode sind Nickys Schlafanzüge, würdest du mir einen frischen holen? Er hat so geschwitzt und ich würde ihn gerne umziehen."

Clay nickte und verschwand in Nickys Zimmer. Kurz darauf kam er mit einem frischen Schlafanzug und frischer Unterwäsche wieder.

„Aufstehen, mein Schatz", sagte Evan leise und Nicky stellte sich aufs Sofa und ließ sich von Evan aus- und anziehen, bevor er sich wieder in Evans Arme kuschelte.

„Clay, du musst nicht hierbleiben, wenn du nicht willst", flüsterte Evan, während er auf jeden Atemzug Nickys horchte. Er klang schon sehr viel besser und schien sogar wieder einzuschlafen.

„Ev", erwiderte Clay leise und Evan fühlte seine Hand auf seiner Schulter. „Natürlich bleibe ich hier."

Die Finger fühlten sich so warm an durch sein Hemd. Evan konnte nur mit Mühe dem Drang widerstehen, sich an Clay anzulehnen. Er durfte nicht mehr in die Berührung hineinlesen, als den Wunsch eines Freundes, Trost und Unterstützung zu geben.

„Geh ruhig schlafen, mach dir um mich keine Gedanken."

Evan seufzte und stand vorsichtig auf. „In dem kleinen Schrank vor dem Bad sind Kissen und Decken."

„Ich weiß", sagte Clay. „Ich hab dir schließlich beim Umzug geholfen, weißt du noch?"

Er wusste es noch. Clay hatte eine Kiste nach der anderen aus der alten Wohnung hoch in die neue getragen. Leo hatte nicht helfen können; er hatte gesagt, dass es ihm nicht so gut ginge. Clay war dafür den ganzen Tag geblieben und hatte geholfen, hatte Zeug in und aus dem Aufzug getragen und ein paar Teile sogar die drei Stockwerke hochgeschleppt. Und Evan musste sich gestehen, dass es ihm wohler war, wenn Clay hier war.

„Du bist immer da, wenn ich Hilfe brauche", sagte er leise, dann verschwand er den Flur hinunter.

Er hielt kurz vor Nickys Zimmer inne, aber er brachte es nicht übers Herz, Nicky zurück in sein Bett zu bringen, und so trug er seinen Sohn in sein eigenes Schlafzimmer und legte ihn auf die Bettseite, die der Wand am nächsten war. Evan zog die Decke über ihn, und Nicky rollte sich zusammen, Kopf auf dem Kissen und schon fast eingeschlafen. Evan ging in Nickys Zimmer und holte sein Kaninchen, das er Nicky gab. Das schien das Letzte zu sein, das Nicky noch gefehlt hatte. Er zog das Stofftier fest an sich und schloss die Augen.

Evan bewegte sich vorsichtig durch das dunkle Zimmer, als er sich einen frischen Schlafanzug anzog und unter die Decke schlüpfte. Leise Geräusche drangen an sein Ohr: das Quietschen des Sofas, wenn Clay sich bewegte, Nickys leiser Atem. Stundenlang horchte er auf erneute Anzeichen von Schwierigkeiten, bis er endlich einschlief.

Schritte im Wohnzimmer weckten ihn, als Licht durch das kleine Schlafzimmerfenster drang. Nicky neben ihm schlief noch; er schien sich im Lauf der Nacht nicht gerührt zu haben. Seine Atmung klang, als hätte er eine leichte Erkältung, und Evan machte sich eine mentale Notiz, zur Apotheke zu gehen und das Rezept abzugeben, sobald Nicky wach war. Er glitt aus dem Bett und verließ das Zimmer, so leise er konnte und tappte weiter bis in die Küche, wo Clay neben dem Kühlschrank stand und, offenbar noch im Halbschlaf, aus einem alten Kaffeebecher trank.

„Konntest du schlafen?", fragte Clay und reichte Evan einen Becher.

„Ein bisschen, glaube ich. Nicky schläft noch tief und fest, was sehr gut ist. Er klingt, als hätte er eine Erkältung. Sobald er wach ist, gehe ich zur Apotheke und hole sein Medikament."

Clay nahm einen Schluck aus seinem Becher und ging ins Wohnzimmer. Evan folgte ihm und setzte sich neben ihn aufs Sofa.

„Ich wollte dich schon vor einer Weile anrufen, Ev, aber ..."

Evan stellte seinen Becher auf dem Sofatisch ab und unterbrach ihn. „Es war mein Fehler. Ich hätte das nicht tun sollen, hätte dich nicht so behandeln dürfen. Das war weder richtig von mir noch war es fair dir gegenüber. Was ich für dich empfinde, ist meine Sache, und ich hätte es nicht zu deiner Angelegenheit machen sollen oder Konditionen für unsere Freundschaft aufstellen dürfen. Das war nicht fair. Ich kann –"

Clay starrte ihn an. „Ev", unterbrach er schließlich, „du hattest recht. Alles was du gesagt hast, stimmte. Ich habe mich hinter Sheila versteckt. Vor ein paar Tagen habe ich mit ihr Schluss gemacht. Ich war nicht glücklich und ich bezweifle, dass sie es war. Evan, du hast mich gebeten, darüber nachzudenken, was ich will, und das habe ich. Ich habe die ganzen letzten Wochen über an fast nichts anderes gedacht, und als du angerufen hast, hätte ich nicht wegbleiben können, selbst wenn mein Leben davon abgehangen hätte. Ich bin immer für dich da gewesen."

„Ich weiß", murmelte Evan. Clay war ihm beständig Hilfe und ein Fels in der Brandung gewesen – das war einer der Gründe, warum er sich überhaupt erst in ihn verliebt hatte.

„Warte, lass mich ausreden. Ich bin immer für dich da gewesen, weil du immer für mich dagewesen bist. Ich konnte in der Schule immer auf dich zählen und später, als das Jurastudium so viel wurde, da warst du derjenige, der mich überzeugt hat, dranzubleiben und die Sache Schritt für Schritt anzugehen. Ich weiß, dass der Kontakt danach nicht mehr so eng war, wie er hätte sein können – sein sollen – aber du warst immer für mich da. Und ich habe das immer gewusst." Clay rückte näher und Evan sah ihn schlucken. „Ev, ich will –"

„Daddy?"

Evan wurde stocksteif, als er Nickys Stimme hörte. War er gemeint? Das schien zu schön, um wahr zu sein. Nicky, der sich noch die Augen rieb, kam zum Sofa und kletterte auf Evans Schoß.

„Daddy, ich hab Hunger. Kann ich Toast mit Nutella?“

Evan dachte, sein Herz würde vor Glück zerspringen. Nicky hatte ihn *Daddy* genannt! „Du kannst alles haben, was du willst“, antwortete er, erleichtert, dass es Nicky wieder gut ging und ekstatisch, weil er zum ersten Mal in seinem Leben Daddy genannt worden war. Evan wusste nicht, was genau er eigentlich erwartet hatte, aber von Nicky so angesprochen zu werden, das war unerwartet wundervoll. Evan umarmte Nicky und sah über dessen Schulter Clay an, der zurückstrahlte.

„Was hältst du davon, wenn ich zur Apotheke gehe und Nickys Medikament hole, während du ihm was zu essen machst?“, bot Clay an. „Es sollte ja nicht so lange dauern.“

„Musst du nicht arbeiten gehen?“

„Heute ist Sonntag“, erinnerte Clay ihn mit einem selbstzufriedenen Lächeln. „Bin gleich wieder da“, fügte er mit einem Augenzwinkern hinzu und lehnte sich vor. „Wir haben noch ein Gespräch zu beenden“, sagte Clay mit tiefer, vieldeutiger Stimme, die Evan erschauern ließ. Nachdem Clay weg war, trug Evan Nicky in die Küche und steckte Toast in den Toaster.

„Hat Clay bei dir übernachtet?“, fragte Nicky, als Evan ihn absetzte, um Nutella auf den Toast zu schmieren.

„Er hat auf dem Sofa geschlafen“, erklärte Evan und schnitt den Toast in der Mitte durch.

„Warum?“, fragte Nicky und beobachtete Evan genau, als der den Teller zum Tisch trug. Evan goss ihm ein Glas Apfelsaft ein, und Nicky kletterte auf seinen Stuhl.

„Er hat sich Sorgen gemacht, weil du krank warst“, antwortete Evan. Während er es das noch sagte, ging ihm auf, dass Clay seinetwegen geblieben war: Er hatte sich Sorgen um Evan gemacht.

Evan holte seinen Kaffeebecher und setzte sich zu Nicky an den Küchentisch. Nicky aß und redete wie ein Wasserfall über das Krankenhaus letzte Nacht, aber Evan hörte ihm kaum zu. Seine Gedanken kreisten um Clay.

„Daddy?“, fragte Nicky und Evan riss sich aus seinen Gedanken. „War ich ganz mutig in dem unheimlichen Krankenhaus?“

„Ja, das warst du“, versicherte Evan ihm. „Du warst sehr mutig und ich war sehr stolz auf dich.“ Nicky hatte gerade die erste Hälfte des Toasts aufgegessen und Evan umarmte seinen Sohn. „Iss das noch in aller Ruhe auf. Wenn Clay zurückkommt, werde ich dir deine Medizin geben."

Nicky zog eine schreckliche Grimasse.

„Du musst sie nicht essen. Es ist Medizin, die man einatmet. Alles was du tun musst, ist, auf meinem Schoß zu sitzen, während ich das Inhaliergerät vor dein Gesicht halte."

„Kein ekliges Zeug?", fragte Nicky und verzog ungläubig das Gesicht.

Evan schmunzelte und sagte: „Nein, kein ekliges Zeug."

Nicky aß seinen Toast auf und danach half Evan ihm, sich zu waschen und die Zähne zu putzen. Sie waren fast fertig, da ging die Wohnungstür auf. Evan bestand darauf, dass Nicky sich erst noch den Mund ausspülte, bevor er ihn laufen ließ. Während er das Badezimmer aufräumte und sich anzog, hörte er, wie sich Nicky und Clay im Wohnzimmer unterhielten. Er konnte nicht hören, was sie sagten, aber er hörte Nicky kichern. Nachdem er die Handtücher aufgehängt hatte, ging er zurück ins Wohnzimmer, stellte das Inhaliergerät ein und fügte die empfohlene Dosis des Medikaments hinzu. Er nahm Nicky auf den Schoß, stellte das Gerät an und hielt den Zerstäuber vor Nickys Mund und Nase.

„Lehn dich einfach ganz locker zurück, okay?"

Nicky nickte und sank förmlich in Evans Umarmung. Das musste das beste Gefühl der Welt sein, einfach nur seinen Sohn ihm Arm zu halten. Clay saß neben ihm in einem Sessel und beobachtete sie.

„Du gehst wirklich wundervoll mit ihm um."

„Danke", sagte Evan mit einem Lächeln, nicht sicher, was er sonst sagen sollte. „Ich liebe ihn. Mehr als ich jemals gedacht hätte, einen anderen Menschen lieben zu können."

Evan bemerkte, dass Nicky zu ihm hoch sah. Er nickte ihm ermutigend zu und küsste ihn auf die Stirn. Er wollte noch mehr sagen, verkniff es sich aber; er hatte letztes Mal schon genug gesagt.

„Evan, ich wollte dir, wenn wir allein sind, ein paar Dinge sagen. Aber wie es scheint, bist du nie alleine, also muss ich es dir jetzt sagen." Clay rutschte an die Sesselkante und Evan fühlte seine Hand über seinen Arm streichen. „Ich liebe dich, Evan, und ich glaube, das habe ich immer schon getan. Ich musste nur erst den Ar…" Clay sah zu Nicky und verstummte. „Also, den hochbekommen. Du verstehst schon."

„Ja, ich verstehe schon. Aber ist es das, was du wirklich willst? Ich hatte es ein Mal – das, was ich wirklich will. Und dann habe ich es verloren. Ich glaube nicht, dass ich das noch mal durchmachen könnte.“ Evan fühlte sein Herz wild und heftig in seiner Brust schlagen, aber er zögerte, Clays Worte zu glauben. „Bist du sicher, dass du bereit dafür bist, allen zu sagen, dass du schwul bist und einen Mann liebst?“

„Ich hatte mein Coming out schon mit meiner Familie. Sie waren nicht wirklich überrascht. Meine Mom meinte, sie hätte schon seit einer ganzen Weile darauf gewartet, dass ich aufwache. Scheint so, als wäre ich das endlich.“

Evan linste nach unten und bemerkte, dass Nicky neugierig zu ihm hoch guckte. Evan strich ihm beruhigend mit der Hand über den Arm und fühlte, wie sein Sohn sich wieder entspannte und sich an ihn lehnte.

Clay nahm Evans freie Hand in seine. „Ich weiß, dass es dir schwer fällt, das zu glauben. Aber ich habe ein paar Dinge entschieden, und das wichtigste davon ist, dass ich dich mehr liebe als irgendjemanden sonst auf der Welt. Ich habe dich fast von dem Tag an geliebt, an dem du in mein Zimmer im Schlafsaal gekommen bist und mich mit diesen riesigen Hundeaugen angesehen hast. Du bist mein bester Freund und der beste Mann, den ich in meinem Leben kennengelernt habe, und wenn du mich haben willst, werde ich den Rest meines Lebens damit verbringen, zu versuchen, dich glücklich zu machen.“

Evan war sprachlos vor Überraschung. Das war das allerletzte, womit er jemals gerechnet hätte. „Du meinst das ernst, oder?“

Es war mehr, als er jemals zu hoffen gewagt hatte. Wie viele Male hatte er sich gewünscht, dass Clay ihm sagte, was er für ihn empfand und dass er ihn liebte? Nicky zappelte unruhig und Evan beruhigte ihn und kontrollierte, ob er das Inhaliergerät noch richtig hielt, dann wandte er seine Aufmerksamkeit wieder Clay zu. Evan ertappte sich dabei, wie er in diesen wunderschönen braunen Augen versank; diesen Augen, von denen er geträumt hatte, solange er sich erinnern konnte.

„Das ist fast zu schön, um wahr zu sein“, sagte Evan und sah wieder hinunter auf Nicky, dessen Augenlider schwer zu werden schienen. Evan horchte und fand, dass Nickys Atem erneut um einiges besser klang.

Evan stellte das Gerät aus, stand auf und trug Nicky in sein eigenes Zimmer. Er deckte Nicky zu und Nicky kuschelte sich unter seine Decke und schloss die Augen. Evan sah sich um, dann ging er hinüber in sein Schlafzimmer und holte Nickys Kaninchen. Er kehrte zurück in das Zimmer seines Sohnes und gab Nicky das Stofftier. Prompt rollte Nicky sich zu einem Ball zusammen und schlief ein. Evan drückte ihm einen Kuss auf die Stirn und ließ die Tür angelehnt, als er zurück ins Wohnzimmer zu Clay ging.

„Schläft er?“, fragte Clay und klopfte auf das Sofakissen neben ihm.

„Ja“, seufzte Evan und setzte sich neben Clay. „Ich kann ihn gut verstehen. Ich habe letzte Nacht auch nicht viel geschlafen, obwohl ich mich besser gefühlt hab, dich hier zu wissen. Quasi wie in alten Zeiten.“

„Ich meinte das, was ich eben gesagt habe, Ev“, sagte Clay sanft und strich ihm mit der Hand über die Wange. „Ich hatte ganz vergessen, wie sich deine Haut an meiner anfühlt.“ Clay beugte sich vor. Evan blinzelte. Er konnte kaum glauben, dass dies wirklich geschah. „Vor einem Monat hast du mir einen unglaublichen Kuss gegeben.“

„Das hätte ich nicht tun sollen“, sagte Evan, aber glaubte es nicht wirklich.

„Doch, das hättest du – es hat mir geholfen zu verstehen, was ich vermisst habe.“ Clay hielt inne und sah Evan tief in die Augen. „Leidenschaft, wahre Gefühle und Liebe.“ Evan spürte Clays Hand seinen Nacken umfassen, seine Haut warm und weich an seiner. „Du hast mich daran erinnert, was ich will, und was ich will, das bist du.“ Clay lehnte sich noch näher und küsste ihn.

Vor einem Monat hatte Evan Clay fast verzweifelt geküsst, aber das hier, dieser Kuss, war ganz anders, weich und sanft. Clays Duft, sein Geschmack, erfüllten Evans Sinne, und er genoss die weiche Wärme seiner Lippen. Evan schloss die Augen und gab sich ganz seinen so lange unterdrückten Gefühlen für diesen Mann hin – für diesen Mann, der ihn küsste und näher rückte und ihn in seine Arme nahm.

Clays Zunge glitt neckend über Evans Lippe und Evan seufzte leise. Seine Lippen öffneten sich einladend, als Clay ihn näher zog, ihn fester küsste.

„Clay, was, wenn Nicky ...?“

Clay lehnte sich zurück und sah ihn durch halb geschlossene Lider an. „Wenn du willst, dass ich aufhöre, musst du es nur sagen.“

Evan horchte auf ein Geräusch aus dem hinteren Teil der Wohnung, aber er hörte nichts, nur den Schlag seines eigenen, wild pochenden Herzens. Als er Clay ansah, hatte Evan das Gefühl, vorwärts gezogen zu werden. Diesmal küsste er Clay und der Geschmack seiner Lippen brachte ihn um den Verstand. Sein ganzer Körper kribbelte und Evan küsste und küsste ihn. Er fühlte sich, als würde er fallen, aber es war nur Clay, der ihn rücklings aufs Sofa drückte, ihn mit seinem Gewicht in die Polster drückte, Arme um ihn geschlungen, Mund an Mund, zwischen ihnen geteilte Hitze.

Evan klammerte sich an Clays Rücken und wölbte sich seiner Berührung entgegen. Er wollte Clay dicht an sich spüren, wollte ihn auf jede nur erdenkliche Weise berühren. Keuchend unterbrach Evan den Kuss gerade lange genug, um nach Luft zu schnappen, dann stürzte er sich erneut in einen zermalmenden Kuss.

Je länger sie sich küssten, desto verschwommener wurde die Welt vor Evans Augen. Clays warme Hände glitten unter sein Hemd und Evan stöhnte, als Finger eine Brustwarze fanden. Sie zupften an der sensiblen Knospe, und beinahe hätte Evan aufgeschrien, aber er zwang sich, die Laute zu unterdrücken. Evan biss sich auf die Lippen, als Clays Mund über seinen Kiefer zu seinem Hals wanderte, die sensible Haut leckte und küsste.

Finger glitten zu der anderen Brustwarze und kniffen sie leicht. Evan rang nach Atem und um Kontrolle über seinen Körper. Das war es, was er seit der einen Nacht mit Clay gewollt hatte, wonach er sich gesehnt hatte, und sein Körper hungerte nach Clays Zärtlichkeit.

„Clay, ich kann mich nicht mehr lange … kontrollieren", keuchte Evan. Clay wählte diesen Moment, um seine freie Hand über Evans Brust und unter seinen Hosenbund gleiten zu lassen. Evan konnte nur mühsam sein lautes Stöhnen verschlucken, während Clay ihn unerbittlich reizte. „Clay, das mein ich ernst."

Lippen kamen näher, so nahe, dass er ihre Hitze spüren konnte. „Ich will nicht, dass du dich kontrollierst. Ich will sehen, was du tust, wenn du die Kontrolle verlierst." Clay küsste ihn erneut. „Wie du auf mich reagierst."

Evan fühlte, wie Clay seinen Gürtel öffnete, dann machte er sich mit geschickten Fingern an Evans Hose zu schaffen. Davon hatte er geträumt, das hatte er sich jahrelang immer wieder vorgestellt, und jetzt wurde es Realität. Er fühlte Clays Hände auf seiner Brust, wie sie über seinen Rücken glitten, in seine Hose, wie Clays Handflächen seinen Po umfassten und er ihn näher zog, sie aneinanderpresste. Durch die Lagen aus Stoff zwischen ihnen spürte er Clays Erregung hart und fest an seiner eigenen.

„Clay, bitte", hauchte Evan und küsste Clays Hals. Er zog und zerrte an Clays Hemd. Er musste ihn fühlen, ihn berühren. Clay kniete über ihm, seine Augen dunkel, als er sich das Hemd über den Kopf zog und sich dann über die Knöpfe an Evans Hemd hermachte. Der Stoff fiel auseinander und Clay küsste seine bloße Haut. Sie lagen Brust an Brust, Haut an Haut, und Clays Hände glitten unter ihn, umfassten erneut seinen Po.

„Mehr, ich will mehr, Clay, ich brauche mehr“, flehte Evan, und Clay drückte sich fester an ihn. Ihre Körper verschmolzen und sie verloren sich einer im anderen. „Oh, Clay, ich habe das so lange gewollt, habe mich so nach dir gesehnt.“

„Ich weiß, Ev. Es tut mir leid, dass ich so lange gebraucht hab, mir über alles klar zu werden.“ Clay presste die Worte zwischen zusammengebissenen Zähnen hindurch, als Evan an seinem Nacken eine sensible Stelle fand und sie mit Zähnen und Zunge attackierte.

Er konnte sich seinerseits kaum beherrschen, als Clay eine seiner Brustwarzen mit den Zähnen umfasste. „Clay!“

Ein lautes Klopfen an der Tür drang durch den Schleier seiner Leidenschaft. Evan ächzte und sackte zusammen, als es erneut klopfte. Clay stöhnte leise und sein Gewicht, das Evan in die Kissen gedrückt hatte, verschwand. Hastig knöpfte Evan sein Hemd zu, während Clay sich seins über den Kopf zog. Einigermaßen wiederhergerichtet, ging Evan zur Tür, während es zum dritten Mal klopfte. Er öffnete vorsichtig und spähte durch die Tür. Im Flur stand die Eiskönigin und blickte ihn kalt an.

„Clay ist hier, nicht wahr?“ Es war mehr Anklage als Frage.

„Entschuldige bitte?“, erwiderte Evan, verblüfft über ihre Schroffheit und mehr als nur ein bisschen überrascht. *Warum musste sie gerade jetzt auftauchen?* Die wenigen Male, die er sie getroffen hatte, war ihm Sheila immer sehr entschlossen und zielstrebig vorgekommen, aber jetzt sah sie aus wie die Eishexe des Teufels in Person mit ihrem streng geschnittenen Hosenanzug, die Haare so straff zurückgefasst, dass sich ihre Gesichtshaut spannte. Evan sah sich zu Clay um, dann blickte er zu Sheila zurück und überlegte, wie er sie wohl dazu bewegen konnte, einfach wieder zu gehen.

„Ich habe es bei ihm versucht, aber er war nicht zu Hause, ergo nehme ich an, dass er hier ist. Ich muss mit ihm reden.“ Sie stieß die Tür weiter auf und marschierte an Evan vorbei in seine Wohnung, schnurstracks auf Clay zu, der neben dem Sofa stand. „Was zum Teufel ist mit dir los?“, fuhr sie ihn an.

„Sheila“, unterbrach Evan sie, „ich würde es bevorzugen, wenn du Nicky nicht wecken würdest.“

„Wer ist Nicky?“, fuhr sie fort, ohne ihre Stimme im Geringsten zu dämpfen. „Habt ihr etwa noch einen Mann? Ihr seid doch beide krank.“ Sie wandte sich wieder Clay zu. „Als ob es nicht schon schlimm genug wäre, dass du seinetwegen unsere Verlobung beendet hast. Einer hat dir nicht gereicht? Du musstest unbedingt noch einen haben?“ Mit jedem Wort wurde sie lauter.

„Sheila, das reicht! Du weckst Nicky. Davon abgesehen, ich muss dir nichts erklären, und in meinem eigenen Heim schon mal gar nicht. Und er auch nicht.“ Er funkelte sie böse an. „Also beweg deinen Eisköniginnenarsch hier raus.“

Sheila starrte ihn fassungslos an und sagte nichts. Ein fast höhnisches Grinsen blitzte in Clays Gesicht auf, dann verbarg er seinen Mund mit der Hand.

„Sheila“, sagte Clay ruhig, „warum bist du hier? Ich war der Meinung, wir hätten anderntags bereits über alles gesprochen.“

„Ich wollte dich wieder zur Vernunft bringen, aber wie ich sehe, ist das wirklich nicht möglich“, antwortete Sheila, verschränkte die Arme vor der Brust und sah Clay wütend an.

Evan konnte kaum glauben, dass es wirklich geschah – und noch viel weniger, dass er es sagen würde, aber er öffnete trotzdem den Mund, um zu sprechen. „Warum setzt ihr zwei euch nicht zusammen und redet darüber? Ich werde derweil nach Nicky sehen.“ Evan deutete auf den Tisch, und Sheila zog einen Stuhl heraus und begutachtete ihn, ehe sie sich dazu herabließ, sich hinzusetzen.

„Bist du dir sicher?“, fragte Clay ihn.

„Ja, das ist schon okay. Ihr müsst das offensichtlich noch ausdiskutieren und ich sollte wirklich nach Nicky sehen.“ Evan ging den Flur hinunter zu Nickys Zimmer, drehte sich aber nochmal um, bevor er außer Hörweite war, und sagte: „Sorg nur dafür, dass sie verschwindet, bevor sie die Fenster zufriert.“

Clay war immerhin so anständig, nur die Augen zu verdrehen, anstatt zu lachen. Evan hörte, wie ein zweiter Stuhl herausgezogen wurde, und dann das Murmeln zweier Stimmen, als sie begannen, miteinander zu reden. Evan wollte leidenschaftlich gerne wissen, worüber sie sprachen und was sie sagten, aber Nicky war wichtiger. Evan schob seine Zimmertür ein Stück weiter auf und spähte hinein. Nicky sah aus, als würde er bald aufwachen, und Evan trat an sein Bett und streichelte seinen Rücken, während Nicky langsam die Augen öffnete.

„Geht’s dir besser?“, fragte Evan und sah hinab auf seinen Sohn. Zwar war die Adoption noch nicht bewilligt und er lebte in ständiger Sorge, dass irgendein Familienmitglied auftauchen würde und entschied, dass er oder sie Nicky doch haben wollte, aber bisher war das noch nicht passiert. Und Evan war selbst überrascht darüber, wie schnell er begonnen hatte, von

Nicky als von seinem Sohn zu denken. Nach nur ein paar Tagen mit ihm hatte er sich bereits gewundert, wie sein Leben ohne Nicky gewesen war, und jetzt konnte er es sich nicht mehr anders vorstellen. Er strich mit der Hand über Nickys Stirn, fühlte kühle, trockene Haut und stieß einen Seufzer der Erleichterung aus.

„Dir geht's eindeutig besser", sagte Evan, als Nicky strampelte, um aus dem Bett zu kommen.

„Ist Clay noch hier?", fragte Nicky aufgeregt.

„Ja, er ist im Wohnzimmer und spricht mit der Eiskönigin."

Nickys Augen wurden groß. Er sprang vom Bett, flitzte zur Tür und zog sie auf. Evan folgte ihm und holte ihn im Wohnzimmer wieder ein, wo Nicky mit offenem Mund stand.

„Daddy," fragte er und drehte sich zu Evan um, „wo ist denn ihre Krone?" Nicky drehte sich wieder zu Sheila und zeigte. „Wird sie nicht schmelzen?"

Evan sah zu Clay, der versuchte, sein Lachen zu unterdrücken, während Sheila einfach nur bitter aussah. Leicht verlegen versuchte Evan das Thema zu wechseln. „Komm, wir gehen dich waschen und anziehen." Er nahm Nickys Hand und führte ihn in Richtung Badezimmer, während Nicky sich immer wieder umsah, vielleicht um zu sehen, ob Sheila nicht doch zu Eis und komplett weiß werden würde.

Im Badezimmer angekommen ließ Evan Nicky ein Bad ein, während Nicky seinen Schlafanzug auszog. Er warf alle seine Badespielsachen in die Wanne, kletterte hinterher und begann augenblicklich, seine U-Boote unter Wasser fahren zu lassen und die Motorboote im Kreis am Wannenrand entlang, natürlich immer mit den dazugehörigen Geräuschen.

„Daddy, wie lange bleibt die Eiskönigin hier?"

„Nicht lange", antwortete er und ließ Nicky spielen. In Gedanken war er im Wohnzimmer und wunderte sich, worüber sie und Clay wohl reden mochten. Zugegeben, sie waren eine ganze Weile lang verlobt gewesen, aber dann hatten sie auch eine ganze Weile lang getrennt gelebt, und sie konnten sich nicht mehr sehr nahe stehen. Evan schüttelte den Kopf, um diese Gedanken zu vertreiben. Er mochte Sheila nicht, aber das bedeutete nicht, dass sie keine Gefühle hatte. Zumindest redeten sie miteinander.

„Wird Clay noch mal hier schlafen?"

„Ich weiß es nicht", antwortete Evan. Nicky ließ ein Plastikmotorboot voll Wasser laufen und versenkte es am Grund der Badewanne. „Was hältst du davon: Du wäschst dich selbst und dann wasche ich dir deine Haare."

Sobald Nicky sauber war, hielt Evan ein Badehandtuch für ihn auf. Nicky ließ sich darin einwickeln und Evan hielt ihn einen Moment lang im Arm, bevor er Nicky half sich abzutrocknen. Es klopfte sacht an der Tür und Evan rief: „Ja, komm rein, Clay." Clay steckte den Kopf zur Tür hinein. „Ist sie weg?"

„Ja", erwiderte Clay.

„Wir sind auch bald fertig", sagte Evan, und Clay schloss die Tür wieder.

Evan schwang Nicky samt Badehandtuch in seine Arme und trug ihn über seinem Kopf in sein Zimmer. „Zieh dich schon mal an und wenn du fertig bist, bring mir deine Schuhe. Ich helfe dir dann beim Zubinden."

„Okay", sagte Nicky, flitzte zu seiner Kommode und zog die Schubladen auf, um an seine Kleidung zu kommen. Evan sah ihm einen Moment lang zu, dann ging er zurück ins Badezimmer, um aufzuräumen und den Boden aufzuwischen. Nachdem er das Bad wieder in Ordnung gebracht hatte, löschte Evan das Licht und ging ins Wohnzimmer.

„Alles in Ordnung?", fragte Evan, als er im Wohnzimmer nur Clay fand, der auf dem Sofa saß und aussah, als ob er auf ihn gewartet hätte.

Clay seufzte. „Sie ist verletzt und ich kann ihr da keinen Vorwurf draus machen. Ich habe ihr jahrelang etwas vorgemacht und sie ist ein bisschen geschockt."

Evan setzte sich neben ihn. „Ich verstehe das", sagte er, „aber ihr fahrt beide weitaus besser damit, ehrlich zueinander zu sein."

Clay schmunzelte. „Du klingst wie Vater Val immer. Erinnerst du dich noch?" Evan nickte, sagte aber nichts. „Ich hab in letzter Zeit oft an unsere Zeit zusammen in der Schule gedacht."

„Ich auch", stimmte Evan zu, mit einem Ohr nach Nicky horchend. „Glaubst du, dass wir nur versuchen, unsere Jugend zurückzugewinnen?"

„Ich weiß nicht, wie es dir geht", sagte Clay mit einem Grinsen, als er Evan an sich zog, „aber ich habe damals nicht mal im Traum daran gedacht, dass ich dich einmal so in den Arm nehmen würde. Ich hab auch nie daran gedacht, dass du mal ein Kind haben würdest oder dass ich darüber so unglaublich glücklich sein würde." Clay küsste ihn hinters Ohr. „Nein, das hier ist besser als das, was wir damals hatten, als wir jünger waren. Denn heute weiß ich, dass ich dich liebe, und ich habe nicht vor, dich gehenzulassen."

Kleine Füße kamen angeflitzt. Nicky warf sich aufs Sofa und landete mit dem Bauch auf Evans Schoß und mit den Füßen in Clays. „Da fühlt sich aber jemand besser", merkte Clay an, und Nicky kicherte, als Clay in kitzelte.

„He, mal langsam“, schimpfte Evan mit den beiden und hob Nicky auf seinen Schoß. „Denk dran, du warst letzte Nacht im Krankenhaus, und du willst bestimmt nicht wieder dahin zurück.“ Nicky schüttelte den Kopf. „Dann darfst du eine Weile Fernsehen gucken, aber nur, wenn du dabei still bist, einverstanden?“

„Einverstanden, Daddy.“ Nicky rutschte von Evans Schoß, stellte den Fernseher an und ließ sich dann auf seinem Platz auf dem Boden nieder. Evan stand auf und holte eine Decke, hob Nicky hoch, so dass er ihn ganz darin einwickeln konnte, und setzte sich wieder aufs Sofa neben Clay, der ihn sofort an sich zog.

„Wenn ich schon die *Sesamstraße* gucken muss, dann darf ich dich dabei wenigstens im Arm halten“, flüsterte Clay Evan ins Ohr. In dem Moment war es Evan vollkommen egal, was gerade im Fernsehen kam oder was sonst noch um sie herum vorging. Nickys Stimme schallte durch das Zimmer, als er mit den Figuren mitsang. Evan und Clay lächelten sich an und Evan legte den Kopf an die Schulter seines Liebsten.

„Ich habe eine lange Zeit darauf gewartet, weißt du“, sagte Evan leise zu Clay.

Clay drückte ihn. „Worauf?“

„Darauf, dass einfach jemand neben mir sitzt und bei mir ist.“ Evan drehte sich um, um Clay in die Augen zu sehen. „Ich dachte schon einmal, dass ich das gefunden hätte, aber ...“

„Du hast es jetzt, Ev“, sagte Clay sanft. „Wer kennt dich besser als ich? Ich kenne dich seit Ewigkeiten und ich liebe dich um deinetwillen.“ Clay neigte sich zu ihm und küsste ihn sacht.

„Iiih, Küssen“, kommentierte Nicky vom Boden und sah sie mit seinen großen Augen an. Evan lächelte und schüttelte langsam den Kopf, sagte aber nichts; das Lächeln auf seinem Gesicht war beredt genug.

Mittagessen, der Nachmittag und ein ruhiges Abendessen verliefen in stiller Harmonie. Am Nachmittag gab Evan Nicky seine Medizin und legte ihn dann für ein Nickerchen hin, das einige Stunden dauerte. Er und Clay verbrachten den Teil des Nachmittags auf dem Sofa, aber die Hälfte der Zeit erwartete Evan ein Klopfen an der Tür und die andere Hälfte verbrachte er damit, nach Nicky zu horchen, also war es mehr kuschelnd als knutschend. Clay hielt ihn im Arm, seine Arme fest um Evans Brust geschlungen, während sie einen alten Film guckten. Zum Abendessen gab es Makkaroni mit Käse und Nickys Lieblingsessen, Chicken Nuggets. Nachdem er das Essen gekocht und anschließend aufgeräumt hatte, brach Evan auf dem Sofa zusammen. Der Schlafmangel der letzten Nacht machte sich definitiv bemerkbar.

Ein Klopfen an der Tür ließ ihn aufschrecken; er hatte für heute genug Überraschungen gehabt. Er stand mit einem Ächzen auf, öffnete die Tür einen Spaltbreit und sah Wendy, die ihn anblinzelte.

„Alles okay bei dir?“, fragte sie.

Evan öffnete die Tür. „Ja, komm rein.“

Nicky rannte auf sie zu und umarmte Wendy. „Ich war im Krankenhaus und sie sind mit mir in meinem Bett herumgefahren und dann haben sie Fotos von mir von innen gemacht“, berichtete Nicky aufgeregt. Evan fragte sich, wo letzte Nacht, als das alles passiert war, diese Begeisterung gewesen war.

„Wendy, das ist Clay. Ich glaube, ihr habt euch vor einer Weile bereits kennengelernt“, stellte Evan sie einander vor.

„Ich glaube schon, vor einer ganzen Weile“, sagte Wendy und streckte ihre Hand aus. „Schön, dich mal wieder zu sehen. Evan hat mir so viel von dir erzählt.“ Sie schüttelten sich die Hände und sie wandte sich wieder Evan zu. „Ich wollte dich nicht stören, ich wollte nur kurz hören, ob es diesem Kerlchen hier“, sagte sie und wuschelte Nickys Haare, „gut geht.“

„Sie vermuten, dass es nur ein Virus war, und wie du sehen kannst, geht es ihm schon viel besser.“ Evan hob Nicky auf den Arm. „Allerdings glaube ich, dass es noch mal Zeit für deine Medizin ist, bevor du ins Bett gehst.“ Nicky schnitt eine Grimasse, und die Erwachsenen lachten.

„Ich bin dann wieder weg“, sagte Wendy und ging zur Tür. „Freut mich, dass es dir wieder besser geht“, fügte sie zu Nicky gewandt hinzu und kitzelte ihn am Bauch, dann schloss sich die Tür hinter ihr.

„Sie scheint sehr nett zu sein“, bemerkte Clay, sobald die Tür zugefallen war.

Evan gähnte, und als er Nicky auch gähnen sah, packte er die Gelegenheit beim Schopf und steckte ihn in seinen Schlafanzug. Sie setzten sich auf den Stuhl in Nickys Zimmer und Evan machte das Gerät an, damit Nicky inhalieren konnte, danach brachte er ihn ins Bett.

„Liest du mir noch eine Geschichte vor?“, fragte Nicky, als er unter seiner leichten Decke lag.

„Welche würdest du denn gerne hören?“ Nicky gab ihm ein Buch und Evan öffnete es und begann zu lesen. „Es waren einmal ein kleiner Bär und ein kleiner Tiger ...“ Nicky schlief ein, bevor Evan mit der Geschichte halb durch war. Evan gähnte weit, als er die Tür hinter sich angelehnt ließ.

„Ich denke, ich gehe jetzt auch ins Bett“, sagte Evan. Er hatte sich den ganzen Tag über gefragt, was dann wohl passieren würde. Würde Clay bleiben? Er wollte, dass Clay blieb.

Clay stand vom Sofa auf und machte das Licht im Wohnzimmer aus. „Ev, möchtest du, dass ich gehe?“

Er schüttelte den Kopf und streckte seine Hand aus. Clay nahm sie und Evan führte ihn durch die dunkle Wohnung zu seinem Schlafzimmer. Er schloss die Türe hinter ihnen und starrte in die Dunkelheit. „Erinnerst du dich an das letzte Mal, als wir so wie jetzt zusammen waren?“

Arme umschlangen Evans Hüften und zogen ihn an den Körper hinter ihm. „Mhm. Ich hatte solche Angst, dass du mich wegschicken würdest. Dass du nicht an mir interessiert sein würdest außer als Freund.“ Clays heißer Atem strich über seinen Nacken, und Evan erbebte vor Erregung. „Ich hab in der Nacht herausgefunden, wie falsch ich damit lag, und meine Erfolgsbilanz ist seitdem auch nicht viel besser geworden“, murmelte Clay.

„Ich denke, du bist gerade dabei, das wieder auszugleichen“, antwortete Evan, als Clays Lippen über seinen Nacken glitten und seine Zunge feucht über seine Haut fuhr. Evan stöhnte leise und hielt sich Halt suchend an Clay fest. Seine Knie waren schon jetzt ganz wackelig.

Clay küsste jeden Zentimeter Haut, neckte und reizte ihn, und Evan ließ seine Finger durch Clays weiches Haar gleiten. Er schlang die Arme um ihn und wölbte den Hals, streckte sich seinen Berührungen entgegen und flehte stumm nach mehr. Die Lippen, die Berührungen, verschwanden. Evan hörte nichts; der Raum war still bis auf seinen eigenen, schwer gehenden Atem. Dann ging die Lampe auf seinem Nachttisch an und Evan blinzelte in ihrem sanften Licht.

„Das letzte Mal, als wir zusammen waren, konnte ich dich nicht sehen“, erklärte Clay, als er zu ihm zurückkam, „und dieses Mal habe ich definitiv vor, dich ganz und gar zu sehen.“ Clay nahm seinen Mund mit einem tiefen, leidenschaftlichen Kuss, der Evan den Atem raubte. Sie bewegten sich rückwärts, bis Clays Gewicht ihn das Gleichgewicht verlieren ließ und sie aufs Bett fielen. Clays Lippen blieben die ganze Zeit fest auf seine gedrückt.

Das, genau das war es, wovon Evan jahrelang geträumt hatte: Clay, sein Clay, war hier, bei ihm, und liebte ihn. Vor all diesen Jahren hatte er einen Vorgeschmack darauf bekommen und er war mehr als bereit für einen Nachschlag. Evan erwiderte jeden Kuss, labte sich an Clays Mund, und seine Hände krallten sich in Clays Hemd, zogen und zerrten daran. Er unterbrach den

Kuss gerade lange genug, um Clay das Hemd über den Kopf zu ziehen, bevor er sich wieder auf ihn stürzte. Clays Hände machten sich an den Knöpfen an Evans Hemd zu schaffen. Der Stoff teilte sich, und sie lagen Brust an Brust, Haut an Haut.

Clay fühlte sich anders an. Das in seiner Jugend spärliche Haar war zu einem Pelz aus weichen, dunklen Locken geworden, die Evans glatte Haut kitzelten. Evan ließ seine Hände wandern und verglich das Gefühl von Clays Haut unter seiner Berührung mit seiner Erinnerung. Die Erinnerung verblasste gegenüber der Realität. Clay war ein attraktiver Teenager gewesen, aber als Mann war er atemberaubend.

Starke Arme umschlossen fest Evans Taille, zogen ihn näher, als Clays Lippen sich um eine sensible Brustwarze schlossen. Evan wand sich vor Vergnügen in der harten Umarmung.

„Clay." Evans Stimme bebte.

Clays dunkle Augen hoben sich und begegneten Evans. „Soll ich aufhören?", fragte Clay spitzbübisch.

„Nein", antwortete Evan und hob ihm seine Brust entgegen. „Hör nicht auf."

„Nur wenn du es mir sagst", hauchte Clay, sein Atem warm auf Evans feuchter Haut. Hände und Lippen glitten über seine Brust; Clays Gewicht drückte ihn tief in die Matratze. Evan hielt den Atem an, als Clays Hände über seinen Bauch glitten, seine Fingerspitzen die Haut über dem Hosenbund neckten, ehe sie Evans Gürtel öffneten und den Stoff seiner Hose auseinander schoben. „Ich glaube, hier waren wir eben stehengeblieben", neckte Clay sanft. Mit einer Hand drückte er Evans Schultern in die Matratze, während die andere Evan durch den Stoff hindurch streichelte.

Evan wollte leidenschaftlich gerne sehen, was Clay tat, aber er konnte es nicht. Alles was er tun konnte, war, zu fühlen, sich von dem Gefühl von Clays Hand auf seiner Haut überfluten zu lassen. Clays Hand schlüpfte in seine Unterhose. Finger umfassten ihn. Evan hielt den Atem an. Sein Körper spannte sich in Erwartung, was Clay wohl als nächstes tun würde.

Clays Gewicht verlagerte sich, seine Hände berührten Evan nicht länger. Evan setzte sich auf, um zu sehen, was los war. Clay stand zwischen seinen Beinen und zog an seiner Hose.

„Deine Klamotten müssen weg", informierte Clay ihn. „Ich will dich ganz sehen."

Evans Hose glitt zu Boden und Clay warf sie beiseite. Evan wand sich aus seinem Hemd und beobachtete, wie Clay seine eigene Hose öffnete und auszog. Clay stand gerade außerhalb seiner Reichweite und sah ihn mit einem Ausdruck an, der an Ehrfurcht grenzte. Evan ließ seinen eigenen Blick hungrig über Clay gleiten. Breite Schultern, schmale Hüften, starke, sehnige Beine.

Clay trat näher. Evans Mund wurde trocken und sein Atem stockte. Clay trat einen weiteren Schritt vor. Evans Körper wand und reckte sich unter den Blicken des Geliebten, als wolle er zu ihm sprechen und ihm sagen, er solle ins Bett kommen. Als sein Kopf das Kissen erreichte, war Clay so nahe, dass Evan seinen Blick wie eine Berührung fühlte. Dann glitten Clays Beine zwischen seine.

Zu überwältigt, um sich zu bewegen, hielt Evan ganz still, als Clay näherkam, sich über ihn schob und sich erst ihre Beine berührten, dann ihre Hüften, dann ihre ganzen Körper, und Clays Hände über ihn glitten. Jeder Zentimeter seiner Haut schien in Flammen zu stehen. Als Clay ihn küsste, klammerte er sich an Clays Rücken und wölbte sich ihm entgegen. Clay hob den Kopf und strich mit einer Hand sanft über Evans Wange.

„Ich will dich, Clay. Ich habe so unendlich lange gewartet und ich will dich so sehr“, sagte Evan und seine Stimme brach. Er zog Clay näher und schlang seine Beine um Clays Hüften.

„Ev“, hauchte Clay. „‘s ist schon ein Weilchen her für mich. Sieben Jahre, um genau zu sein.“

Evan wurde ganz still, dann küsste er Clay leidenschaftlich. Es gefiel ihm, dass Clay seit ihm mit keinem anderen Mann zusammen gewesen war.

„Also hast du *es* noch nie zuvor getan?“, fragte er weich und Clay schüttelte den Kopf. „Nimm einfach deine Finger“, sagte Evan und blickte zu seinem Nachttisch. Clay griff nach der kleinen Flasche, ließ sie aufschnappen und drückte sich einen Klecks in die Hand.

„Ich will dir nicht wehtun“, sagte Clay leise.

„Das wirst du nicht – das könntest du gar nicht“, antwortete Evan. Er hielt still, als er fühlte, wie Clays Finger in seine Spalte und zu seiner Öffnung glitten. Dann schob sich ein Finger langsam in ihn hinein. Evan atmete zischend aus und küsste Clay so wild, dass er ihm beinahe die Lippe blutig biss.

„Genau so, und jetzt langsam“, wies Evan ihn an. Er atmete tief durch und bat Clay um einen weiteren Finger.

Clay lernte schnell und beobachtete ihn genau, während er seine Finger in ihm bewegte, hinaus und wieder hinein. Evan streckte seine Hand zum Nachttisch aus und drückte Clay ein Kondom in die Hand. „Solange du langsam machst, ist alles kein Problem."

Clay zog die Finger heraus und ein paar Augenblicke später spürte Evan, wie Clay sich gegen ihn drückte. Evans Körper öffnete sich, als sein Geliebter in ihn eindrang. Evan musste lächeln über den Ausdruck puren Erstaunens, der sich über Clays Gesicht legte, als sich ihre Körper zum ersten Mal vereinten. Clay bewegte sich in ihm, berührte ihn, wie es noch kein anderer vor ihm getan hatte. Mit jeder Bewegung schien es Evan, als ob sein Herz sich Clay entgegenreckte und dass Clays Herz seinem antwortete, und als ihre Herzen einander berührten, war die Reaktion unmittelbar, und Evan kam zwischen ihren Körpern. Er fühlte, wie Clay über ihm erstarrte, dann schrie er leise gegen Evans Lippen auf.

Evan hielt seinen Geliebten fest umarmt, bis er fühlte, wie ihre Körper sich wieder voneinander trennten. Langsam rappelte Clay sich vom Bett auf und Evan hörte, wie er ins Badezimmer ging. Er kam mit einem Handtuch zurück. Sanft wischte Clay ihn ab, dann warf er das Handtuch zu den Kleidungsstücken auf den Boden und löschte das Licht. Das Bett bewegte sich unter ihm und Evan rutschte beiseite, sodass Clay sich wieder neben ihn legen konnte. Starke Arme umschlangen ihn fest.

„Ich liebe dich, Evan. Ich glaube, ich habe dich immer geliebt."

„Ich liebe dich auch."

„Kann ich dich was fragen?", fragte Clay und Evan nickte an seiner Schulter. „Wie geht's jetzt weiter?"

Evan drehte sich um und legte die Arme um Clays Hals. „Wir gehen einen Schritt nach dem anderen und warten ab, wo die Reise hinführt."

Während er Clay so umschlungen hielt, fühlte Evan, wie seine Augen immer schwerer wurden. Er fragte sich, ob es diesmal wirklich echt war – und wie lange es halten würde. Er wollte ein „Für immer und ewig", aber das war wohl mehr, als er erhoffen durfte.

KAPITEL 7

„NICKY, WENN du dich nicht beeilst, kommen wir zu spät!“, rief Evan die Treppe hinauf und wartete, bis er das dumpfe Trapsen gestiefelter Füße im Flur hörte, gefolgt vom Stampfen schwerer Schritte auf der Treppe. „Hast du alles? Du kannst mich in Zukunft nicht einfach anrufen, damit ich dir deine Sportschuhe zur Schule bringe, wenn du sie vergessen hast“, fügte Evan mit einem Lächeln hinzu.

Nicky verdrehte die Augen, wie nur Teenager es können. „Ich hab alles eingepackt, was du mir rausgelegt hast, selbst das uncoole Zeug.“

„Du meinst so was wie Unterwäsche?“, blaffte Evan zurück, womit er sich auf die jüngste Neigung seines Sohnes bezog, selbige ganz wegzulassen. Da er sich um die Wäsche kümmerte, war Evan neugierig geworden, warum keines der bezeichneten Bekleidungsartikel im Wäschekorb aufgetaucht war.

„Weißt du, Dad, ich hab mich immer gewundert, warum du nicht so bist wie die anderen Eltern. Du redest einfach über alles, selbst über so Sachen, die andere Eltern vor ihren Kindern verstecken. Ich hab mich immer gefragt, wie es wohl sein würde, einen Dad zu haben, der nicht mit mir über meine Unterwäsche redet.“ Evan sah, wie sich ein Funkeln in Nickys Augen schlich. „Oder mich fragt, ob ich weiß, wie man Kondome benutzt. Übrigens, die Sache mit der Banane war einfach nur voll ekelig“, fügte Nicky mit einem übertriebenen Schaudern hinzu. Er kam näher und sein Grinsen wurde zu einem echten Lächeln. „Oder einen Dad, der mich nicht mit dreizehn fragt, ob ich Jungs oder Mädchen mag und mir dann sagt, dass beides total okay ist, solange ich mir selbst gegenüber ehrlich bin. Mann, das war echt oberpeinlich.“

Nicky sprang mit einem Satz zurück, als Evan gutmütig nach seinem Sohn schlug. Nicky ließ seine Tasche fallen und floh durch den Flur und in die Küche, Evan dicht auf den Fersen. Beide lachten.

„Krass, für so’n alten Mann bist du noch echt flott“, frotzelte Nicky, als Evan ihn einholte.

„Pack deinen Kram ins Auto“, sagte Evan mit einem Schmunzeln und fügte hinzu: „Und eines Tages wirst du es zu schätzen wissen, wie gut du es mit deinem Dad hast.“ Er öffnete einen Schrank und nahm eine Packung

Schokomüsliriegel heraus, der Lieblingssnack seines athletischen Sohnes. „Steck die noch in deinen Rucksack."

Nicky nahm die Packung und lächelte. „Danke, Dad", sagte er, als er sie nahm. Evan blickte seinen Sohn eindringlich an, so als wolle er sich sein Gesicht genau einprägen – aber es würde ja auch eine ganze Weile dauern, bevor er ihn wiedersah. Er drehte sich um und verbarg seine Reaktion auf den dicker werdenden Kloß in seinem Hals, indem er sich ein Glas Wasser eingoss.

Während hinter ihm die Stiefel davontrampelten, starrte Evan aus dem Küchenfenster in den kleinen Garten. Da, wo einst Nickys Schaukel gestanden hatte, wuchsen jetzt Stauden; sie hatten das Holzgerüst schon vor Jahren weggegeben. Evan stieß den Atem, den er angehalten hatte, aus und goss den Rest des Wassers aus. Dann ging er durchs Haus und die Treppe hoch, um nachzusehen, ob Nicky auch wirklich nichts vergessen hatte.

In Nickys Zimmer warf er einen Blick auf das ungemachte Bett und kontrollierte die Schränke, ehe er überzeugt war, dass Nicky wirklich alles eingepackt hatte. An der Tür hielt er inne und blickte zurück in das Zimmer; es war stummer Zeuge der Mischung aus dem Jungen, der er gewesen war, und dem jungen Mann, zu dem Nicky geworden war. Der Raum ähnelte kaum mehr dem kleinen Zimmer in Evans Wohnung, das Nicky gehabt hatte, nachdem er zu ihm gekommen war. Aber auf der Ecke der Kommode, neben einigen Pokalen und weiß Gott was sonst noch allem, stand eine Lampe in Form eines Segelbootes

Ein Elch trampelte die Treppe hinauf. Zumindest klang es wie ein Elch, und Evan wandte sich von dem Zimmer ab.

„Bist du soweit, Dad?"

Evan nickte und schloss die Tür hinter sich, bevor er Nicky die Treppe hinunter folgte. Er konnte nicht anders, als vor einem Bild stehenzubleiben, das ihn und Nicky zeigte. Es war in jenem ersten Sommer, als Nicky zu ihm gekommen war, aufgenommen worden, und zeigte die beiden, wie sie am Strand spielten. Erinnerungen stiegen in Evan hoch und drohten, ihn zu überwältigen. Er schluckte schwer und zwang sich, weiterzugehen und keines der anderen Bilder anzuschauen, sonst würde er anfangen wie ein Baby zu heulen, noch bevor sie ins Auto gestiegen waren.

Am Fuß der Treppe hob er Nickys letzten Karton hoch, trug ihn zum Auto und packte ihn in den Kofferraum. „Ich hab abgeschlossen", berichtete Nicky, als er an ihm vorbeirannte. „Kann ich fahren?"

Der bloße Gedanke sandte ihm einen eisigen Schauer den Rücken hinunter. „Nein."

„Nächstes Jahr bin ich alt genug und darf fahren", frotzelte Nicky und Evan sah ihn streng an.

„In zwei Jahren, und wenn du deinen Führerschein hast, werde ich mein Leben riskieren und dein Beifahrer sein, aber bis dahin will ich noch nicht sterben", witzelte Evan, als er ins Auto stieg. Das musste der Alptraum aller Eltern sein: das Kind lernte, Auto zu fahren.

Evan bemerkte, dass Nicky noch einmal stehenblieb und sich zum Haus umsah, ehe er ins Auto stieg und die Tür schloss. Evan startete den Wagen, während Nicky sich anschnallte. Als sie losfuhren, fummelte Nicky am Radio herum und stellte irgendeinen grauenvollen Sender ein. Die Töne, die aus den Lautsprechern drangen, bereiteten Evan Zahnschmerzen. Sobald Nicky fertig war, drückte er auf einen Knopf, und das Radio kehrte zu einem Sender zurück, dessen Musik Evan nicht wünschen ließ, dass er taub wäre.

„Dad, das war voll der coole Sender."

„Das muss er wohl sein, mir taten schon nach zwei Sekunden die Ohren weh", entgegnete Evan mit einem Grinsen. Aus den Augenwinkeln sah er, wie Nicky seinen iPod rauskramte. Damit konnte er leben, aber er warf Nicky dennoch einen finsteren Blick zu.

„Ich weiß, ich weiß, ich werd ihn nicht zu laut machen." Nicky verdrehte die Augen. „Du bist echt schlimmer als eine Oma", witzelte er, dann entspannte sein Mund sich wieder zu einem echten Lächeln. Nicky lehnte sich in seinem Sitz zurück und hörte seine Musik, und Evan lenkte den Wagen auf die Autobahn für die Fahrt nach Norden. Er erinnerte sich daran, dass er damals mit Vater Val genau dieselbe Strecke gefahren war. Die Stadt erstreckte sich heute weiter nordwärts, aber schon bald fuhren sie vorbei an Feldern und sanften Hügeln. Er konnte sich nicht mehr an Details der Fahrt mit Vater Val erinnern, aber diese Eindrücke – grüne Felder, die Hügellandschaft – waren in seiner Erinnerung noch glasklar.

„Nicky", rief Evan, und sein Sohn zog die Kopfhörer aus den Ohren. „Ich muss mit dir über etwas reden."

„Kann das nicht warten, Dad?", beschwerte Nicky sich, machte aber seine Musik aus, und Evan stellte das Radio ebenfalls ab.

„Nein, kann es nicht", sagte Evan und schluckte. „Ich weiß, dass du fünfzehn bist und glaubst, alles von der Welt zu wissen, aber es gibt Dinge, die ich dir nicht erzählt habe. Dinge, die du wissen solltest." Oh Gott, er hatte

Nicky nie davon erzählen wollen, aber er hatte das Gefühl, als müsse er es tun. „Weißt du, warum ich Lehrer geworden bin?“

„Du bist kein Lehrer, du bist Schuldirektor“, korrigierte Nicky ihn mit einem stolzen Lächeln.

„Ja, aber weißt du, warum ich eine Schullaufbahn eingeschlagen habe?“

Nicky sah ihn mit leicht schiefgelegtem Kopf an. „Nö. Ich hab gedacht, weil's dir Spaß gemacht hat.“

„Das tut es, aber es gibt noch einen anderen Grund, und den solltest du zu deiner eigenen Sicherheit wissen. Damals, als ich an der St. Bartholomäus war, gab es einen Lehrer, der seine Autorität dazu verwendet hat ...“ Evan sah wieder nach vorn auf die Straße und versuchte, einen Weg zu finden, seinem Sohn zu sagen, was damals passiert war. Er wollte ihm keine Angst einjagen, aber er wollte auch nicht, dass ihm etwas zustieß. „Nicky, ein Lehrer hat mich missbraucht.“ Evan holte tief Luft. „Die Einzelheiten sind unwichtig und er unterrichtet auch nicht länger an der Schule. Aber ich möchte, dass du mir versprichst, dass du es mir sagst, wenn dir jemand auf diese Art zu nahe kommt oder wenn du hörst, dass es einem anderen Jungen so ergeht.“ Ein Blick auf Nickys Gesichtsausdruck und Evan wünschte sich, er hätte nie etwas gesagt.

„Und du schickst mich da hin?“

„Es war nicht die ganze Schule, es war eine Person, und ich erzähle dir das nicht, um dir Angst zu machen. Ich möchte nur, dass du wachsam bist, damit dir so etwas nicht passiert, dir nicht und auch sonst niemandem. Das ist der Grund, warum ich Lehrer geworden bin, und jetzt Schuldirektor. Weil ich nicht will, dass dergleichen jemals wieder einem jungen Menschen widerfährt, nicht, wenn ich es verhindern kann“, sagte Evan ernst zu seinem Sohn. „Ich weiß, das ist kein angenehmer Gedanke.“

„Jemand hat dir wehgetan?“, fragte Nicky, und in seinen großen Augen spiegelte sich ein Anflug von Furcht.

„Ja, wenn also etwas passiert oder du glaubst, dass jemand von einem Lehrer oder einem Mitschüler wehgetan wird, sag es sofort Vater Val. Er weiß genau, was zu tun ist.“

„Ich kann doch nicht petzen, Dad“, sagte Nicky und warf ihm einen „hast du sie noch alle“-Blick zu. „Hast du einen Lehrer verpetzt? Ist er deshalb nicht mehr an der Schule?“

„Nein“, antwortete Evan. „Er ist nicht länger an der Schule, weil ich, als er es das letzte Mal versucht hat, dafür gesorgt habe, dass er für eine sehr lange Zeit nicht mehr richtig laufen konnte.“

„Gut gemacht, Dad“, sagte Nicky mit einem Grinsen und triumphal geballter Faust. „Keine Sorge, mir wird niemand was tun.“ Evan sah ihn mit einem seiner strengen Schuldirektor-Blicken an, wohl wissend, dass das die einzige Möglichkeit war, ihn dazu zu bringen, die Sache ernst zu nehmen. „Schon gut, Dad, ich verspreche, dass ich's dir sofort sage, wenn was passiert.“

„Das ist gut, denn du bist mein Sohn und ich will nicht, dass dir jemals etwas Schlimmes widerfährt“, sagte Evan, und Nicky steckte sich die Ohrhörer wieder in die Ohren und machte seinen iPod wieder an. Ein paar Minuten später nahm er die Ohrhörer wieder raus.

„Sind dir noch andere schlimme Sachen passiert? Ich meine, außer dass deine Eltern gestorben sind, so wie meine.“

„Ja“, antwortete Evan ehrlich, „und ich verspreche dir, wenn du älter bist, werde ich es dir erzählen.“

Nicky schien die Antwort so zu akzeptieren und verschwand wieder hinter seinen Kopfhörern. Evan fuhr in stiller Konzentration weiter. Als sie sich der Schule näherten, erkannte er hier und da einige Dinge wieder. Zuerst sah Evan den Turm, dann tauchte der Rest des Hauptgebäudes auf, wie es dort auf der Kuppe des Hügels thronte. Es sah von hier unten noch genauso aus wie damals, und einen Moment lang fühlte Evan sich zurückversetzt zu dem Moment, als er mit Vater Val das Gebäude zum ersten Mal gesehen hatte. Er wusste jetzt, dass er lediglich verängstigt gewesen war, aber damals hatte sich alles so unendlich viel schrecklicher angefühlt.

Als sie näher kamen, zog Nicky seine Ohrhörer raus und steckte den iPod weg. „Siehst du den Hang dahinten?“, fragte Evan und zeigte. „Da sind wir im Winter immer Schlitten gefahren und da drüben ist der Obstgarten und da der Rasen, wo wir Football oder Frisbee gespielt haben, wenn es warm genug war.“

„Ich weiß, Dad. Das hast du mir im Frühling alles schon erzählt, als wir uns die Schule angesehen haben.“ Nicky verdrehte wild die Augen. „Und da drüben habt ihr den Hubschrauber fliegen lassen.“

Sie bogen in die Auffahrt ab und fuhren den Hügel hoch, am Friedhof vorbei, zum großen Parkplatz auf der Hügelkuppe. Evan stieg aus, atmete tief ein und ließ die Erinnerungen auf sich einströmen. Er drehte sich zum Schlafsaal um und erwartete halb, sein siebzehnjähriges Selbst herausstürmen zu sehen, mit Dex, Frankie, Peter und Patrick auf den Fersen.

„Dad, willst du den ganzen Tag hier rumstehen und in Erinnerungen schwelgen oder hilfst du mir, das Auto auszuladen?“

Evan drehte sich um und sah Nicky, der am Kofferraum stand und auf ihn wartete. Er öffnete den Kofferraum und hob einen Koffer heraus, dann ging er zum Schlafsaal voraus.

Innen hatte sich nicht viel verändert und Evan ging voraus zum Flur für die Achtklässler, wo ein Bruder mit einem Klemmbrett auf die Neuzugänge wartete.

„Nicolas Donaldson", verkündete Nicky.

„Ja, du bist in Zimmer fünfzehn, den Gang runter und rechts", sagte er und zeigte. „Ich bin der aufsichtführende Bruder auf diesem Flur, wenn du irgendwelche Fragen hast oder etwas brauchst, sag mir Bescheid."

„Vielen Dank", sagte Nicky und eilte zu seinem Zimmer, während Evan ihm hinterher sah.

„Kann ich Ihnen helfen?", fragte der Bruder ihn.

„Bruder Timothy?", fragte Evan und ein Lächeln huschte über sein Gesicht. „Entschuldigung", sagte Evan und stellte den Koffer ab. „Ich bin Evan Donaldson. Ich bin hier zur Schule gegangen vor, oh, ich glaube jetzt achtzehn Jahren."

„Evan." Der Bruder schien sein Gedächtnis zu durchforsten, dann erhellte ein Lächeln sein Gesicht. „Oh du meine Güte! Ich wäre nie drauf gekommen. Und Nicolas ist Ihr Sohn?"

„Ja, ich habe ihn adoptiert, als er vier war", antwortete Evan. „Entschuldigen Sie", sagte er, als Nicky seinen Kopf durch die Tür steckte, „ich werde gerufen. Es war schön, Sie zu sehen", fügte er hinzu, während er den Koffer den Flur hinuntertrug. Vor dem Zimmer angekommen, hörte er schon Nickys aufgeregte Stimme und die Stimme eines anderen Jungen. Sie plapperten munter drauflos, über Bands und irgendwelche Acts, die Evan überhaupt nichts sagten, aber die die Teenager in helle Begeisterung versetzten.

„Ich hab deinen Koffer", sagte Evan und stellte ihn neben der Tür ab.

„Danke, Dad. Kannst du noch den Rest von meinem Kram aus dem Auto holen?", fragte Nicky, ohne ihn auch nur anzusehen.

„Wer glaubst du bin ich – dein Packesel? Hoch mit dir und hol dir deinen Kram gefälligst selbst", entgegnete Evan und sah seinen Sohn kopfschüttelnd und mit finsterem Blick an.

„Ich helf dir", sagte der andere Junge und stand auf. Beide Jungen eilten den Flur hinunter und redeten dabei ohne Unterlass weiter.

„Sieht aus, als wären sie in Rekordzeit Freunde geworden." Evan drehte sich um und sah eine rundliche, kleine Frau hinter sich stehen. „Ich bin Ramona

Peters, und der Junge, der mit Ihrem Sohn auf und davon ist, ist mein Sohn Eddie. Ich habe mir Sorgen gemacht, dass er vielleicht Schwierigkeiten haben würde, Freunde zu finden. Aber sie scheinen das ganz gut hinzubekommen."

Evan nickte langsam und sah den Jungen hinterher, als sie durch die Türe verschwanden. „Ich bin Evan Donaldson und das war mein Sohn Nicky." Er sah zu ihr zurück. „Ich glaube, Sie haben recht – die beiden kommen klar und brauchen unsere Hilfe vermutlich gar nicht. Hätten Sie Lust, mit mir einen Kaffee zu trinken?"

Sie lächelte ihn an. „Ja, gerne", antwortete Ramona und Evan wies mit einer Geste in die richtige Richtung. „Der Speisesaal ist durch diese Tür und dann den Gang entlang."

„Waren Sie schon mal hier?", fragte sie, als sie die Treppen erreichten.

„Ich bin hier zur Schule gegangen", erklärte er ihr. „Das ist zwar schon eine Weile her, aber es sieht nicht so aus, als ob sich viel verändert hätte."

Sie verließen das Gebäude und gingen über den Zwischenhof. Im Speisesaal fanden sie Tische mit Kuchen und Kaffeekannen. Er goss sich eine Tasse ein und setzte sich zu Ramona und ein paar anderen Eltern an einen Tisch.

„Und, Mr Donaldson, wo ist Nickys Mutter heute?", fragte Ramona unschuldig.

„Nickys Eltern sind gestorben, als er noch klein war, und ich habe ihn adoptiert", erklärte Evan. Er fand es unnötig, weiter in die Details über sein und Nickys Leben zu gehen.

„Wie alt war er?"

„Vier. Als er zu mir kam, waren seine Eltern gerade vor wenigen Wochen bei einem Unfall ums Leben gekommen. Er war der niedlichste kleine Junge, den ich je gesehen habe." Evan wusste, dass er sich an diesen Tag für den Rest seines Lebens erinnern würde – aus diversen Gründen.

Die Unterhaltung wandte sich anderen Themen zu. Evan entspannte sich und unterhielt sich munter mit den anderen Eltern, bis es Zeit für sie war, sich auf den Heimweg zu machen. Die meisten hatten wesentlich längere Anfahrtswege als er und mussten bereits wieder fahren. Evan verabschiedete sich von ihnen, dann gingen er und Ramona zurück zum Zimmer ihrer Jungen. Die zwei packten aus und redeten immer noch wie zwei Wasserfälle. Evan bezweifelte, dass einer von ihnen überhaupt mitbekommen hatte, dass ihre Eltern zwischenzeitlich weg gewesen waren.

Ramona verabschiedete sich, und Evan schleppte Nicky aus dem Zimmer, um ihr und ihrem Sohn noch ein paar Minuten Zeit allein miteinander zu geben. „Ich wollte Vater Val noch besuchen, aber ich komme noch mal vorbei, bevor ich fahre.“

„Nullo Problemo, Dad-o. Eddie ist voll cool. Ich glaub, es wird so richtig gut hier“, sagte Nicky und lächelte breit und voller Begeisterung. Nicht dass Evan sich Sorgen gemacht hätte, aber es war beruhigend zu sehen, dass Nicky schon einen Freund gefunden hatte. Nicky ging zurück ins Zimmer, als Ramona herauskam. Sie trocknete sich die Augen mit einem Taschentuch, dann verabschiedete sie sich von Evan.

Evan linste noch mal ins Zimmer, dann ging er den Flur entlang und die Treppen neben dem Schulgebäude hinunter. Draußen blieb er stehen und beobachte ein paar Jungen, die bereits mit einem Football auf dem Rasen spielten. Egal wie oft Dex versucht hatte, es ihm beizubringen, den Football mit einem Drall zu werfen war etwas, das er nie hinbekommen hatte. Während er dastand und zusah, spürte er, wie sich jemand neben ihn stellte.

„Da kommen Erinnerungen hoch“, sagte Evan leise.

„Auf diesem Stück Rasen haben jetzt seit über einem Jahrhundert Jungen gespielt.“

Evan kannte die Stimme. Er drehte sich um und sah in in ein Paar vertrauter Augen.

„Vater Val“, sagte Evan. Er sah älter aus und seine Augen, noch genauso klar und scharf, wie Evan sie in Erinnerung hatte, waren von Falten umgeben. „Ich war gerade auf dem Weg zu Ihnen.“ Evan wartete einen Augenblick, ehe er hinzufügte: „Ich bin Evan.“

Vater Vals momentane Verwirrung verwandelte sich in pure Freude. „Meine Güte. Ich hatte gehofft, eine Gelegenheit zu bekommen, dich zu sehen. Als ich die Anmeldung deines Sohnes erhielt, habe ich die Verbindung nicht gleich hergestellt.“ Vater Val wandte sich dem Gebäude zu und Evan ging mit ihm. „Ich glaube nicht, dass ich jemals erwartet habe, dass du eines Tages Kinder haben würdest.“

Evan hielt die Tür für ihn auf. „Ich habe Nicky adoptiert, als er vier war“, erklärte er und folgte dem alten Priester hinein und den Flur entlang. „Seine Eltern sind auf dieselbe Weise gestorben wie meine.“

Vater Val hielt einen Augenblick vor seiner Tür inne, ehe er sie öffnete und Evan bedeutete einzutreten. Das Büro sah beinahe noch genauso aus, wie er es in Erinnerung hatte. Evan setzte sich auf einen der alten Stühle; unter seinen Händen war das Leder weich und abgenutzt von den Generationen von Schülern, die dort gesessen hatten.

„Ich habe gehört, dass du selbst Direktor an einer Schule bist. Warum geht Nicky nicht dorthin?"

„Wir haben das besprochen und sind zu dem Schluss gekommen, dass er immer nur der Sohn des Schuldirektors sein würde. Hier ist er genau wie alle anderen. Das war uns wichtig. Außerdem habe ich hier damals wunderbare Freundschaften geschlossen, die mich mein ganzes Leben lang begleitet haben. Ich habe immer noch zu Dex und Frankie Kontakt, und von einigen der anderen höre ich ab und an mal etwas."

„Ich weiß nicht, wie ich die Frage am besten formulieren soll ... Was ist mit Clay? Als du das letzte Mal dort gesessen hast, hast du mich um Rat gebeten, und ich habe mich oft gefragt, ob ich dich in die falsche Richtung gelenkt habe."

„Das habe ich lange Zeit geglaubt, aber nein, das haben Sie nicht", sagte Evan mit einem Lächeln. „Sie hatten recht. Es hat fast sieben Jahre gedauert, aber Clay und ich haben einander wiedergefunden. Clay ist Anwalt und hat mir bei der Adoption geholfen, und nach ein paar weiteren Turbulenzen haben wir dann zueinander gefunden. Wir haben zehn der glücklichsten Jahre meines Lebens miteinander verbracht. Gewissermaßen verdanke ich das Ihnen, denn ich weiß genau, wenn wir nach der Schule zusammengeblieben wären, dann wären wir das heute nicht mehr. Wir mussten wirklich beide erst erwachsen werden. Wir haben Nicky zusammen großgezogen und uns gemeinsam ein, wie ich finde, wirklich gutes Leben aufgebaut, für uns und für ihn." Evan fühlte, wie ihm die Tränen kamen. „Wir haben uns geliebt und einander beigestanden, solange ich denken kann, und auch das verdanke ich in vielerlei Hinsicht Ihnen. Sie haben mich hierher gebracht", sagte Evan und ließ seinen Blick durch das Büro wandern, „und mir die Chance auf ein Leben gegeben, das ich bereits aufgegeben hatte. Ich verdanke Ihnen … ich schulde Ihnen sehr viel."

Vater Val stand auf und kam um seinen Schreibtisch herum zu Evan. „Du schuldest weder mir noch der Schule etwas. Ja, wir haben dir ein Heim gegeben, als du eines brauchtest, und ich danke Gott jeden Tag, dass Er dich zu uns geführt hat. Aber schau, was du aus diesem Geschenk gemacht hast."

Evan rutschte unter dem steten Blick des alten Priesters unruhig hin und her. „Ich verstehe nicht."

„Wir gaben dir ein Heim und du hast anderen eines gegeben. Schau dir deinen Sohn an. Er ist ein aufgeweckter junger Mann und allem Anschein nach gesund und glücklich. Wir gaben dir ein Heim und du hast ihm eins gegeben. Und dann sind da noch all die Schüler, die du im Lauf der Jahre ermutigt und unterstützt hast. Ich vermute, du hast nicht gewusst, dass auch Arthur Pinkus hier zur Schule gegangen ist, viele Jahre vor deiner Zeit. Er war einer meiner Schüler, als ich noch unterrichtet habe. Nachdem er selber Lehrer geworden war, haben wir uns oft unterhalten. Es ist viele Jahre her, da erzählte er mir eines Tages, dass er einen unserer Alumni engagiert hatte, „einen genialen mathematischen Geist“, so nannte er dich. Er sagte, du hättest tun können, was immer du wolltest, aber dass du ein Talent zum Unterrichten hättest und genau wüsstest, wie du deine Schüler erreichen könntest. Du nahmst das Geschenk, dass Gott uns erlaubt hat, dir zu geben, und hast das Leben anderer Menschen verbessert. Und du wirst es auch weiterhin tun, lange nachdem wir anderen bereits fort sind. Also, wie gesagt, Evan, du schuldest uns rein gar nichts.“

Vater Val verstummte und Evan sah ihn an und fragte sich, ob er noch etwas hinzufügen wollte.

„Ist Clay auch hier?“

Evan schüttelte den Kopf. „Er wollte kommen, aber er hatte einen wichtigen Termin.“

„Wichtiger als sein Sohn?“, fragte Vater Val und klang überrascht.

„Nachdem Clay mir geholfen hat Nicky zu adoptieren, hat seine Kanzlei noch ein paar weitere Klienten gehabt, die Hilfe bei einer Adoption suchten, und Clay hat die Fälle übernommen.“ Evan richtete sich auf, als er an seinen Clay dachte. „Er ist Kinderanwalt und heute hilft er einem weiteren Kind dabei, ein gutes Zuhause zu bekommen. Er und Nicky haben sich heute Morgen verabschiedet und er wird nächsten Monat zum Elterntag mitkommen. Das hat er Nicky versprechen müssen.“ Evan ertappte sich bei einem Lächeln, als er seine Blicke durch das Büro schweifen ließ. „Es ist eigenartig, aber egal, wo ich hinschaue, ich erwarte überall all die Menschen zu sehen, die damals hier waren.“ Evan verschränkte die Hände im Schoß und rieb nervös die Daumen gegeneinander.

„Ich habe das Gefühl, es gibt da noch etwas, das du fragen möchtest.“

„Es gibt da etwas, das mich schon seit einiger Zeit beschäftigt, und ich glaube, Sie sind der Einzige, der mir da Auskunft geben kann. Ich habe jahrelang versucht, es zu verdrängen.“ Evan schluckte. „Ich habe Nicky die

Einzelheiten nie gesagt, aber ich habe mir vorgenommen, das zu tun, wenn er älter ist."

„Er wird es gewiss nicht von uns erfahren." Evan spürte Vater Vals Hand auf seinem Arm. „Ich unterrichte jetzt seit fast vierzig Jahren und das, was dir widerfahren ist, das bereue ich am meisten. Ich habe seither jeden Tag um Führung und Anleitung gebetet und immer Ausschau gehalten nach den Anzeichen, die ich bei dir übersehen habe. Ich bedauere, dass es geschehen ist, und ich bereue, dass ich nicht gehandelt habe, als du damals zu mir gekommen bist."

„Ich verstehe das und habe Ihnen schon vor langer Zeit vergeben. Mich an Hass und Wut zu klammern hat nicht geholfen. Es hat die Dinge nur noch schlimmer gemacht. Was ich fragen wollte, ist, ob Sie wissen, was aus Bruder Renier geworden ist. Ich hatte jahrelang Alpträume von ihm und manchmal habe ich die immer noch, wobei es heute meist Alpträume sind, dass Nicky etwas zustößt. Aber immer sehe ich sein Gesicht."

„Suchst du einen Weg, dich zu rächen? Denn das ist ebenso zerstörerisch wie Hass und Zorn."

„Nein, ich glaube, ich versuche nur, einen Schlussstrich zu ziehen", sagte Evan leise. Er war sich selbst nicht ganz sicher, was genau das heißen sollte oder was er sich von der Frage erhoffte. Jahrelang hatte er versucht, das, was ihm widerfahren war, hinter sich zu lassen, und zum größten Teil war ihm das auch gelungen. Evan hatte vor langer Zeit gelernt, dass den negativen Erfahrungen im Leben nachzuhängen alles nur noch schlimmer machte, und sein Leben heute war voller Menschen, die ihn jeden Tag glücklich machten. „Auf gewisse Weise wünschte ich, ich könnte es auf sich beruhen lassen, aber nach all den Jahren weiß ich, dass ich das nicht kann. Ich hatte gehofft, dass Sie vielleicht etwas wüssten."

Vater Vals Gesichtsausdruck verriet nichts und Evan dachte schon, er würde von ihm nichts erfahren, aber dann seufzte der alte Priester leise. „Ich muss vorsichtig sein mit dem, was ich sage. Nachdem er die Schule verlassen hat, ist Bruder Renier viel herumgereist. Es gab Gerüchte und er konnte keine Anstellung finden. Ich weiß, dass er eine Zeit lang in einem Kloster in Europa verbracht hat. Man sagte mir, er habe viel und inbrünstig gebetet und einige Jahre in selbstauferlegter Isolation verbracht."

Evan verbiss sich eine höhnische Bemerkung. Der Mann war pädophil. Evan bezweifelte, dass Beten allein da viel nutzte. Eine lange und intensive Therapie vielleicht, aber sonst nichts.

Vater Val seufzte erneut. „Ich verstehe es so, dass Bruder Renier sein Verhalten zutiefst bereut hat und viele Jahre damit verbracht hat, seine Dämonen zu besiegen. Ich kann dir nicht sagen, ob er damit Erfolg hatte. Vor zwei Jahren aber kam er zu mir, oder vielmehr, er rief mich an sein Krankenbett. Er hatte keinen Ort, an dem er bleiben konnte, und er war pflegebedürftig und konnte sich nicht länger um sich selbst kümmern. Ich ging zu ihm und erfuhr, dass er Krebs hat. Seither hat sich sein Zustand etwas stabilisiert, aber er wird nie wieder in der Lage sein, sich um sich selbst zu kümmern."

„Also wissen Sie, wo er ist?", hakte Evan nach.

Vater Vals Augen wurden weich, und er neigte leicht den Kopf. „Bruder Renier ist im Pfarrhaus."

Evan fühlte sich, als hätte ihm jemand in die Magengrube geboxt. Ungläubig starrte er Vater Val an. „Er ist hier? Was hat das pädophile Monster in der Nähe einer Schule zu suchen?"

Evan sprang auf und marschierte in Richtung Tür. Sein erster Impuls war es, sich Nicky zu schnappen und so schnell wie möglich zu verschwinden. Auf gar keinen Fall würde sein Sohn auch nur in der Nähe des Mannes bleiben, der Evan missbraucht hatte.

„Evan." Vater Vals Stimme war ruhig und bestimmt. Evan kannte den Tonfall. Er verwendete genau diesen bei seinen eigenen Schülern. „Bitte setze dich." Widerwillig ließ Evan sich auf der Kante seines Stuhls nieder und wartete mit finsterem Blick auf eine Erklärung. „Bruder Renier ist bettlägerig, seit er hierhergekommen ist. Er hat keinerlei Kontakt zu den Schülern", fügte Vater Val fest hinzu. „Er ist ein Ordensbruder und wir kümmern uns um unsere Brüder, ungeachtet der Sünden des Mannes. Ich hätte ihm niemals erlaubt herzukommen, wenn er irgendeine Gefahr für einen unserer Schüler dargestellt hätte. Soweit ich weiß, hat keiner von ihnen ihn jemals auch nur gesehen."

Ein wenig ließ Evans Ärger nach. Er war nach wie vor nicht sehr glücklich darüber, den Mann in Nickys Nähe zu wissen, ungeachtet der Umstände. „Er ..."

„Liegt im Sterben, ja", informierte ihn Vater Val. Evan konnte nicht sagen, dass es ihm leid tat, das zu hören. „Bruder Renier ist ein Sünder, wir alle sind Sünder, und genau wie wir wird er sterben. In seinem Fall wird das recht bald sein." Vater Val stand auf. Evan folgte seinem Beispiel. „Ich hoffe, du hast bekommen, was du gesucht hast, und kannst nun Frieden finden." Vater Val streckte seine Hand aus, und Evan schüttelte sie, bevor er das Büro verließ.

An der großen Treppe in der Mitte des Schulgebäudes angekommen hielt Evan inne und blickte die sich in Spiralen hochwindende Treppe hinauf. Langsam setzte er den Fuß auf die erste Stufe und stieg hoch in den ersten Stock. Am Ende des Flurs hielt er vor einem Klassenzimmer an. Er kannte diese Tür und den Raum dahinter.

„Evan." Vater Vals Stimme ließ ihn zusammenzucken. Er hatte ihn nicht kommen gehört. „Würdest du ihn gerne sehen?"

Es lag ihm auf der Zunge, „Verdammt, nein" zu sagen. Er sollte sich einfach umdrehen und gehen, aber er konnte nicht. Seine Füße schienen wie angewurzelt. Evan streckte die Hand aus, öffnete die Tür und betrat den Raum. Für einen Augenblick war er wieder siebzehn und ein Angstschauer überlief ihn. Dann verschob sich seine Wahrnehmung und er sah den Raum als das, was er war: einfach ein Klassenzimmer. Die Wände waren gestrichen worden, die alten Pulte waren durch neue ersetzt worden, die alten Schränke entlang der Wände waren fort. Er wandte sich der Wand am anderen Ende des Raumes zu und sah nur noch den Türrahmen zu dem, was die Abstellkammer gewesen war, aber keine Türe mehr. Er ging näher und blickte hindurch in eine Art Durchgangszimmer, das mit Computern ausgestattet war. Fenster blickten in die Klassenzimmer zu beiden Seiten.

„Alle Abstellräume sind kurz nachdem du die Schule verlassen hast umgebaut worden. Wir haben jetzt Gruppenarbeits- und Computerräume mit Fenstern", erklärte Vater Val und legte ihm eine Hand auf die Schulter. „Das bedeutet auch, dass ein Lehrer aus dem benachbarten Raum hineinsehen kann."

Evan drehte sich um. Die Wunde in seinem Inneren heilte ein wenig mehr, und er lächelte. Der Mann konnte ihm nicht mehr wehtun. Es war an der Zeit, loszulassen.

„Ja", sagte Evan und sah Vater Val in die Augen. „Ich würde ihn gerne sehen", sagte er. Die Ruhe in seiner Stimme überraschte ihn selbst. Vater Val nickte und führte ihn aus dem Raum.

Auf dem sonnenbeschienenen Pfad, der zum hinteren Teil des Geländes führte, hielt Evan inne und atmete tief die frische Herbstluft ein. „Du musst es nicht tun", sagte Vater Val, aber Evan wusste es besser. Er musste es tun. Warum, das verstand er auch nicht; er wusste einfach, dass er ihn mit eigenen Augen sehen musste.

Am Pfarrhaus angekommen, folgte Evan Vater Val nach drinnen und einen Flur hinunter zum letzten Zimmer auf der rechten Seite. Evan spähte hinein. Der kleine abgedunkelte Raum enthielt ein Krankenbett, einen Tisch und nicht viel sonst. Die Mönche lebten einfach, wie man sah. Eine schmächtige Gestalt lag unter der Decke, die Augen geschlossen.

Evan atmete aus und betrat den Raum. Er beobachtete, wie die Augen des Mannes sich öffneten und in seine Richtung blinzelten. Evan erkannte den Mann nicht wieder. Er sah überhaupt nicht aus wie in seinen Alpträumen, aber als er ihm in die Augen blickte, sah er dieselbe bekannte Seele, und es jagte ihm einen Schauer über den Rücken.

„Vater Val?“, fragte der Mann, seine Stimme kaum mehr als ein Flüstern.

„Das ist nur ein Besucher“, antwortete Vater Val sanft. „Er ist hier zur Schule gegangen.“

Bruder Renier blickte Evan an und er starrte zurück, geradewegs in diese Augen, mit einer Festigkeit und Direktheit, die ihn selbst überraschte. Dies war die letzte Gelegenheit, sich diesem Mann, der ihn gequält hatte, gegenüber emotional zu behaupten, und er würde nicht klein beigeben.

„Kenne ich Sie?“

„Das haben Sie, vor langer Zeit“, sagte Evan. Er fragte sich, was er von dem Besuch erwartet hatte. „Ich war einer Ihrer Schüler.“

„Ich erinnere mich nicht an Sie“, sagte Bruder Renier. Für einen kurzen Augenblick hob er den Kopf vom Kissen. Er sah aus wie ein Skelett, die Wangen eingefallen, alle Kraft und alles Leben verwelkt, verschwunden.

„Ich erinnere mich sehr gut an Sie“, entgegnete Evan rau. Er versuchte zu entscheiden, wie weit er gehen wollte, bis er erkannte, dass es keinen Unterschied mehr machte. Der Mann würde bald tot sein und Evan würde weiterleben, so wie Clay, so wie all die Menschen, die er liebte. Dieser Mann konnte niemandem mehr wehtun. Alter und Krankheit hatten alles ausgelöscht, was er einst gewesen sein mochte.

„Wir sollten gehen“, regte Vater Val an.

Schweigend wandte Evan sich vom Bett ab und sah Vater Val einen Moment lang an, dann blickte er zu Bruder Renier zurück. „In der Hölle halten sie schon einen Platz für Sie frei“, sagte Evan leise, so leise, dass nur Bruder Renier ihn hören konnte. Er richtete sich auf und wandte sich endgültig ab, verließ den Raum, das Gebäude, und trat hinaus in die frische Luft und den Sonnenschein. Tief atmete er die saubere, kühle Luft ein und reckte sich, als würde er nach einem langen Schlaf erwachen. Er hörte Vater Val hinter sich herannahen; seine Füße raschelten durch das erste Herbstlaub.

„Danke", sagte Evan und wandte sich zu dem Mann um, der ihn von der Straße gerettet hatte, sein Mentor geworden war und der ihm mehr Vater gewesen war als sonst jemand. „Wir sehen uns dann am Elterntag und wenn Sie in der Stadt sind, rufen Sie uns an. Clay und ich würden uns freuen, wenn Sie uns besuchen kämen."

Vater Val nickte und streckte die Hand aus, aber Evan trat auf ihn zu und umarmte ihn. „Ich hab dich lieb, Vater", sagte er leise und fühlte, wie der ältere Mann die Umarmung erwiderte. Evan trat zurück und lächelte den Priester noch einmal an, dann ging er in Richtung Schlafsaal davon.

Als er sich Nickys Zimmer näherte, hörte er Jungenstimmen wie kleine Motoren surren. Er spähte in den Raum und sah eine Gruppe Jungs auf dem Boden sitzen und irgendein Kartenspiel spielen, das er nicht kannte. Evan lächelte, als Nicky seinen Zug tat, dann seine Karten ablegte und zur Tür kam.

„Es ist super hier, Dad", berichtete Nicky begeistert.

„Wenn dann hier soweit alles klar ist, werde ich mich auf den Heimweg machen", sagte Evan, als Nicky ihn fest umarmte. „Ich hab dich lieb, Sohn."

Nicky drückte ihn fester. „Ich hab dich auch lieb, Dad. Sag Clay, dass ich fest erwarte, ihn am Elterntag zu sehen." Nicky lehnte sich an ihn und für einen Augenblick sah Evan den kleinen Jungen, dem er ein Heim gegeben hatte. „Sag ihm, dass ich ihn lieb habe, ja?"

„Das werde ich", versprach Evan und verkniff es sich, seinen Sohn auf die Stirn zu küssen. „Ich habe noch eine gute Nachricht für dich oder zumindest für mich", sagte Evan mit einem Grinsen. „Ich habe heute herausgefunden, dass die Nonnen in den Ruhestand getreten sind."

„Doooof, Dad", sagte Nicky mit gespielter Empörung. „Kein Nonnenfutter", sagten sie im Chor und lachten. Nicky fügte hinzu: „Schick trotzdem ein Fresspaket, nur zur Sicherheit."

Nicky ließ los und trat zurück, lächelte ihm noch einmal zu, dann kehrte er in sein Zimmer zurück, und beinahe augenblicklich gingen Spiel und Unterhaltung weiter. Evan wandte sich um, verließ das Gebäude und ging direkt zu seinem Auto. Er fuhr den Hügel hinunter und folgte der Landstraße zurück zur Autobahn. Während er sich in den Verkehr einfädelte, erhaschte er noch einen letzten Blick auf die Schule, die auf ihrem Hügel thronte. Evan konzentrierte sich auf die Straße und fuhr heimwärts und ließ seine Vergangenheit hinter sich.

Den Großteil der Stecke nach Hause verbrachte Evan damit, nachzudenken. Er fühlte sich leichter als jemals zuvor. Seine alten Dämonen schienen besiegt. Dennoch versuchte er, sich nicht zu leicht und beschwingt zu fühlen, denn in seiner Erfahrung zog ihm immer dann, wenn er sich so fühlte, wieder jemand den Teppich unter den Füßen weg. Aber es war schwer, sich nicht rundum wohl zu fühlen. Er war dem Mann, der ihn missbraucht hatte, gegenübergetreten und hatte das Bild des Monsters, das ihn all die Jahre gequält hatte, gegen das Bild des bedauernswerten Wesens im Krankenbett eingetauscht. Evan ließ das Fenster herunter und die sonnenwarme Luft über seine Haut streichen, atmete tief ein und aus, atmete die negativen Emotionen und Erinnerungen aus und ließ den Fahrtwind sie davonwehen.

Evan hielt kurz für ein kleines Mittagessen an, dann fuhr er weiter heimwärts. Am späten Nachmittag bog er in ihre Einfahrt ein. Er hatte nicht erwartet, dass Clay schon zuhause sein würde, und so war er nicht überrascht, sein Auto nicht vor der Garage parken zu sehen. Er hatte bereits ein paar Mal versucht anzurufen, hatte ihn aber nicht erreicht, was vermutlich bedeutete, dass Clay noch dabei war, die letzten Dinge zu regeln.

Evan ging ins Haus und die Treppe hoch in Nickys Zimmer, das aussah, als sei Wirbelsturm Nicolas hindurchgefegt. Evan beschäftigte sich eine Weile damit, das Bett zu machen und schmutzige Wäsche aufzuheben und sie in den Wäschekorb im Bad zu werfen. Als er damit fertig war, schloss er die Tür hinter sich. Er überquerte den Flur und hatte die Hand schon an der Klinke, als er draußen ein Auto hupen hörte. Evan stürzte aus dem Haus. Clay stieg gerade aus und warf die Fahrertür hinter sich zu.

„Alles gut gelaufen?“, fragte Evan und eilte auf das Auto zu. Er sah Clays breites Lächeln.

„Es hat nur etwas länger gedauert, als ich erwartet hatte, aber es ist durch!“, berichtete Clay voller Elan und zog Evan stürmisch in seine Arme. Dann öffnete er die Rücksitztür.

Evan linste ins Innere, und ein paar großer, brauner Augen linste zurück.

„Hallo, Anna“, sagte Evan und langte ins Wageninnere, um das Mädchen aus ihrem Kindersitz zu befreien. „Dein großer Bruder war traurig, dass er schon zur Schule musste, aber heute ist es offiziell.“

„Ja“, sagte Clay hinter ihm. „Ab heute ist sie unsere Tochter.“

Evan hob sie aus dem Auto und hielt seine achtzehn Monate alte Tochter einen Augenblick fest im Arm, dann wirbelte er sie herum. Anna gluckste und lachte fröhlich.

„Jetzt gehörst du wirklich uns“, sang Evan und drückte sie an sich.

„Die Richterin hat, wie erwartet, der Mutter alle elterlichen Rechte abgesprochen und die Adoption bewilligt. Sie ist jetzt offiziell unsere Tochter."

„Hat ihre Mutter Besuchsrecht bekommen?"

Clay wippte auf den Fußballen auf und ab. „Nö. Eine lebenslange Freiheitsstrafe wegen Mordes ist keine gute Voraussetzung für gute Elternschaft, also hat die Richterin ihr alle Rechte abgesprochen. Sie gehört vollkommen uns, ohne Einschränkungen oder Auflagen."

Evan hielt inne und verdrehte die Augen. „Immer der Anwalt."

„Und du liebst mich", gab Clay zurück und beugte sich vor für einen Kuss. Evan gab ihm einen auf die Lippen und Anna gab ihm einen lauten Schmatzer auf die Wange. „Okay, ab nach drinnen. Sie braucht vermutlich dringend ein Mittagsschläfchen, wir waren schließlich den ganzen Tag entweder im Gericht oder haben Formulare unterschrieben." Clay küsste ihr kleines Mädchen auf die Wange. „Sie war sehr brav", sagte Clay und kitzelte Anna am Bauch. „Ja, das warst du."

Anna strampelte und Evan setzte sie ab. Sie tappte einige unsichere Schritte und plumpste dann auf ihren windelgepolsterten Po. Sie rappelte sich auf und tappte weiter, fiel hin und stand wieder auf. „Nic, Nic", sagte sie, zeigte auf die Haustür und hielt entschlossen darauf zu. „Da Nic."

„Nicky ist jetzt auf der Schule, Anna", erklärte Evan, ging zu ihr und hob sie hoch. „Ich kann kaum glauben, wie weit sie in den drei Monaten gekommen ist."

„Das konnte die Richterin auch nicht", sagte Clay, während er Annas Wickeltasche aus dem Auto holte. „Sie war richtig überrascht."

Als Anna zu ihnen gekommen war, war sie fünfzehn Monate alt, unterernährt und konnte weder laufen noch sprechen. Ihre ersten Schritte hatte sie aus Evans Armen in Nickys gemacht, und das war erst der Anfang gewesen. Vor kurzem hatte sie angefangen zu sprechen, und jeden Tag kamen neue Wörter dazu.

„Dad", sagte Anna und zeigte auf Clay.

„Komm, Zeit für ein Nickerchen, mein Schatz", sagte Evan, während Clay die Haustür aufschloss. Er setzte sie ab und sie tappte durch das Haus zur Küche, wo sie an die Kühlschranktür klopfte.

„Ich würde sagen, da hat jemand Hunger", bemerkte Clay. Er hob sie hoch, ehe er die Tür öffnete und ihr ein Stückchen Käse hinhielt, der ihr Lieblingssnack war. Sie ließ sich auf den Boden plumpsen und fing sofort an zu essen – wenn es ums Essen ging, kannte sein Mädchen nichts. Als sie fertig war, schwang Evan sie in seine Arme und trug sie die Treppe hinauf in ihr Zimmer.

„Nic“, quengelte Anna und zeigte auf Nickys Zimmertür, als Evan vor ihrer stehenblieb. Er öffnete die Tür, damit sie sehen konnte, dass das Zimmer leer war. „Nic“, rief sie, sah sich um und fing an zu strampeln, um abgesetzt zu werden.

„Anna, Nicky ist auf der Schule. Aber er kommt ja wieder. Komm, wir machen dich fertig für ein Nickerchen“, sagte Evan fröhlich. Anna sah sich immer noch suchend um und Tränen kullerten über ihre Wangen. „Schon gut, Süße, er ist ja nicht für immer weg. Nächsten Monat gehen wir ihn besuchen, dann siehst du ihn wieder.“

Evan trug sie über den Flur in ihr Zimmer und legte sie auf dem Wickeltisch ab. Er verpasste ihr eine frische Windel und zog ihr ihren Schlafanzug an. Immer noch kullerten die Tränen.

Er hob Anna hoch und hielt sie eng an sich gedrückt. Dann steckte er den Kopf zur Türe raus. „Clay, kannst du mir mal gerade helfen?“, rief Evan. Einen Augenblick später hörte er Clays Schritte auf der Treppe. „Würdest du mir ein Telefon bringen und die Nummer von der St. Bartholomäus? Sie lässt sich nicht beruhigen.“

„Klar, Schatz“, sagte Clay und zückte sein Handy. „Bin gleich wieder da“, fügte er hinzu und kam kurz darauf mit einem Zettel mit der Telefonnummer zurück. Evan wählte, und während er wartete, dass jemand abhob, ging er auf und ab und wippte bei jedem Schritt leicht, um Anna zu beruhigen.

„Hallo, ich würde gerne mit Nicolas Donaldson sprechen. Ja, danke.“ Evan wartete, und einige Zeit später hörte er Nickys Stimme. „Nicky, hier ist jemand, der unbedingt mit dir sprechen möchte“, sagte Evan zu seinem Sohn und hielt Anna das Handy ans Ohr. Sie wurde sofort still und hörte dem Klang von Nickys Stimme zu.

„Nic, Nic“, sagte sie aufgeregt, dann begann sie in ihrer eigenen Sprache zu plappern und wie ein Wasserfall auf ihn einzureden.

„Okay, tschüss, Anna“, hörte er Nicky sagen.

„Tüss“, sagte sie, und Evan nahm das Handy weg.

„Sie war untröstlich, seit Clay sie nach Hause gebracht hat und sie feststellte, dass du nicht da bist“, erklärte Evan. „Tut mir leid, dich zu stören. Aber so kann ich dir noch sagen, dass es offiziell ist, du hast eine kleine Schwester.“

Der Freudenschrei, der daraufhin aus dem Telefon kam, war nahezu ohrenbetäubend.

„Es hat also alles geklappt?“, fragte Nicky, sobald er mit seinen Freudenbekundungen fertig war.

„Scheint so. Clay hat mir noch nicht alle Einzelheiten erzählt, aber ich bin sicher, das wird er noch. Wir werden alle drei nächsten Monat kommen.“

„Super, Dad. Hab euch alle lieb.“ Nicky legte auf und Evan beendete die Verbindung. Anna gähnte.

„Jetzt aber ab ins Bettchen“, sagte Evan zu ihr und legte Anna in ihre Wiege. „Hier ist dein Kaninchen.“ Evan gab ihr das Stofftier, das einst Nicky gehört hatte. Evan wusste nicht, warum er es all die Jahre aufbewahrt hatte, aber Anna hatte es gleich bei ihrer Ankunft gesehen und es sich geschnappt und seitdem nicht mehr losgelassen. „Gute Nacht, schlafe sacht“, fügte er hinzu und gab ihr die Flasche, die Clay ihm zusammen mit der Telefonnummer gebracht hatte. Als ihr die Augen zufielen, verließ er leise das Zimmer.

Im Flur stieß Evan mit Clay zusammen und wurde in ihr Schlafzimmer geschoben. „Und, wie war es auf der St. Bartholomäus? Hast du Vater Val gesehen?“

Evan setzte sich aufs Bett und berichtete von allem, was geschehen war. Als er fertig war, pfiff Clay anerkennend durch die Zähne. „Klingt ganz so, als sei dein Tag sehr viel ereignisreicher gewesen, als geplant.“

„Jaaaa“, stimmte Evan gähnend zu. „Ich glaub, ich lege mich eine Runde hin.“

Er schlüpfte aus seinen Schuhen und legte sich auf die Tagesdecke. Clay deckte ihn mit einer Wolldecke zu, dann zog er seine eigenen Schuhe aus und stieg hinter Evan ins Bett, schlang einen Arm um seine Taille und kuschelte sich an seinen Rücken.

„Weißt du, ich hätte nicht gedacht, dass ich Bruder Renier jemals wiedersehen wollen würde, solange ich lebe, aber es war gut. Er kann mir nicht mehr wehtun. Er kann niemandem jemals wieder wehtun.“

„Hast du ihm vergeben?“, fragte Clay leise.

„Nein. Ich habe darüber nachgedacht, aber was er getan hat, das war unverzeihlich. Stattdessen habe ich ihm die Wahrheit gesagt, dass in der Hölle ein Platz für ihn reserviert ist. Er kann mir vielleicht nicht mehr wehtun, aber er verdient, was auch immer ihm im Jenseits an Gerechtigkeit widerfährt.“ Evan fühlte, wie ihm die Augen zufielen.

„Du hattest jahrelang Alpträume von ihm“, sagte Clay und schmiegte sich näher an ihn.

„Ich glaube, das ist jetzt vorbei. Er kann mir keine Angst mehr machen – der Mann war nur noch Haut und Knochen. Da ist nichts mehr.“

Von Clays Armen umschlungen sank Evan in tiefen Schlaf.

„Da, da, da, da, da“, hörte Evan aus Annas Zimmer. Er öffnete blinzelnd die Augen und stellte fest, dass er fast zwei Stunden lang geschlafen hatte. Clay hielt ihn noch immer fest umschlungen und Evan wollte genau so liegen bleiben. Aber Miss Superlunge hatte eindeutig andere Pläne.

„Ich geh schon“, sagte Clay mit einem Gähnen und rollte vom Bett.

„Danke. Sie wird wohl hungrig sein.“

„Genau wie ihr Vater, immer hungrig“, sagte Clay leise. Er beugte sich übers Bett und Evan drehte den Kopf, um einen Kuss zu bekommen. Clay tätschelte seinen Bauch.

„Versuchst du mir damit zu sagen, dass ich zugenommen habe?“, fragte Evan kleinlaut.

„Würde mir im Traum nicht einfallen“, antwortete Clay. Lippen und Hände verschwanden, als erneut Rufe aus dem Zimmer ihrer Tochter drangen. Sie klangen diesmal deutlich drängender. „Ich geh besser, bevor sie anfängt, Sachen zu schmeißen.“

Evan schloss die Augen und hörte, wie Annas Rufe zu begeistertem Quietschen wurden, als Clay sie aus ihrer Wiege hob; hörte Clays tiefe Stimme mit Anna sprechen, während er ihre Windel wechselte. Er musste nicht dabeistehen, um es vor sich zu sehen. Er kannte die Geräusche und er kannte Clay. Dann kam ein Brummen, das lauter wurde, als Clay Flugzeug Anna in ihr Schlafzimmer flog und auf dem Bett neben Evan landete.

„Da, Nic“, sagte sie in sein Ohr. Evan zog sie an sich, hob den Saum ihres kleinen T-Shirts und prustete auf ihrem Bauch. Sie kicherte entzückt.

„Sie denkt etwas einspurig, oder?“, meinte Evan, als er sich aufsetzte und dabei Anna über sich in die Luft schwang. „Komm, wir organisieren dir was zu essen, und dann müssen deine Daddys noch ein bisschen was tun.“

Evan war sich nicht zu schade, eine *Baby Einstein* DVD anzustellen und Anna vor dem Fernseher zu parken, so dass sie den Haushalt erledigen konnten. Seine Ausrede war, dass es Lehr-DVDs waren, aber sowohl er als auch Clay wussten, dass dies die einzige Möglichkeit war, Anna eine halbe Stunde lang zu beschäftigen. Und so setzte Evan Anna in ihren Hochstuhl, fütterte sie und stellte ihr dann die DVD an, so dass sie eine Stunde Zeit hatten, alles für den nächsten Tag vorzubereiten und sich selbst etwas zum Abendessen zu machen.

„Das Haus scheint so still ohne Nicky“, sagte Clay zu Evan, als sie zu Abend aßen, beide immer ein Auge auf Anna haltend. Papiere und Unterlagen hatten sie fürs Essen beiseite geräumt.

„Weiß ich“, entgegnete Evan mürrisch.

„Du weißt, dass es vollkommen in Ordnung ist, traurig zu sein, oder? Er wird langsam erwachsen und dies ist der erste Schritt in seinem Abnabelungsprozess, der darauf hinausläuft, dass er eines Tages auszieht.“

„Menschenskind, Clay, du klingst immer mehr wie ein Anwalt“, sagte Evan zu seinem Partner und grinste.

„Entschuldige, du weißt schon, was ich meine. Wenn Gott eine Tür zuschlägt, dann öffnet er ein Fenster. Du hast Nicky heute zur Schule gebracht, sein erster Schritt in Richtung Selbstständigkeit, und am selben Tag wurde die Adoption unserer Anna bewilligt.“

Evan schwieg und dachte über das nach, was Clay gesagt hatte, und wie wahr seine Worte waren. Das bedeutete aber noch lange nicht, dass ihm die Sache gefallen musste. Evan aß fertig, stand aber noch nicht vom Tisch auf.

„Was?“, fragte Clay, als er Evan dabei ertappte, wie er ihn ansah.

„Du bist heute noch schöner als an dem Tag, an dem ich dich in der Schule das erste Mal gesehen habe“, sagte Evan und ließ seine Finger durch Clays Haar gleiten.

„Ich denke, wir sollten unsere kleine Prinzessin baden und so bald wie möglich ins Bett stecken, damit ich etwas Zeit mit ihrem Daddy verbringen kann“, sagte Clay mit leuchtenden Augen. Er stand auf und stellte ihr Geschirr in die Spüle, dann kam er zum Tisch zurück, beugte sich über Evan und küsste ihn einladend. „Das letzte Mal ist schon zu lange her“, flüsterte Clay und seine Hände glitten über Evans Brust. Evan reckte sich der Berührung unwillkürlich entgegen, was den zusätzlichen Vorteil hatte, dass Clay mehr von ihm berühren konnte.

„Da, Dad“, rief Anna aus dem Nebenzimmer und versuchte, aus ihrem Hochstuhl zu klettern. Wann immer sie kuschelten und ihre kleine Anna bekam das mit, musste sie unbedingt mit dabei sein. Clay trat zurück und nach einem letzten, auf die Ohrmuschel gehauchten Kuss, hörte Evan ihn ins Nebenzimmer gehen, dann lautes Kichern und Prusten.

„Ich glaube, es ist jemandes Badezeit“, hörte er Clays glückliche Stimme, gefolgt von seinen Schritten auf der Treppe.

Anna in ihre Familie aufzunehmen war ein Wagnis gewesen. Keiner von ihnen hatte Erfahrung mit Babys. Zum Glück war ihr Babyexperte Wendy, inzwischen Mutter von zwei Kindern, zur Hand gewesen, und hatte ihnen in der Anfangszeit mit Rat und Tat zur Seite stehen können.

Evan stand auf und spülte ab. Von oben hörte er Badewasser einlaufen, dann weiteres Gekicher und fröhliches Gelächter. Nachdem er mit dem Abwasch fertig war, gesellte Evan sich im Badezimmer zu ihnen.

„Da“, sagte Anna und stand fröhlich in der Wanne auf, so dass Evan sie in ein Badetuch wickeln konnte.

„Morgen, kleine Dame, werden du und ich zur Schule gehen. Ich muss arbeiten und du darfst mit den anderen Kindern in der Kita spielen“, sagte Evan, als er sie abtrocknete. Clay räumte das Bad auf, während Evan Anna in ihr Zimmer trug, sie frisch wickelte und ihr ihren Schlafanzug anzog. Sobald er sie absetzte, watschelte Anna zu ihrem Bücherregal.

„Bu“, sagte sie, zog eines heraus und brachte es ihm. „Bu.“

Evan nahm das Buch und setze sich, nahm Anna auf den Schoß, gab ihr ihr Fläschchen und schlug das Buch auf der ersten Seite auf. „Coco, der neugierige Affe ...“

Als die Geschichte zu Ende war, schlief Anna schon fast. Er nahm ihr das leere Fläschchen ab und legte sie in ihre Wiege. Er wusste, dass es nicht mehr lange dauern würde, bis sie tief und fest schlief. Er deckte sie zu, legte ihr Kaninchen neben sie und verließ leise das Zimmer.

Unten war bereits überall das Licht aus. Evan warf einen letzten Blick in die Küche, ob er auch alles aufgeräumt hatte, und ging wieder nach oben. Bevor er ins Schlafzimmer ging, machte er auch hier überall das Licht aus. Clay lag auf ihrem Bett, nur in Boxershorts gekleidet, die tief auf seinen immer noch schlanken Hüften saßen. Evan ließ die Tür hinter sich angelehnt, zog sich aus und legte sich neben Clay aufs Bett. Das Licht erlosch und tauchte das Zimmer in Dunkelheit, aber Evan brauchte kein Licht. Nach über zehn Jahren kannte er den Mann, der neben ihm lag, bis ins kleinste Detail. Es schien ihm, als kenne er ihn schon sein ganzes Leben, und seit mehr als zehn Jahren war dieser Mann sein Partner und sein Liebhaber.

Clays Lippen berührten Evans, zart und liebevoll. Der Kuss wurde inniger und Evan fühlte, wie der Tag von ihm abfiel, wie er alles vergaß bis auf Clay. Selbst nach all diesen Jahren genügte ein Kuss von Clay, um sein Herz wild schlagen zu lassen und sein Blut in Wallung zu bringen. Sie sagten vieles nicht mit Worten; Worte waren unnötig. Die Art, wie Clay seine Wange berührte, sprach eine deutlichere Sprache als endlose Liebeserklärungen. Clays Zunge liebkoste seine Unterlippe und Evans Lippen öffneten sich. Ihre Zungen umschlangen sich wild. Clays Finger fuhren durch Evans Haar und sein Geruch erfüllte Evans Sinne.

Evan seufzte, als Clays Lippen plötzlich verschwanden und versuchte, ihnen zu folgen, aber Clay war zu schnell, und der Seufzer wurde zu einem leisen Stöhnen, als Clays Zunge über Evans Brust glitt.

„Ich weiß, was dir gefällt, Ev. Ich weiß besser als jeder andere auf der Welt, was genau dir gefällt", murmelte Clay an seiner feuchten Haut, was Evan leicht erschauern ließ.

„Ich weiß, dass du das tust", antwortete Evan leise, als seine Unterhose über seine Hüfte gezogen wurde. Er wand sich unter Clay und stieß sie mit dem Fuß weg. Arme schlangen sich um seine Hüften, Hände glitten über seinen Körper, dann fühlte Evan Clays warme Finger an seiner Erektion, und seine Hüften hoben sich ihm entgegen.

Clays warmes, leises Lachen erfüllte den Raum. Er küsste einen Pfad über Evans Haut, von seinen Brustwarzen über seinen Bauch und Bauchnabel, alles berührten seine brennenden Lippen, dann glitt Clays heiße Zunge über ihn. Evan atmete zischend ein und seine Hüften stießen nach oben. Das Lachen wurde eine Oktave tiefer und Evan glaubte schon, dies würde eins von den Malen werden, an denen Clay ihn bis zum vollkommenen Wahnsinn reizte. Aber dann nahm Clay ihn in seinem heißen Mund auf und Evan atmete lang und laut aus. Nichts auf der Welt fühlte sich so gut an wie Clays geschickter Mund, abgesehen vom Eindringen in Clays Körper.

„Clay", stöhnte Evan, versuchte leise zu sein, während er doch eigentlich laut aufschreien wollte. Evans Hüften bewegten sich rhythmisch, und Clay ging mit jeder Bewegung mit, ließ ihn tief eindringen, bis Evan glaubte, sein Kopf müsse explodieren.

Ein Finger wand sich um seinen Schwanz, glitt neckend über seine Haut, glitt tiefer und drückte gegen seinen Eingang. Der Finger drang in ihn ein und berührte dabei jene gewisse Stelle. Evan schauderte und stieß tiefer in Clays Mund.

„Wie gesagt, ich weiß genau, was du magst", wiederholte Clay, dann lutschte er ihn leidenschaftlich. Evan wusste nicht mehr, ob er nach vorn oder nach hinten drängen sollte, was vermutlich genau das war, was Clay bezweckt hatte.

„Ich ... nicht mehr lang ...", sagte Evan.

Clay hob den Kopf. „Das ist der Sinn der Sache“, sagte er, seine Stimme tief und voll in ihrem dunklen Zimmer. Dann war sein Mund zurück und Evan flog, flog auf den Schwingen der Leidenschaft. Er kam heftig und Clay schluckte alles.

Evan rang nach Luft, als sein Körper matt in die Kissen zurückfiel. Clays Finger war noch tief in ihm, dann glitt er hinaus. Clay lag neben ihm, legte ihm eine Hand auf den Bauch und drehte ihn sanft auf die Seite. Evan fühlte Clays Erektion zwischen seine Backen gleiten und langsam, vorsichtig, vereinigte Clay ihre Körper. Evan war nicht mehr der Jüngste, und sein Körper brauchte eine Weile, mit seinem eigenen Verlangen mitzuhalten. Aber Clays magische Hände brachten ihn schnell wieder auf Touren und es dauerte nicht lange, bis Clays leises Keuchen und Stöhnen von den Lauten von Evans wiederaufgeflammter Leidenschaft begleitet wurde.

„Ich liebe dich, Clay“, keuchte Evan. Er kniff die Augen zusammen, als er zum zweiten Mal kam. Er fühlte, wie Clays Bewegungen stockten und er in ihm pulsierte.

Erschöpft, befriedigt und glücklich wie selten zuvor, kuschelte Evan sich an seinen Geliebten, sobald der aus dem Bad zurückkam. In Clays Arme und seine Wärme gehüllt, hing Evan seinen Gedanken nach.

„Woran denkst du?“, fragte Clay.

„Etwas, das du vorhin gesagt hast, über Gott, der ein Fenster aufmacht.“ Evan drehte sich um und sah Clay an und strich ihm mit den Fingern über die raue Wange. „Du bist mein Fenster, weißt du das?“ Clay schüttelte den Kopf. „Na ja, du bist es jedenfalls, und du bist es immer gewesen. Du warst während einiger der schwersten Zeiten meines Lebens bei mir. Manchmal haben sich vielleicht Türen für mich geschlossen, aber du warst immer mein Fenster“, sagte Evan leise und küsste Clay mit all der Liebe in seinem Herzen.

ANDREW GREY wuchs miteinem Vater, der es liebte, Geschichten zu erzählen, und einer Mutter, die esliebte, sie zu lesen, in West Michigan auf. Seitdem hat er überall in denStaaten gelebt und die ganze Welt bereist. Er hat seinen Master an derUniversität von Wisconsin-Milwaukee gemacht und arbeitet als Wirtschaftsinformatikerbei einem großen Unternehmen. Zu Andrews Hobbys gehören Antiquitäten sammeln,Gärtnern und sein schmutziges Geschirr überall herumstehen zu lassen (besondersimmer dann, wenn er schreibt). Mit einer Familie, die ihn akzeptiert,fantastischen Freunden und dem liebevollsten und fürsorglichsten Partner derWelt, betrachtet er sich als wahrhaft gesegnet. Zurzeit lebt Andrew imwunderschönen historischen Carlisle, Pennsylvania.

Besuchen Sie Andrews
Homepage: http://www.andrewgreybooks.com und seinen
Blog: http://andrewgreybooks.livejournal.com/.
Schreiben Sie eine E-Mail an:andrewgrey@comcast.net.

Von ANDREW GREY

Alles nur für dich
Cowboys im zahmen Osten
Geborgtes Herz
Neue Wege
Sein größter Fang

CARLISLE COPS
Feuer und Wasser
Feuer und Eis

GESCHICHTEN AUS DER FERNE
Ein weites Land – Miteinander
Ein weites Land – Dunkle Wolken
Ein weites Land – Unruhige Zeit
Fremde Weiten

HERZENSSACHEN
Das Licht der Liebe

IM FEUER
Erlösung in Feuer
Gestählt im Feuer
Sieg über das Feuer

SIEBEN TAGE
Sieben Tage

SINNE
Liebe kommt auf leisen Sohlen

Veröffentlicht von DREAMSPINNER PRESS
www.dreamspinner-de.com

ANDREW GREY
GEBORGTES
Herz

Robin, der Empfänger eines neuen Herzens, weiß, dass er es nicht einfach an den Erstbesten verschenken darf …

Robin hat in letzter Zeit viel erlebt, von einer Herztransplantation bis hin zu einer sehr schmerzhaften Trennung. Doch seine Erfahrungen haben ihn gelehrt, dass das Leben kurz ist, und er ist bereit, jeden Tag zu nutzen und einen Neuanfang zu machen. Ein Job bei Euro Pride Tours ist genau die Art von Abenteuer, die er sucht. Dabei lernt er die Welt kennen und kann sein Leben genießen, aber an Liebe denkt er überhaupt nicht. Er ist sich nicht sicher, dass sein Herz das ein weiteres Mal verkraften könnte.

Johan mag seine Familie enttäuscht haben, indem er seinen eigenen Weg geht, aber als er Robin kennenlernt, hat er nicht vor, ihn im Stich zu lassen. Die beiden Männer sind für den anderen genau das, was ihm gefehlt hat, um sich wieder vollständig zu fühlen. Auch ist Johan nicht der Mann, für den Robin ihn ursprünglich gehalten hat, sondern er ist der Richtige, um Robins geborgtes Herz schneller schlagen zu lassen. Während einer Rundreise durch Süddeutschland kommen sie sich näher, aber als Robins Ex sich der Reisegruppe anschließt, könnte er ihrer aufkeimenden Liebe ein jähes Ende bereiten.

DREAMSPINNER
PRESS
Noch mehr Gay
Romanzen mit Stil
finden Sie unter....
DREAMSPINNER PRESS
www.dreamspinner-de.com

www.ingramcontent.com/pod-product-compliance
Lightning Source LLC
Chambersburg PA
CBHW022158240626
47153CB00007B/2728
9781644055441